DuMont's Kriminal-Bibliothek

Charlotte Matilde MacLeod wurde 1922 in Kanada geboren und wuchs in Massachusetts, USA auf. Sie studierte am Boston Art Institute und arbeitete danach kurze Zeit als Bibliothekarin und Werbetexterin. 1964 begann sie, Detektivromane für Jugendliche zu veröffentlichen, 1978 erschien der erste »Balaclava«-Band, 1979 der erste aus der »Boston«-Serie, die begeisterte Zustimmung fanden und ihren Ruf als zeitgenössische große Dame des Kriminalromans festigten.

Von Charlotte MacLeod sind in dieser Reihe bereits erschienen: »Schlaf in himmlischer Ruh'« (Band 1001), ». . . freu dich des Lebens« (Band 1007), »Die Familiengruft« (Band 1012), »Der Rauchsalon« (Band 1022), »Der Kater läßt das Mausen nicht« (Band 1031), »Madam Wilkins' Palazzo« (Band 1035), »Der Spiegel aus Bilbao« (Band 1037), »Kabeljau und Kaviar« (Band 1041) und »Stille Teiche gründen tief« (Band 1046).

Herausgegeben von Volker Neuhaus

Charlotte MacLeod

»Über Stock und Runenstein«

DuMont Buchverlag Köln

Für Nancy und Charles Copeland

Alle in diesem Buch beschriebenen Personen sind frei erfunden; jede Ähnlichkeit mit wirklichen, lebenden oder toten Personen ist daher zufällig.

Umschlagmotiv von Pellegrino Ritter
Aus dem Amerikanischen von Beate Felten

5. Auflage 1994

Editorische Betreuung: Petra Kruse
Die Originalausgabe erschien unter dem Titel »Wrack and Rune« bei Avon Books, Hearst Corporation, New York, N.Y.
Satz: Froitzheim Satzbetriebe, Bonn
Druck und buchbinderische Verarbeitung:
Clausen & Bosse GmbH, Leck

Printed in Germany ISBN 3-7701-1961-4

Kapitel 1

Cronkite Swope, rasender Reporter beim *All-woechentlichen Gemeinde- und Sprengel-Anzeyger für Balaclava,* kritzelte noch etwas auf sein gelbes Notizpapier und fixierte dann seine Interviewpartnerin mit genau der richtigen Mischung aus mitfühlendem Interesse und grenzenloser Entschlossenheit, wie sie von einem aufstrebenden jungen Reporter erwartet wird. »Und worauf führen Sie selbst«, fragte er höflich, aber bestimmt, »Ihr hohes Alter zurück, Miss Horsefall?«

Miss Hilda Horsefall plazierte gekonnt einen Strahl Tabaksaft genau fünf Inch rechts neben Cronkites schicke rotgrüne Joggingschuhe. »Teufel auch, daß ihr Zeitungsfritzen mir auch immer die gleiche dämliche Frage stellen müßt, seit ich 100 bin. Könnt euch wohl nichts Beßres ausdenken, was? Bin grad beim Brotbacken, muß 'n Boden noch schrubben und hab' genug andres zu tun, als hier mit kleinen Jüngelchen wie dir rumzuquatschen.«

Da Cronkite die alte Dame immerhin um stolze eineinhalb Köpfe überragte, war die letzte Bemerkung zweifellos als Zurechtweisung gedacht und traf ihn dementsprechend hart. »Wenn du meins', wie ich's so lang hier ausgehalten hab', dann is' die Antwort: weil mich zum Glück nie 'n verflixter Ehemann so drangsaliert hat, daß ich vor der Zeit abgekratzt bin. Anständige Gedanken, 'n saubres Leben und zum Essen 'nen ordentlichen Schluck selbstgemachten Pflaumenschnaps, das reicht als Erklärung allemal, wenn du unbedingt was schreiben mußt. Die Vitamine im Schnaps haben's in sich, sag' ich dir. Das Zeug pustet einem so richtig die Adern frei und hält 's Blut auf Trab. Würd' dir auch nich' schaden, Herzchen. Siehst mir 'n bißchen spitz im Gesicht aus. Daß Ihr jungen Leute heutzutag auch nix andres zu tun habt als auf'm Hintern rumhocken und Leute belästigen, die hart arbeiten müssen, bloß um dann euern Quatsch in 'ne Zeitung zu setzen, statt mal selbs' ordentlich mitanzupacken.«

Selbst einem Roger Mudd waren wohl Tage wie dieser nicht erspart geblieben. Beharrlich kehrte Cronkite wieder zu seinem eigentlichen Thema zurück. »Für eine Dame, die bald ihren 105ten Geburtstag begeht, scheinen Sie sich einer ausgezeichneten Gesundheit zu erfreuen. Waren Sie eigentlich jemals ans Bett gefesselt?«

»Na, das is ja 'ne schöne Frage, die du da 'ner anständigen unverheirateten Frau stellst. Nee, ans Bett noch nie.«

Doch dann blickten Miss Horsefalls Habichtaugen verträumt in der Erinnerung an die Vergangenheit. »Da gab's natürlich die paar Mal in der Kutsche von Canny Lumpkin, und dann die Schlittenfahrt, damals im Februar. Eins kannste mir glauben, bei minus 23 Grad is' es absolut kein Zuckerlecken, wenn einem der Wind durch die Röcke pfeift. Canny hat sich in der Nacht beinah 'n Hosenstall zugefroren, das is' die reine Wahrheit. Aber wenn du 'n einziges Wort davon druckst, reiß' ich dir 'n Kopf ab. Nich', daß es mir heut noch viel ausmacht, und Canny is' es sicher auch schnurz. Guckt sich schon seit mehr als 40 Jahr' die Radieschen von unten an. Ja, ja, 's war in der Nacht unten beim Runenstein. Canny hat immer verrückte Ideen gehabt übern Runenstein. Canute, das war sein richt'ger Name.«

»Um welchen Runenstein handelt es sich?« hakte Cronkite interessiert nach. »Ich wußte gar nicht, daß es hier in dieser Gegend Runensteine gibt.«

»Bestimmt gibt's noch verdammt viel, was du nich' weißt«, erwiderte Miss Horsefall. »Aber kann man dir wohl nich' ankreiden, daß du nix vom Runenstein weißt. Hab' selbs' seit Gott weiß wie lang nich' mehr dran gedacht. Is' inzwischen bestimmt sechs Fuß tief unter Giftsumach und Dornengestrüpp begraben und wird's wohl auch bleiben, bei der lausigen Arbeit, die hier gemacht wird. Vater hat 'n Laden besser geschmissen zu seiner Zeit, das kann man schon sagen, da war noch Schwung drin. Ja, ja. Der hatte aber auch sieben Söhne und zwei Tagelöhner.

Jetz' is' bloß noch Henny da und der Jammerlappen Spurge Lumpkin, der 's Pulver nich' wert is', mit dem man ihn ins Jenseits pustet. Keiner will mehr auf'm Land arbeiten. Wenn Professor Ames nich' wär' und die Jungs vom College mitbrächt', um beim Säen und Ernten zu helfen, könnten wir genausogut den ganzen Kram zusammenpacken und abhauen. Jetzt sind se 'n ganzen Sommer weg, und wir wursteln allein hier rum. Nächsten

Geburtstag verbring' ich todsicher im Armenhaus. Ganz bestimmt.«

Das Armenhaus der Gemeinde Balaclava war zwar bereits vor über 45 Jahren abgerissen worden und hatte einem Wohnblock mit hübschen kleinen modernen Apartments für Senioren Platz gemacht, aber Cronkite dachte, daß er nicht unbedingt versuchen sollte, diese Tatsache Miss Horsefall auseinanderzusetzen.

»Ich würde gerne einen Blick auf den Runenstein werfen«, meinte er. »Eine Schande, daß alte Wahrzeichen einfach so in Vergessenheit geraten. Der Stein könnte doch von historischer Bedeutung sein.«

»Hat Canny immer gedacht«, antwortete Miss Horsefall. »War allerdings ab und zu nich' ganz klar im Kopp, der Gute. Aber mit ihm in der Kutsche war's lustig, alles, was recht is'. Pack dir mal die Heckenstutzer hier, Herzchen, und versuch, ob wir uns 'n Weg zum Stein freischlagen können. Is' ganz in der Nähe, gleich da vorn am Hügel. Würd' gern selbs' mal wieder 'n Blick drauf werfen, wegen der alten Zeiten.«

Sie reichte Cronkite eine Heckenschere von enormem Ausmaß und stieg erstaunlich schnell die Verandatreppe herab, wobei sie das Geländer, das bedeutend wackliger aussah als sie, verachtungsvoll verschmähte.

»Komm mal ums Haus rum. Kannste die Kronen von'n alten Eichen hinter der Kuhle da hinten sehn? Da war mal 'n richtiger Weg, als ich noch 'n junges Mädchen war. Jetzt is' sicher alles zugewachsen, nehm' ich an. Ich kann Henny einfach nich' dazu kriegen, alles so in Schuß zu bringen, wie's sich gehört.«

»Henny ist sicher Ihr Neffe Henry Horsefall?« fragte Cronkite, der noch immer verzweifelt versuchte, das Interview nicht völlig außer Kontrolle geraten zu lassen. »Er müßte jetzt etwa 85 sein, nicht wahr?«

»Zweimal falsch geraten, Jungchen. Erstens heißt er nich' Henry, sondern Hengist. Bei uns Horsefalls hat's immer nur Hengists gegeben, seit Gott weiß wie lang schon, aber frag mich bloß nich', warum, ich hab' auch keinen Schimmer. Henny heißt jedenfalls nach meinem eignen Onkel Hengist, und der nach seinem Großonkel, der hat damals noch mit General Herkimer bei Oriskany gekämpft und an 'ner Stelle 'ne Musketenkugel abgekriegt, wo's verdammt wehtut. Drum war er auch Großonkel und nich' Urgroßvater, falls du's dir aufschreiben willst. Zweitens is' er erst 82, kein Grund also, nich' wie 'n richtiger Mann ordentlich zu arbeiten. Aber Henny war schon immer 'n bißchen mickrig. Schlägt ganz nach der Familie seiner Mutter. Die war 'ne Swope drüben von Lumpkinton. Die Swopes sind nie besonders kräftig gewesen. Quatscht sicher wieder mit Professor Ames rum, statt auf'm Acker zu arbeiten.«

»Ich habe Ihren Neffen und Professor Ames mit dem Kultivator auf dem Feld gesehen, als ich herkam.«

Cronkite fügte jedoch nicht hinzu, daß er beim Anblick der beiden alten Männer mitten auf dem vorbildlich bestellten Acker einen seltsamen Kloß im Hals verspürt hatte. Daß Hennys Mutter eine Swope gewesen war, hatte er nicht gewußt. Das bedeutete, daß er selbst um ein paar Ecken mit dem Mann verwandt war, der nach jenem Mitstreiter von General Herkimer benannt worden war. Swopes hatte es in der Gegend von Lumpkinton schon beinahe so lange gegeben wie Horsefalls in Lumpkin Corners. Weit davon entfernt, an der Beleidigung seiner Vorfahren Anstoß zu nehmen, begann er vielmehr, echtes Interesse an Miss Hilda und ihrem Neffen zu entwickeln.

»Sind die Swopes irgendwie mit den Ames' verwandt?« fragte er hoffnungsvoll.

Auf eine Verwandtschaft mit dem berühmten Professor Timothy Ames vom Balaclava Agricultural College könnte man sich wirklich etwas einbilden. Zwar hatten die Balaclava Rammböcke die Rasenden Rüpel von Lumpkin Corners beim Balaclava-County-Zugpferdwettbewerb vor zwei Monaten vernichtend geschlagen, aber Cronkite sah sich gern in der Rolle eines Kosmopoliten, der über lächerliche regionale Animositäten erhaben war, auch wenn er immer noch einen leisen Groll über die Niederlage empfand, die die Rasenden Rüpel beim Juniorenwettbewerb im Pflügen hatten einstecken müssen. Jeder wußte, daß der Gewinner, Hjalmar Olafssen, von Thorkjeld Svenson, dem Präsidenten des College und Großmeister der Geraden Furche, höchstpersönlich trainiert worden war.

Jetzt, da er darüber nachdachte, kam es ihm mit einem Mal merkwürdig vor, wie viele skandinavische Namen hier in dieser entlegenen Ecke von Massachusetts immer wieder auftauchten, die immerhin als Gegend galt, in der es von weißen Protestanten angelsächsischer Herkunft nur so wimmelte, auch wenn es irische, italienische, französische, armenische, chinesische und noch diverse andere Enklaven gab. Aber Balaclava County war eben anders. Jeder wußte, daß hier alles anders war, obwohl es bisher keinem gelungen war zu erklären, worauf dieser Unterschied zurückzuführen war. Es gab Leute in Suffolk, Norfolk und Middlesex County, die wahrhaftig glaubten, sie bräuchten ein Einreisevisum, um nach Balaclava County zu kommen, und Leute in Plymouth und Bristol County, die sich nicht einmal hertrauen würden, wenn man ihnen das Land schenken würde, aus Prinzip sozusagen.

Der Runenstein – Cronkite dachte an die vielen Sagen, die sich um die Nordländer rankten, an die Kontroversen, die jedes Mal aufbrachen, wenn es um die Frage ging, ob die Wikinger tatsächlich diese felszerklüftete, abweisende Küste umsegelt hatten, bevor Felicia D. Hemans mit ihren Gedichten so erfolgreich Werbung für die Pilgerväter gemacht hatte. War es denn möglich – Cronkite hatte inzwischen seine Frage nach möglichen Verbindungen zur Familie Ames vergessen, aber Miss Hilda dachte sowieso nicht daran, sie zu beantworten. Er blickte auf den weitentfernten Eichenhain wie der stämmige Cortez einst auf dem Gipfel in Darien Ausschau gehalten hatte, auch wenn er selbst geschmeidig und flink und im Augenblick sogar bereit war, für einen Blick auf den besagten Runenstein ganzen Wäldern aus Giftsumach zu trotzen. Vielleicht kam dabei eine Titelstory heraus, die möglicherweise sogar unter seinem Namen veröffentlicht werden würde.

Doch er verhielt sich weiterhin wie ein rücksichtsvoller und guterzogener junger Mann. »Sind Sie auch sicher, Miss Horsefall, daß Sie sich in der Lage fühlen, mir den Weg zu zeigen?« fragte er besorgt.

»Was zum Teufel soll mich abhalten?« antwortete die alte Dame und setzte sich mit einem Tempo in Bewegung, das man zwar nicht gerade als schnell bezeichnen konnte, das ihr aber bei jedem Senioren-Sonntagswandern zur Ehre gereicht und einen guten Platz gesichert hätte.

»Tut mir gut. Kriegt man ordentlich Appetit von. Will sowieso nich' auf meine alten Tage im Schaukelstuhl rumhocken. Da, jetz' sind wir genau unterhalb vom Hügel, jetzt isses Haus nich' mehr zu sehn. Kann uns von da auch keiner mehr sehn, selbs' wenn einer da wär' und 's versuchen würde. Drum sind Canny und ich auch immer – zum Teufel, was issen das für'n verdammtes Gebrüll?«

Schauerliche Schreie hallten zu ihnen herüber. Irgend jemand oder irgend etwas hinten im Scheunenhof mußte gerade Fürchterliches durchmachen. Es war eine beträchtliche Entfernung, aber selbst bei einer Provinzzeitung weiß der Laufbursche, wann er die Beine in die Hand nehmen muß. Cronkite Swope überließ es Miss Horsefall, ihm nach besten Kräften zu folgen, besann sich auf seine neuen Joggingschuhe und legte die Entfernung in exakt 1 Minute, 17¼ Sekunden zurück. Das war seine bisherige Bestzeit, doch sie war nicht gut genug. Als Cronkite schließlich den Scheunenhof erreichte, hatte Spurge Lumpkin bereits ein schrecklicher, plötzlicher, grausiger Tod ereilt. Es blieb Cronkite nichts anderes mehr zu tun, als sich über ein Büschel Gänsefingerkraut zu beugen und sein nunmehr zur Last gewordenes Mittagessen von sich zu geben. Er würgte auch noch, als Henny Horsefall und Professor Ames den Traktor mit dem angehängten Kultivator auf den Hof fuhren.

»Um Gottes willen, sehen Sie bloß nicht hin«, keuchte er. »Es ist – es ist –«

Die beiden alten Männer schoben ihn zur Seite und sahen sich die Angelegenheit genauer an.

»Christ im Himmel!« flüsterte Henny Horsefall. »Was is' denn hier passiert? Muß wohl so was wie 'ne fliegende Untertasse mit'm Todesstrahl gewesen sein.«

Ausnahmsweise hatte Timothy Ames sein Hörgerät diesmal eingeschaltet. »Von wegen Todesstrahl, Teufel auch«, schnaubte er, wobei die langen Haare, die aus seiner Nase herauswuchsen, wie Antennen in alle Richtungen vibrierten. »Warum bloß hat Spurge denn hier mit Löschkalk rumgefummelt?«

»Löschkalk?« rief Henny. »So 'n Höllenzeug hab' ich überhaupt nicht auf'm Hof! Braucht nur mal naß zu werden, und schon verbrennt's einem den ganzen – um Himmels willen, Tim, denkst du etwa, daß Spurge –«. Entsetzt schüttelte er den Kopf und wußte mit einem Mal nichts mehr zu sagen.

»Was sollte Spurge denn überhaupt hier tun?« fragte Ames.

»Ich hab' ihm gesagt, er soll 'n Schlauch rausholen und 'n Kreiselstreuer saubermachen. Letzten Montag ham wir die Felder gekalkt, und grad als wir fast fertig waren, fing's an zu regnen. Du weißt ja, wie Kalk am Streuer verklumpt, wenn man 'n nich' sofort saubermacht. Und Spurge sollte 'n saubermachen, als wir wieder in der Scheune waren, aber er hat 'n die ganze Zeit liegen lassen, total verstopft, bis ich's ihm gestern nachmittag gesagt hab'. Spurge is 'n guter Arbeiter, man muß ihm bloß alle naselang auf die Finger gucken, denn er hat 'n Gedächtnis wie 'n Sieb, aber herrjeh, Tim, das kann einfach nich' sein. Wir haben doch für die Felder immer bloß normalen, harmlosen Kalkstein genommen, genau das gleiche Zeug wie sonst auch. Selbst wenn er 'n Schlauch draufgehalten hätte und was ins Gesicht gekriegt hätte – und das muß er ja –, es hätt' ihm todsicher nichts geschadet.«

»Offenbar hat es ihm aber verdammt viel geschadet«, sagte Ames. »Glaubst du, daß er dumm genug war, sich direkt über den Kreiselstreuer zu beugen, ohne vorher den Schlauch abzustellen, als er sah, daß der Kalk zu brodeln und zu rauchen anfing?«

»Spurge war sogar dafür dämlich genug. Er war 'n richtig komischer Kauz. Mußte seine Nase immer in alles reinstecken. Tja, genau das hat er wohl gemacht. Lustig immer weiter gespritzt, weil die Blasen so schön waren, und hat dann die ganze Ladung mitten ins –«

Henny brachte das Wort »Gesicht« nicht mehr über die Lippen, denn von Gesicht konnte bei Spurge keine Rede mehr sein.

»Löschkalk?« Trotz seiner Übelkeit konnte Cronkite nicht darauf verzichten, eine Frage zu stellen. »War das nicht das Zeug, in das man früher Verbrecher hineinwarf, nachdem man sie aufgehängt hatte?«

Sofort bedauerte er, daß er nicht den Mund gehalten hatte. Spurge mußte das Gefühl gehabt haben, als hätte er sein Gesicht mitten in einen angestellten Schweißbrenner gehalten. Cronkite versuchte nochmals vergeblich, seinen bereits leeren Magen zu erleichtern.

»Ganz recht«, antwortete Professor Ames. »Sehr hygienische Methode. Selbst für die Ratten blieb nichts mehr übrig. Löschkalk eignet sich außerdem für vieles gut, weil er, sofort nachdem er naß wird, eine enorme Hitze entwickelt. Als die Telegrafie noch in den Kinderschuhen steckte, hat man zum Beispiel damit die Masten in die gefrorene Erde gesetzt. Man hat einfach an der Stelle, wo der Mast aufgestellt werden sollte, ein Faß mit dem Zeug aufgeschlagen und ein paar Eimer Wasser darüber geschüttet. Wenn man am nächsten Morgen wiederkam, war der Boden an der betreffenden Stelle ringförmig getaut, tief genug, um den Leitungsmast aufzustellen. Natürlich mußten die Männer verdammt genau aufpassen, wo sie das Wasser hinschütteten. Ich selbst hatte einen Onkel, der drüben in Aaroostock County als Telegrafenarbeiter gearbeitet hat. Ein richtiges Piratengesicht hatte der, voller Narben, alles vom Löschkalk, und trug über dem einen Auge immer eine Augenklappe. Damals gab's noch keine Entschädigungen für Arbeitsunfälle. Tut's dein Telefon, Henny?«

»Will ich verdammt nochmal annehmen. Hab' schließlich die Rechnung bezahlt. Glaub' ich jedenfalls.«

»Dann gehen wir am besten ins Haus und machen ein paar Anrufe.«

»Dem armen Schwein kann sowieso keiner mehr helfen.«

»Weiß ich selbst, aber wir können ihn doch nicht einfach so liegen lassen. Am besten rührt ihn keiner an, bis die Polizei hier war und sich alles angesehen hat. Ich verstehe wirklich nicht, wie das – Herr im Himmel, da kommt deine Tante Hilda.«

»Schnapp sie dir, junger Mann, und bring sie von hier weg«, sagte Henny zu Cronkite. »Der Frauenverein hat 'ne Riesensache zu ihrem Geburtstag vor. Die machen todsicher 'n Heidengeschrei, wenn wir sie jetzt vor Schreck sterben lassen un' die schöne Party ins Wasser fällt. Schaff sie man flott zurück ins Haus, un' ruf die Polizei an. Am besten versuch auch, Doc Fensterwald zu kriegen, dann kann uns wenigstens keiner vorwerfen, wir hätten nich' alles versucht.«

Froh darüber, sich endlich aus dem Staub machen zu können, gehorchte Cronkite. Die beiden alten Männer deckten Spurge so gut es ging mit einer Plane zu und folgten Cronkite. Als sie schließlich das Haus erreichten, hatte Miss Hilda bereits die Schnapsflasche herausgeholt und Kaffee gekocht.

Wegen seiner Schwerhörigkeit benutzte Timothy Ames das Telefon ungern, doch nachdem man den Arzt und die Polizei verständigt hatte und Henny Miss Hilda wieder dazu bewogen hatte, den Brotteig zu kneten und Pflaumenschnaps in Cronkite hineinzugießen, um seinen angegriffenen Magen zu beruhigen, machte auch Tim einen Anruf.

Kapitel 2

»Was ist so kostbar wie ein Junitag ...«*, hob Helen Shandy, Bibliotheksassistentin für die Sammlung Buggins, an.

»Ein Gratisbier in einem Schottenpub«**, schloß Peter Shandy, Professor für Landwirtschaft und zusammen mit Timothy Ames stolzer Züchter der *Brassica napobrassica balaclaviensis* oder Balaclava-Protz-Rübe, jener hervorragenden Steckrübenart, die das College seinerzeit berühmt und ihre Erfinder reich gemacht hatte. »Eins zu Null für dich, Liebes. Jetzt bricht die Zeit der Freuden an, die Abschlußfeier ist vorbei, und das Sommersemester hat noch nicht angefangen. Ist dir überhaupt klar, daß ich drei ganze Wochen habe, in denen ich tun kann, was mir gefällt?«

»Du Glücklicher! Aber ist dir überhaupt klar, daß ich genau diese drei Wochen habe, um endlich die Buggins-Sammlung zu katalogisieren, ohne daß mir ständig jemand auf den Wecker geht und mich Statistiken über Schweinezucht heraussuchen läßt?«

»Tatsächlich? Ich hatte gehofft, wir könnten die Tage gemeinsam verbringen und uns in den Narzissen beglücken.«

»Offensichtlich bist du immer noch nicht genug beglückt worden?«

»Sehr richtig.«

Shandy streckte die Hände nach seiner Frau aus, doch sie entwischte ihm und fuhr fort, Petunien zu setzen.

»Pfoten weg, du Lüstling! Ich will doch, daß der Garten hübsch aussieht, wenn Iduna und Daniel von ihrer Hochzeitsreise zurückkommen.*** Ich plane nämlich, eine Teeparty zu geben.«

»Vielleicht solltest du besser ein richtiges Gelage veranstalten, du weißt doch, wie gerne Iduna und Daniel futtern.«

---

* James Russell Lowell.

** Fred Allan.

*** »... *freu dich des Lebens*«, Du Mont's Kriminal-Bibliothek Bd. 1007.

»Wo wir einmal beim Thema sind: Habe ich dir schon erzählt, daß wir morgen bei den Ames' zum Abendessen eingeladen sind?«

»Hast du nicht! Und wer kocht?«

»Laurie. Sie hat beschlossen, sich jetzt den hausfraulichen Pflichten zu widmen.«

»Oh Gott und ein donnerndes Hurra! Was bekommen wir denn vorgesetzt? Gebratenen Pinguin?«

Roy, Biologe und einziger Sohn von Professor Ames, hatte vor kurzem Laurie Jilles geheiratet, eine Kollegin, die mit ihm an einer Antarktisexpedition teilgenommen hatte. Beide hatten einen Lehrauftrag am Balaclava College und wohnten jetzt bei Tim, sehr zur Erleichterung der nächsten Nachbarn, vor allem der Shandys, die direkt gegenüber lebten. Der alte Witwer war seit Jahren so sehr mit der intensiven Erforschung der verschiedenen Bodenarten und Düngemittel beschäftigt gewesen, daß er sich um Trivialitäten wie saubere Hemden, geregelte Mahlzeiten und Rasenmähen wenig gekümmert hatte.

An dem Tag, als Roy Laurie zum ersten Mal nach Hause mitgebracht hatte, hatte Tim den Schmutz von seiner trifokalen Brille gewischt, sich die selbstbewußte brünette junge Frau genau angesehen, sein Hörgerät eingeschaltet und ihre junge warme Stimme »Hallo, Daddy Ames« sagen hören und sofort beschlossen, daß sie die Richtige war. Auch Laurie gab sich nicht mit Halbheiten zufrieden und betete den haarigen gnomenhaften Mann seit diesem Tag förmlich an. Da Roy verständlicherweise sowohl seiner Frau als auch seinem Vater zugetan war, hätte es nicht glücklicher kommen können.

Als Hochzeitsgeschenk hatte Tim Laurie sein Scheckbuch überreicht, auf das hübsche alte Haus gezeigt, das seine verstorbene Frau so schmählich vernachlässigt hatte, und gesagt: »Richtet es euch so her, wie ihr es schön findet.« Roy und Laurie hatten einen wunderbaren Sommer damit verbracht, diesem Wunsch Folge zu leisten. Zuerst hatten sie einen Wohnzimmerteppich mit einem wellenartigen Muster in Blau- und Grautönen gefunden. Dann kauften sie weiße Ledermöbel, die wie ein Feld winziger Eisberge aus den blauen Teppichwogen ragten, als Erinnerung an jene Eisvogeltage, als auf dem Ross-Meer ihre Liebe erblüht war. Sie hatten Tapeten mit Grünalgen- und Hohltiermustern erstanden. Sie hatten Tims Schlafzimmer und sein Arbeitszimmer neu hergerichtet und dafür Erdfarben wie Umbra, Ocker und Terracotta gewählt, damit er sich wirklich wie zu Hause fühlte. Ihr eigenes Schlafzimmer schmückte ein Fries Kaiserpinguine und ein großes Jacques-Cousteau-Poster.

Außerdem hatten sich die Kinder ein Auto gekauft, das sie selbst mit ihren kleinen Gehältern abbezahlten, weil sie Tims Großzügigkeit nicht ausnützen wollten. Die alte Klapperkiste, mit der einst Jemima Ames und später für kurze Zeit die berüchtigte Lorene McSpee die Gegend unsicher gemacht hatten, war bei der letzten Inspektion aus dem Verkehr gezogen worden und hatte sich inzwischen in ein handliches kleines Blechpaket verwandelt. Das häßlichste Auto in Balaclava County gehörte jetzt ohne Zweifel Präsident Svenson.

»Ich finde es richtig süß, wie Roy und Laurie sich so lieb um Tim kümmern«, meinte Helen und griff nach der nächsten Petunie.

»Ich finde eher, daß Tim sich verdammt großzügig um sie kümmert«, brummte Peter und streute noch ein wenig Spezialdünger. »Wo sind sie denn heute alle hin?«

»Laurie wollte sich noch andere Tapeten ansehen. Sie haben Tim irgendwo bei einem alten Farmer in Lumpkin Corners abgesetzt und holen ihn dort auf dem Rückweg wieder ab. Ich möchte wissen, ob er wohl auch seinen Erdbohrer mitgenommen hat. Erinnerst du dich noch, Liebling, als wir im Mai die Kongreßabgeordneten im College zu Besuch hatten? Tim marschierte mit dem Riesenbohrer in der Hand vorbei, der fast so groß war wie er selbst, und ein Kongreßabgeordneter fragte ihn, wozu er das Ding brauche.«

»Und Tim antwortete bloß: ›Verstopfung.‹ Das nennt man eine historische Sternstunde, meine Liebe. Haben wir zufällig kaltes Bier im Haus?«

»Haben wir, aber du bekommst keinen Tropfen, bevor wir nicht diese Einfassung bepflanzt haben. Du wirst bloß wieder völlig berauscht und von Sinnen in die Hängematte sinken. Nimm einen Schluck Wasser aus dem Schlauch, wenn du so durstig bist.«

»Ich bin doch keine Petunie! Starke Männer brauchen auch starke Getränke. Höre ich da nicht das Telefon?«

»Wenn es das Telefon sein sollte, nehme ich besser ab, denn dich kann man mit dem Kühlschrank kaum allein lassen.« Helen klopfte sich das Torfmoos von den Knien ihrer Gartenhose und lief in das hübsche kleine Backsteinhaus, in dem sie seit sechs turbulenten, glücklichen Monaten die Schloßherrin war. Das Telefon klingelte tatsächlich, und die Stimme am anderen Ende der Leitung war die von Tim. Sie hörte sofort, daß er sich in einem schrecklichen Zustand befand.

»Pete, komm schnell!«

»Hier ist nicht Pete«, brüllte sie in den Hörer. »Was ist denn passiert, Tim? Wo bist du?«

Aber er brüllte nur zurück: »Hol Pete!« Sie konnte ihn diese beiden Worte noch schreien hören, als sie längst den Hörer hingelegt hatte und zur Eingangstür eilte.

»Peter, komm schnell! Es ist Tim, und er ist völlig außer sich.«

»Weshalb denn?«

»Das will er mir nicht sagen. Er schreit immer nur nach dir.«

Mit drei Sätzen war Shandy im Haus und am Apparat. »Tim«, brüllte er in das Geschrei hinein, »was ist denn los?«

Helen stand neben ihm und sah, wie das Gesicht ihres Gatten langsam immer blasser wurde, als er Tim zuhörte. »Okay, Tim«, rief er, »ich bin schon unterwegs.« Dann hängte er ein.

»Was ist denn, Peter? Hatte Roy etwa einen Unfall mit dem neuen Wagen?«

»Nein, etwas völlig anderes ist passiert. Tim ist draußen bei Henny Horsefall. Hennys Knecht hatte gerade einen Unfall mit Löschkalk und ist tot.«

»Löschkalk? Wie furchtbar! Und wie ist es passiert?«

»Genau das soll ich herausfinden. Deshalb will Tim, daß ich zur Farm komme. Henny behauptet, es gäbe dort überhaupt keinen Löschkalk, schon seit Gott weiß wie lange nicht. Er braucht das verdammte Zeug überhaupt nicht auf dem Hof. Keiner weiß genau, wann Laurie und Roy aufkreuzen werden. Henny ist über 80 und hat sonst niemanden außer einer Tante, die nächste Woche 105 wird.«

»Dann sollte ich vielleicht besser mitkommen. Ich könnte mich um die alte Dame kümmern oder so.«

»Ich denke, die Nachbarn werden sowieso bald kommen. Du bleibst besser hier und pflanzt die restlichen Petunien. Wir sind damit sowieso schon etwas spät dran. Ich ruf' dich sofort an und sag' dir Bescheid, wenn ich weiß, was los ist.«

Er gab ihr einen flüchtigen Kuß und rannte den Hügel hinunter zur Tankstelle von Charlie Ross, wo sein Wagen parkte, denn sie selbst hatten keine Garage, und auf dem Crescent zu parken war nicht üblich.

Helen sah ihm nach, ihr helles Gesicht hatte einen zärtlichen Ausdruck, und ihre glockenblumenblauen Augen waren ein wenig feucht. Peter war kein besonders großer Mann, und um die Taille hätte er ganz gut ein oder zwei Pfund abnehmen können, aber im Notfall war er ebenso agil wie Paavo Nurmi. Wie klug von ihr, ihn geheiratet zu haben.

Und wie ausgesprochen süß von ihm, sie geheiratet zu haben. Es gab vieles, was für Monogamie sprach, dachte sie, während sie zurück zu ihren Petunien ging. Peter hatte eine neue Kreuzung gezüchtet, nur weil Helen erwähnt hatte, wie elegant es aussehen würde, Blumen am Eingang zu haben, die genau denselben rosigen Backsteinfarbton hätten wie das Haus. Die Farbe war noch nicht ganz perfekt, aber sie würden bestimmt trotzdem wunderschön aussehen.

Sobald er genau die richtige Nuance gefunden hatte, wollte Peter den Blumensamen unter dem Namen »Helens Traum« auf den Markt bringen und würde sicher wieder einen Batzen Geld damit verdienen. Vielleicht könnten sie sich davon eine schöne Urlaubsreise leisten. Vielleicht auf die Galapagos-Inseln, nach Vermillion, Süddakota oder an irgendeinen anderen exotischen und romantischen Ort. Es sei denn, Peter ließ sich wieder auf einen neuen verwickelten Fall ein, wozu er wohl gerade auf dem besten Wege war, wie ihre weibliche Intuition sie vermuten ließ.

Seit Shandys erstaunliche detektivische Begabung bekannt geworden war, gab es ständig Leute, die versuchten, ihn dazu zu bringen, irgendein mysteriöses Geschehen aufzuklären, das sich dann als völlig harmlos herausstellte. Doch Timothy Ames geriet für gewöhnlich nicht wegen Trivialitäten in Panik, und diesmal war er eindeutig außer sich gewesen. Löschkalk, wie eklig! »Und immerdar frißt brennend Kalk dein Fleisch und dein Gebein.« Welche Blasphemie an einem Tag wie diesem.

Helens Freude am Einpflanzen von Petunien, die einmal ihren Namen tragen sollten, war verflogen. Eine Wolke verdunkelte die Sonne. Sie fand es nur gerecht und passend, daß das wundervolle Licht verschwunden war.

Etwa 15 Minuten später dankte ihr Gatte drüben in Lumpkin Corners seinem Schöpfer, daß er Helen nicht mitgenommen hatte. Für die Augen einer Frau war dies kein schöner Anblick, allerdings auch nicht für die eines Mannes.

Shandy hielt es nicht für wahrscheinlich, daß menschliches Versagen die Ursache für den Tod von Spurge war. Trotz seines hohen Alters war Henny Horsefall genausogut dabei wie immer, und zumindest eins seiner Augen funktionierte noch hervorragend. Henny war noch nicht dazu gekommen, die großen, schweren Papiersäcke wegzuwerfen, aus denen er und Spurge ursprünglich den Kalk für den Streuer genommen hatten. Sie trugen die Aufkleber »gemahlener Kalk«; Shandy und Tim hatten die Überreste untersucht und eindeutig festgestellt, daß es sich nur um die harmlose weiße Substanz gehandelt hatte, die man normalerweise in den Säcken vermuten würde. Unten im Streuer befanden sich auch noch kleine Klumpen aus normalem Kalk. Offenbar hatte später jemand den Löschkalk auf die verstopften Öffnungen geschüttet, aber aus welchem Grund? Wie konnte ein Mensch einem anderen etwas Derartiges antun?

»Vielleicht haben die 'n gar nich' umbringen wollen«, beantwortete Henny Horsefall die Frage, die Shandy wohl laut gedacht haben mußte. »Bloß so 'n verdammter Idiot wie Spurge würd' doch 's Gesicht genau drüber hängen, wenn's auf einmal anfängt zu brodeln, oder?«

»Würdest du vielleicht auch, wenn du deine verdammte Brille nich' aufhättst«, sagte seine Tante, die sich nicht zurück ins Haus hatte schicken lassen. »Würd' ich vielleicht selbs' auch, wer weiß?«

»Du hättest aber nie im Leben 'n Streuer abgespritzt, Tante Hilda.«

»Bloß weil ich nur ein Paar Hände hab' un' nich' sechs. Aber wie du hier alles rumliegen läßt, hat der Kalk vielleicht schon so lang gelegen, daß er längs' schlecht is'.«

»Das ist unmöglich, Miss Horsefall«, erklärte Shandy. »Löschkalk ist etwas völlig anderes als das, was Ihr Neffe benutzt hat. Soweit ich sehe, kann der Löschkalk nur auf einem einzigen Weg in den Streuer gelangt sein, nämlich dadurch, daß ihn jemand hineingeschüttet hat, nachdem Ihr Neffe ihn das letzte Mal benutzt hat und bevor Spurge Lumpkin versuchte, ihn auszuwaschen. Der Heftigkeit der Reaktion nach zu urteilen, würde ich annehmen, daß der Löschkalk noch nicht lange der Luft ausgesetzt war. Können Sie sich noch erinnern, Mr. Horsefall, an welchem Tag Sie den Streuer das letzte Mal benutzt haben?«

»Ich glaub', 's war Donnerstag. Jedenfalls so vor vier, fünf Tagen. Ich hab' Spurge immer wieder gesagt, er soll's saubermachen, aber er hat's immer wieder vergessen.«

»Hättste dir doch denken können«, schnaufte seine Tante. »Warum haste 'n denn nich' gedrängt, wie sich's gehört? Hab' ich dir nich' nur einmal, sondern tausendmal gesagt –«

»Dann brauch' ich's jetzt auch nich' noch mal zu hören«, fauchte ihr Neffe zurück. »Mir is' nich' nach Zuhören zumute. Un' Spurge, dem armen Teufel, ers' recht nich'.«

»Ich nehm' an, jetzt müssen wir 's Begräbnis bezahlen.« Miss Hilda mußte unbedingt das letzte Wort haben. »Nich' etwa, daß wir's uns leisten können. Harte Zeiten, wenn ich mal so sagen darf.«

»Wir ham beide schon verdammt härtere gesehen«, knurrte Henny. »Du gehst doch immerhin jede Nacht mit'm vollen Wanst ins Bett, oder nich'?«

»Nett, wie du mit mir vor Fremden un' gebildeten Leuten sprichst. Hättst ja wenigstens Magen sagen können. Un' wenn ich mich jetz' nich' in die Küche stell', kriegt hier heut nacht keiner mehr was in' Magen.« Auf dem Weg ins Haus schimpfte sie noch weiter vor sich hin, und niemand versuchte, sie zurückzuhalten.

»Was das Begräbnis betrifft«, sagte Shandy, »würde es mich nicht wundern, wenn das College für die Kosten aufkommen würde. Es gibt da nämlich einen Hilfsfonds für Landarbeiter, nicht wahr, Tim?«

»Was?«

Das Gesicht von Professor Ames drückte für einen kurzen Moment völliges Unverständnis aus, da sein Kollege den besagten Hilfsfonds gerade erfunden hatte. Doch dann nickte er. »Stimmt, Peter. Warum zum Teufel sollte das nicht gehen? Wir holen Harry Goulson von Balaclava Junction, der kann alles Nötige erledigen und mir die Rechnung schicken. Ich reiche sie dann weiter an Svenson.«

»Ich will aber kein Almosen«, protestierte Horsefall.

»Wer spricht denn hier von Almosen? Spurge hat doch wohl denselben Anspruch darauf wie jeder andere Landarbeiter hier in Balaclava County, soweit ich weiß. Das Geld stammt aus der Stiftung, nicht wahr, Peter?«

Es würde zwar aus der Tasche von Ames und Shandy stammen, doch die beiden nahmen es in diesem Fall mit der Wahrheit nicht so genau, denn schließlich ging es um eine gute Sache, und sie waren selbst Farmer genug, um abschätzen zu können, wie es um die Finanzen der Horsefalls bestellt war. Es war ein Wunder, daß es Henny überhaupt gelungen war, die Farm so lange in Schuß zu halten. Und es war zweifellos noch ein weiteres Wunder nötig, um einen Ersatz für den einfältigen, aber immerhin arbeitswilligen Spurge zu finden. Lumpkin hatte wahrscheinlich nur für Kost und Logis gearbeitet und höchstens hin und wieder zusätzlich ein Stück Kautabak bekommen, und es sah beinahe so aus, als sei das alles, was Henny und Miss Hilda investieren konnten.

Aber dieses Problem würde man erst angehen können, wenn das erste gelöst war. »Haben Sie hier irgendwelche Feinde, Mr. Horsefall?« fragte Shandy.

Der alte Farmer zuckte die Achseln. »Fragen Sie mich nich', aber irgendein Mistkerl geht mir schon seit 'n paar Monaten schwer auf die Nerven. Zuerst war's bloß Kinderkram. Hat uns jemand Dreck vor die Tür gekippt und Gott weiß was sonst noch. Dann hat einer die Zweige vom Apfelbaum abgebrochen. Zuerst hab' ich gedacht, daß es der Lausejunge Billy Lewis war, un' hab' ihm 'ne Ladung Steinsalz aus der Schrotflinte angedroht. Hat sofort kapiert, daß es mir ernst war, denn vor 32 Jahr' hab' ich's mit seinem Vater genauso gemacht.«

Henny zog sich die Hosenträger hoch und kratzte sich unter dem linken Arm. »Aber Billy hat verdammt nochmal Stein und Bein geschworen, daß er's nich' war, un' ich hab's ihm geglaubt. Die Lewis-Jungen sind zwar freche Bengel, aber gelogen ham sie noch nie. Aber dann is' es immer gemeiner geworden. Meinen Maschendraht ham sie mir losgerissen un' die Hunde in' Hühnerstall gejagt. Die ham alle unsre besten Legehennen totgebissen. Kurz drauf hat einer Glassplitter in unsren Schweinetrog gekippt. Hab's dann zum Glück glänzen sehn, als ich reinging, um die Schweine zu tränken, un' hab' sie dann mit'm Sack Getreide ablenken können, bis Spurge un' ich den Trog leergemacht hatten. Letzte Woche hab' ich dann 100 Tomatenpflanzen gesetzt, die ich seit März aufgepäppelt hab', un', lieber Herrgott, zwei Tag' später komm' ich raus un' seh', daß die ganzen verdammten Pflanzen voll Schnupftabak sind.«

»Donnerkeil!« rief Shandy.

»Und was soll daran so schrecklich sein?« fragte Cronkite Swope. »Ich dachte immer, Nikotin sei eine Art Insektizid.«

»Tabak gehört zur Solanum-Familie«, erklärte Shandy. »Genauso wie die Tomate, und ist anfällig für Pilzkrankheiten, die dann auf verwandte Pflanzen übertragbar sind. Ich weiß nicht, ob das Verstreuen von Tabak über ein Feld mit empfindlichen jungen Tomatenpflanzen dazu führen kann, daß eine Krankheit übertragen wird, die sämtliche Pflanzen vernichtet, aber man könnte es als verdammt häßliches Experiment in diese Richtung sehen. Und Sie sind ganz sicher, Mr. Horsefall, daß es niemand aus der Lewis-Familie war?«

»So was würden die nie machen. Unmöglich. Zum Teufel, wir sind schließlich schon seit drei, vier Generationen Nachbarn. Kinderstreiche gibt's immer mal wieder, aber das hier ist doch was andres.«

»Da haben Sie allerdings recht«, sagte der Professor und dachte daran, wie Spurge ausgesehen hatte, als er ihn zuletzt gesehen hatte. »Sie haben also keine Ahnung, wer all diese Anschläge verübt haben könnte?«

»Menschenskind, wenn ich das wüßte, würd' ich wohl kaum so dämlich hier rumstehen, sondern meine Knarre schnappen un' den Schweinehund abknallen. Un' Steinsalz würd' ich diesmal auch nich' reintun, darauf könnt ihr verdammt nochmal Gift nehmen!«

»Ich kann Ihre Gefühle verstehen, Mr. Horsefall.«

»Sie können verflucht gar nichts verstehen. Spurge un' ich ham zusammen die Felder hier bearbeitet –« Der alte Mann kämpfte mit den Tränen.

Tim faßte seinen Freund am Arm. »Komm schon, Henny. Am besten, du gehst ins Haus und genehmigst dir 'nen ordentlichen Schluck von Tante Hildas Kopfschmerzmedizin. Die Polizei muß auch jeden Moment kommen und will dann bestimmt mit dir reden.«

»Reden? Is' schon verdammt viel zuviel geredet worden, statt was zu tun.«

Trotzdem ließ sich Henny von Professor Ames ins Haus führen. Cronkite Swope blieb voller Hoffnung zurück.

»Werden Sie Licht in die Sache bringen, Professor Shandy?«

»Wie in Drei-Teufels-Namen soll ich das jetzt schon wissen? Aufgefallen ist mir bisher nur eins, daß Sie nämlich hier in der Gegend herumstehen und nach einer guten Story lechzen, die Ihren Namen auf das Titelblatt vom *Berkshire Boten* bringen wird, wenn Ihnen das weiterhilft. Wer kommt denn da schon wieder? Doch wohl nicht der Arzt?«

Eine massige Gestalt mit einem mächtigen feuerroten Schnurrbart und einem blauen Overall watschelte von der anderen Straßenseite auf sie zu und wedelte dabei mit einer Art Strohhut, wie sie auf dem Land bei Mensch und Tier gleichermaßen beliebt ist.

»Was'n los?« grölte die schlechte Nachahmung eines Bauern, als sie mehr oder weniger in Hörweite war. »Hab' hier seit Jahren nich' so viel Betrieb mehr gesehen, jedenfalls bestimmt nich', seit damals Spurge mit seinem Hemdzipfel in der Milchzentrifuge hängengeblieben is'. Un' was hat er jetz' wieder gemacht?«

»Wie kommen Sie denn ausgerechnet auf Spurge?« fragte Shandy.

Der Neuankömmling spuckte in den Staub und stülpte sich den Hut, der prädestiniert dafür zu sein schien, einer Kuh als Frühstück zu dienen, auf seinen roten Haarschopf. »Is' doch meistens so. Spurge is' wirklich der blödste Hornochse, den ich hier je gesehen hab'. Kann ich sowieso nich' kapieren, wie Henny den seit Jahren aushält.«

»Mr. Horsefall war eben echt total fassungslos«, sagte Cronkite Swope.

»Sie meinen wohl, er hat völlig die Fassung verloren«, brauste Shandy auf. »Wenn Sie sich noch nicht richtig ausdrücken können, sollten Sie es bald lernen, junger Mann. Man muß nicht alles übernehmen, was man hört. Da Ihnen offenbar so viel daran liegt, in Ihrem Beruf weiterzukommen, sollten Sie sich wohl möglichst schnell mit Ihrem Handwerkszeug vertraut machen.«

Cronkite nahm die Kritik gelassen hin. »Ach, darum kümmert sich doch heute keiner mehr. Ist doch alles ganz gewöhnliche Umgangssprache.«

»Höchstwahrscheinlich kennen Sie den Ausspruch von Mark Twain noch nicht, daß Gott den gewöhnlichen Menschen sehr gehaßt haben muß, sonst hätte er ihn nicht so gewöhnlich gemacht. In Wirklichkeit sind wir selbst es, die sich erniedrigen, indem wir es kampflos zulassen, daß unsere Maßstäbe derart verwässert werden.«

Der Fremde stieß einen Laut aus, den man wohl am ehestens als höhnisches Zischen interpretieren konnte, und Shandy wirbelte zu ihm herum. »Und was Sie betrifft, Mister, Ihr Narrenkostüm wäre wohl überzeugender, wenn Sie nicht die neueste Ausgabe des *Wallstreet Journal* aus der Tasche hängen hätten. Wäre es zuviel verlangt, wenn ich Sie bitten würde, sich endlich vorzustellen?«

»Schon in Ordnung.« Der Mann spuckte ein weiteres Mal auf den Boden. »Der Mensch hat doch wohl 'n Recht rauszufinden, was in der Welt so vor sich geht, oder nich'? Da Sie so freigebig mit Informationen um sich schmeißen, die keiner hören will, kann ich Sie das genauso fragen. Wer zum Teufel sind Sie denn?«

Cronkite hatte vielleicht seine Schwächen, wenn es um die Reinhaltung der Sprache ging, doch er hatte sehr ausgeprägte Vorstellungen, was Majestätsbeleidigungen betraf. »Vor Ihnen steht Herr Professor Shandy vom Balaclava College«, informierte er den Übeltäter mit einer Stimme, in der eisiger Tadel mitschwang. »Und das hier, Professor Shandy, ist Fergy. Ihm gehört der kleine Laden da unten, der bloß 'n Katzensprung – eh, ich meine, der hier ganz in der Nähe ist, ›Fergys Schnäppchen-Scheune‹. Sie sind bestimmt schon dort vorbeigefahren.«

Shandy erinnerte sich, seine Augen gequält abgewendet zu haben, als sie an einem Ort vorbeigekommen waren, den er zunächst für einen Müllabladeplatz gehalten hatte, der sich aber bei nochmaligem Hinschauen als eine Art Warenlager unter freiem Himmel entpuppt hatte. Er hatte dem lieben Gott gedankt, daß er Helen nicht mitgenommen hatte, da Örtlichkeiten, an deren Eingang sich zerbeulte Schaufensterpuppen mit langen Röcken, Hauben mit flatternden Bändern und Umhängetüchern befanden und hinter denen sich Berge von rostigen Wasserboilern und Bettfedern türmten, in ihr den unwiderstehlichen Wunsch weckten, einmal kurz nachzusehen, was es dort Faszinierendes zu kaufen gab.

Fergy nickte und vergaß seine Feindseligkeit angesichts derartiger Prominenz. »So isses. Hab' Sie eben die Straße raufdonnern sehen, als wär' Ihnen ein Präriebrand auf'n Fersen. Nettes Auto, was Sie da haben. Wie wär's, wenn Sie's mit 'ner echten Pierce-Arrow-Kühlerfigur von 1939 verschönern würden?«

»Vielen Dank, eh, aber ich glaube, das lassen wir lieber. Meine Frau ist mehr für das Einfache.«

Fergy musterte die bescheidene Erscheinung des Professors von oben bis unten. »Schon klar«, brummte er. »Na ja, versuchen schadet nix, wie schon damals der Doktor so schön sagte, als er mich 's erste Mal zu Gesicht kriegte. Ham die Verwandten von Spurge sicher auch gesagt. Aber du hast doch grad gesagt, Henny hätt' sich aufgeregt, Cronk. Was is' denn nun mit Spurge los?«

»Er hat den Kreiselstreuer saubergemacht und dabei 'ne Ladung Löschkalk mitten ins Gesicht gekriegt. Gott weiß, wie das passieren konnte.«

»Heiliges Kanonenrohr! Das hätt' ihn glatt umbringen können.«

»Hat es auch.«

»Das wüßt' ich!«

Wenn ein echter Yankee sagt »Das wüßt' ich!«, bezweifelt er damit keineswegs das Gesagte. Er meint vielmehr: »Ich bin außerordentlich erstaunt über das soeben Gehörte!« Cronkite Swope war dies natürlich bekannt, doch als echter Vollblutreporter fuhr er selbstverständlich mit seinem Bericht fort und zog dabei alle Register seines Journalistenrepertoires.

»Am Morgen des 18. Juni ahnte Spurge Lumpkin noch nichts von seinem – weiß hier zufällig jemand, ob Spurge von diesem Canute Lumpkin abstammt, mit dem sich Miss Horsefall damals immer – eh, ich meine, von dem sie sagt, daß er sich damals so für den Runenstein interessiert hat?«

»Welcher Runenstein?« fragte Shandy.

»Der da drüben am Hügel, wo die großen Eichen stehen. Miss Horsefall wollte mich gerade hinführen, um zu sehen, ob wir dort irgend etwas Interessantes finden könnten, als wir dieses schreckliche Geschrei hörten und – den Rest wissen Sie ja bereits. Spurge war wohl der letzte Lumpkin, oder? Gibt es noch andere Lumpkins hier, Fergy?«

»Ja, gibt es. Meinen verhaßten Rivalen, Nutie der Schleimer.«

Fergy fand sich offenbar äußerst witzig, und Cronkite schien seine Meinung zu teilen. Nach einigem Nachdenken wußte auch Shandy, wen Fergy meinte. Helen hatte ihn unlängst überredet, einen wunderbaren, faszinierenden kleinen Antiquitätenladen mit dem Namen »Nuties Nische« aufzusuchen, unter dem reichlich durchsichtigen Vorwand, sie bräuchten unbedingt noch eine Seemuschel für die Etagere in der Wohnung. Ihr Gatte war so erstaunt gewesen, daß es ihm die Sprache verschlagen hatte, als sie nach wenigen Minuten wieder aus dem Geschäft geeilt war, ohne sich auch nur nach dem Preis für einen einzigen Gegenstand erkundigt zu haben. Anschließend hatte sie ihm im Wagen ihre Gründe dargelegt.

»Was für ein widerlicher Kerl! Tut so, als sei er ein netter, unschuldiger, kleiner Homosexueller, und starrt mich dann die ganze Zeit mit diesem Komm-doch-ohne-deinen-Mann-zurück-Blick an. Ich verwette glatt eine Erstausgabe von Havelock Ellis, daß er mich zu einem Clinch auf seinem Queen-Anne-Sofa gezwungen hätte, wenn du nicht dabeigewesen wärst. Versuch bloß nicht, mich wieder zu diesem schrecklichen Ort zu bringen.«

»Keine Angst, meine Liebe«, hatte er sie beruhigt. Nutes doppeldeutiges Auftreten erschien ihm zwar außerordentlich merkwürdig, aber er zweifelte keinen Moment daran, daß Helen wußte, wovon sie sprach.

»Das würde also bedeuten, daß der Knabe, der den Antiquitätenladen führt, ebenfalls ein Lumpkin ist?« fragte er Fergy. »Dann wären er und Spurge vielleicht sogar miteinander verwandt?«

»Vettern ersten Grades, aber sie ham beide nie besonders damit angegeben.«

»Und woher wissen Sie das alles? Sind Sie mit diesem Nute näher bekannt?«

»Na klar. War bloß 'n Witz, das mit dem Rivalen eben. Wir Händler stehen uns alle gut miteinander. Müssen wir auch. Sehn Sie, zu mir kommen die Leute un' kaufen Gerümpel. Wenn ich mal 'n richtig gutes Stück in die Finger krieg' und versuch', es für'n anständigen Preis zu verkaufen, denken die Leute, ich mach' Witze. Drum bring' ich's lieber zu Nute. Der bezahlt mir 'nen fairen Preis und verkauft's dann für doppelt soviel, was ich natürlich nie könnte. Und er macht's umgekehrt genauso. Wenn er mal Zeug hat, das er im Geschäft nich' verkaufen kann, verscheuert er's mir ganz billig, und ich mach' dann 'n Dollar oder zwei Profit, wenn ich's weiterverkaufe. Eine Hand wäscht die andre, wie man so sagt. Kann zwar nich' behaupten, daß ich

Nutes Busenfreund bin, aber wir sehn uns ein-, zweimal die Woche, wenn wir's einrichten können.«

»Nutes richtiger Name ist doch sicher Canute, nehme ich an«, versuchte Cronkite sein Glück.

»Verdammt richtig. Woher weißt du das denn, Cronk?«

»Wir von der Presse verraten grundsätzlich unsere Informationsquellen nicht.«

Seit der ersten Lektion im Großen Fernkurs für Journalisten hatte Cronkite darauf gebrannt, diesen Satz endlich einmal anbringen zu können. Es war schade, daß die Umstände nicht so waren, wie er sie sich gewünscht hätte, vor Gericht beispielsweise, wo er für diesen Satz wegen Mißachtung des Gerichts bestraft werden hätte können, aber immerhin war es auch jetzt eine gute Übung.

»Komisch, daß du grad jetzt den Runenstein erwähnst«, schwätzte Fergy weiter, völlig unsensibel für die Tatsache, daß er soeben Zeuge eines historischen Moments in der Geschichte des Journalismus in Balaclava County geworden war. »Der arme Spurge hat sich darüber auch vor 'n paar Tagen mal 'n Mund fusselig geredet. Kam fast jeden Abend rüber zu mir, müssen Sie wissen. Nach'm Abendessen gab's hier auf der Farm nie mehr viel zu tun. Miss Hilda und Henny gehen nämlich immer mit'n Hühnern ins Bett. Spurge hat mir oft beim Abladen vom Laster geholfen, Sachen mit rumgeschoben und andre Kleinigkeiten. Sie wissen ja, wie das so geht. Man kauft 'n ganzen Hausstand auf, nachdem irgendso'n alter Knacker das Zeitliche gesegnet hat, und da muß man dann einfach alles nehmen, vom Mülleimer bis zu Tantchens Haaröl. Manchmal gibt's ein, zwei gute Teile in dem ganzen Gerümpel, aber meistens nich' mal das. Jedenfalls haben Spurge und ich immer 'n bißchen zusammen gearbeitet, und er hat dann von mir ein, zwei Bier dafür gekriegt. Manchmal auch drei. Geld konnte man ihm ja keins geben, hätt' er ja doch bloß verloren oder sofort für irgend'nen Krimskrams rausgeschmissen, der ihm gefiel. Wir ham also dagesessen und unser Bier gekippt. War 'n netter Kerl, irgendwie.«

»Er hat also den Runenstein erwähnt«, erwiderte Shandy. »Was genau hat er denn gesagt?«

»Um die Wahrheit zu sagen, das krieg' ich jetzt beim besten Willen auch nich' mehr zusammen. Hab' wahrscheinlich mal wieder nich' hingehört. Hab' ich nämlich meistens nich'. Hab' ihm bloß immer sein Bier gegeben und ihn reden lassen, wie's ihm gefiel. Wie zum Henker is' er denn an Löschkalk geraten?«

»Sie haben nicht zufällig Löschkalk bei sich im Lager?«

»Nich' da, wo's jemand wegnehmen könnte, Professor. Zu mir kommen Kinder mit ihren Eltern, und das Zeug is' viel zu gefährlich, um's rumliegen zu lassen. Außerdem isses schwer zu transportieren, und wer würd's mir schon abkaufen? Wüßt' auch auf Anhieb nich', wer's hier in der Gegend verkauft, kann mir höchstens vorstellen, daß Henny den falschen Sack erwischt hat, als er Nachschub holte. Is' auch nich' mehr derselbe wie früher, der Henny, bei weitem nich'. Ich bin dafür doppelt soviel wie früher.« Er klopfte sich auf seinen Bierbauch und grinste.

»Und Sie haben keine Ahnung mehr, was Ihnen Spurge über den Runenstein erzählt hat?« beharrte Shandy.

»Ich nehm' an, 's war irgendein Blödsinn übern vergrabenen Schatz oder so was. Die Wikinger müssen wie dieser König Tut und die restlichen Heiden gewesen sein. Wenn jemand gestorben is', ham sie ihn mit Pfeil und Bogen oder was er grad hatte begraben, damit er sich 'n Weg nach Walhaller freikämpfen konnte. Auch wenn er 'n Schiffskapitän war oder erster Maat oder sonstwas Wichtiges, ham sie ihm auch immer noch 'n paar Teller oder 'ne Perlenkette mit reingeworfen, irgendwas, was die Angehörigen nich' unbedingt behalten wollten. 'n paar von den Gräbern, die man drüben in Norwegen und England und sonstwo aufgebuddelt hat, waren vollgestopft mit dollen Sachen, aber was zum Teufel soll's, wir wissen alle, daß die Wikinger nie bis nach Balaclava gekommen sind. Die sogenannten Runensteine sind nix andres als ganz verrückte geologische Formationen. Sie sind doch 'n gebildeter Mann, Professor, Sie wissen bestimmt, wie die Dinger richtig heißen. Jedenfalls liegen diese sogenannten Runensteine hier in Neuengland an allen Ecken und Enden rum. Alle Jubeljahre regt sich dann mal irgendwer über einen auf und versucht, 'n auszubuddeln. Findet vielleicht 'n paar alte Indianerknochen, und schon gibt's 'n Riesenbrimborium, aber dann is' auch bald wieder Ruhe im Busch.«

»Hat schon mal jemand unter diesem Stein gegraben?« fragte Cronkite Swope.

»Soweit ich weiß, noch keiner, Cronk.«

»Und warum nicht? Das hätte ich jedenfalls angenommen, daß es jemand so einfach nur aus Neugier versucht.«

»Soll angeblich Unglück bringen, sagt man doch. Wie als sie das Grab von König Tut aufgemacht haben und dann alle an Masern oder so was gestorben sind, wo dann die Leute behauptet haben, 's wären die Geister gewesen. Jedenfalls gibt's da 'nen scheußlichen Dschungel aus Giftsumach im Sommer, und im Winter isses da saukalt, und der Mond scheint auch immer genau mitten drauf. Tja, ich mach' mich mal besser auf die Socken, für den Fall, daß jemand zur Abwechslung mal was bei mir kaufen kommt. Sagt Henny, ich wär' bei mir zu Hause, falls er Hilfe nötig hat. Brauch' mich bloß zu rufen. Henker auch, wer hätt' gedacht, daß dieser Blödkopp Spurge nich' mal genug Grips hatte, seinen Kopf rechtzeitig wegzuziehen.«

Kapitel 3

Der Heuhaufen in Menschengestalt schüttelte seine feurige Mähne und marschierte denselben Weg zurück, auf dem er auch gekommen war. Shandy blickte Fergys unförmiger Hinterfront mit zusammengekniffenen Augen nach.

»Verdient dieser Mann eigentlich genug Geld mit seinem komischen Trödelgeschäft?«

»Genug, um sich einen neuen Overall leisten zu können, meinen Sie?« Man konnte Cronkite Swope wirklich nicht nachsagen, daß er schwer von Begriff war. »Ich würde sagen, er verdient bedeutend mehr, als man annehmen sollte. Fergy vertritt die Theorie, daß er die Trottel leichter zum Shopping – eh, ich meine, zum Kaufen – animiert, wenn er diese Heuhaufenmasche abzieht. Und es würde mich nicht mal wundern, wenn er recht hätte. Er überanstrengt sich jedenfalls nicht, und jeden Winter fährt er mit seinem Wohnwagen nach Florida. Behauptet, er würde dort drei Monate lang jeden Abend zum Essen ausgehen. Hier kann er natürlich im Winter nicht bleiben, denn die Scheune hat keine Heizung, bloß ein kleines Öfchen, und ich nehme an, daß er mit ›Auswärts essen‹ einen Hamburger und sechs bis acht Bier in irgendeiner Kaschemme meint, aber es klingt trotzdem irgendwie eindrucksvoll und vornehm«, schloß Cronkite Swope nachdenklich.

Shandy knurrte. »Ziemlich viel Verkehr hier auf der Straße, nicht wahr?«

»Stimmt. Ganz schön viel los hier. Ist die Abkürzung zur Staatsgrenze. Die Leute, die hier wohnen, fahren oft nach New Hampshire rauf. Hat irgendwas mit der staatlichen Alkoholsteuer zu tun, habe ich gehört.«

»Nun ja, diese Gerüchte kennen wir ja alle, nicht wahr, Swope? Ist dieser Fergy eigentlich verheiratet?«

»Ja und nein, könnte man sagen. Warum den eine Frau zweimal ansehen sollte, geht über meine Vorstellungskraft hinaus.«

Cronkite lächelte ein geheimnisvolles, hintergründiges Lächeln und dachte daran, wie elegant er selbst in seinem nagelneuen hellbeigen Dreiteiler aus Kunstfaser aussehen würde, wenn er in 14 Tagen über den Miss-Balaclava-Schönheitswettbewerb berichten würde. Er dachte auch an Miss Lumpkin Corners, die er mit der offiziellen Polaroidkamera, dem Prunkstück des *Allwoechentlichen Gemeinde- und Sprengel-Anzeygers,* mit hinterhältiger Absicht zu fotografieren gedachte. Es sei denn, Miss Balaclava Junction oder Miss West Hoddersville würden sich als angenehmere Begleitung erweisen, was die Teilnahme am jährlich stattfindenden Großen Erbsenpulwettbewerb oder am Lachsgrillwettbewerb betraf, nachdem die Stimmen der Jury abgegeben waren und man nicht länger Kalorien zählen mußte.

Dabei war Cronkite durchaus kein Lebemann. Er hatte sich lediglich noch nicht entschieden, welcher der diversen Damen, in die er verliebt war, er ewige Treue schwören sollte. Außerdem verspürte er die vage Hoffnung, daß vielleicht doch irgendwo eine noch schönere Rose blühte, die nur darauf wartete, sich von einem ehrgeizigen jungen Journalisten pflücken zu lassen.

Möglicherweise hatte er vielleicht gar nicht so unrecht, denn er war ein attraktiver junger Mann, der sich, auch wenn er es selbst nicht wußte, durch die gleiche glückliche Mischung von unbeschwerter Selbstsicherheit und jungenhafter Tapsigkeit auszeichnete, die den verstorbenen Canute Lumpkin vor etwa 80 Jahren so unwiderstehlich für Miss Hilda Horsefall gemacht hatte. Auch Helen Shandy hätte ihn zweifellos entzückend gefunden, insofern sie sich überhaupt als glücklich verheiratete Frau von anderen Männern als ihrem Gatten entzücken ließ.

Peter Shandy jedoch betrachtete Cronkite lediglich als möglicherweise nützliche Informationsquelle und als einen ziemlichen Plagegeist, denn der Bursche wartete doch offenbar nur darauf, daß Peter ein Wunder aus der Tasche hervorzaubern würde, und hervorzuzaubern gab es bisher noch rein gar nichts. Er war froh, als der Arzt und die hiesige Polizei gleichzeitig eintrafen. Sie hatten vorher einen gemeinsamen Einsatz bei einem Verkehrsunfall gehabt, bis man sie über Funk hergerufen hatte. Einige Steuersparer aus New Jersey hatten auf der Heimfahrt bereits begonnen, ihre Einkäufe auszuleeren.

Der Arzt stellte fest, was auch Shandy vermutet hatte, daß Spurge Lumpkin an den Gesichtsverletzungen durch Löschkalk, die zu einer Blockierung der Atemwege geführt hatten, gestorben war. Entweder er hatte einen Herzinfarkt erlitten oder war erstickt, je nachdem, was zuerst eingetreten war, wobei die Reihenfolge allerdings keine große Rolle mehr spielte, denn jedes Ereignis für sich hätte bereits unweigerlich den Tod herbeigeführt. Shandy wünschte sich, daß es nicht so bald wieder einen Tag wie diesen in seinem Leben geben würde. Der Polizeichef beschloß, allerdings für Shandys Empfinden etwas zu rasch, daß als Todesursache ein Unglücksfall anzunehmen sei, da entweder Henny den falschen Kalk benutzt habe oder ein übler Scherz außer Kontrolle geraten sei, weil das Opfer nicht genug Verstand gehabt habe, schnellstens die Finger von dem verdammten Zeug zu lassen, als es anfing, Blasen zu werfen, was den armen Teufel schließlich das Leben gekostet habe.

»Ich kann Ihnen hier nicht ganz folgen«, protestierte Shandy. »Mr. Horsefall hat mir mitgeteilt, daß es während der letzten drei Monate zu einer ganzen Serie dieser sogenannten üblen Scherze gekommen ist. Offenbar sind die Zwischenfälle mit jedem Mal schlimmer geworden.«

»Menschenskind, Sie kennen doch diese alten Leutchen«, schnaubte der Polizeichef. »Henny hat höchstwahrscheinlich Arterienverkalkung und Gehirnerweichung. Kaum bläst der Wind mal ein oder zwei Äste von seinem Apfelbaum, schon ärgert er sich schwarz und behauptet, die Kinder von nebenan hätten ihm den ganzen Obstgarten kurz und klein geschlagen. Er vergißt, die Tür vom Hühnerstall richtig zuzumachen, ein Hund oder ein Waschbär macht sich über ein paar Hennen her, und schon kommt er zu mir gelaufen und brüllt irgendwas von Vandalismus. Was kann ich denn schon machen? Soll ich vielleicht ein Polizeiaufgebot herschicken und den Hof Tag und Nacht bewachen lassen? Ich habe sowieso nicht genug Männer. Ich bekomme noch nicht mal genug Stimmen im Gemeinderat zusammen, um mir neue Stoßdämpfer für meine Streifenwagen anzuschaffen, und erst recht kein Geld für zusätzliche Männer. Sie haben nicht zufällig gesehen, wie es passiert ist?«

»Nein. Soweit ich weiß, war Lumpkin allein, als der Unfall passierte. Wie Swope Ihnen bereits gesagt hat, waren er und Miss Horsefall drüben am Haus, als sie Lumpkin vor Schmerzen schreien hörten. Swope lief sofort zu ihm, doch für den armen Lumpkin kam bereits jede Hilfe zu spät. Mein Freund und Kollege Professor Ames war zufällig mit Mr. Horsefall auf dem Feld. Als sie Spurge fanden, ließen sie sofort die Polizei holen. Dann rief Ames mich zu Hause in Balaclava Junction an und bat mich, hierher zu kommen. Übrigens, mein Name ist Peter Shandy.«

»Ah ja. Fred Ottermole hat mir von Ihnen erzählt.«

Shandy konnte sich nur zu gut vorstellen, was er erzählt hatte. Ottermole und er verstanden sich nicht besonders gut. Ottermole war der Polizeichef von Balaclava Junction und glaubte, daß Shandy ihn zum Narren machen wollte. Shandy hingegen war der Ansicht, daß dies die Natur bereits selbst besorgt hatte. Offenbar war der Polizeichef von Lumpkinton völlig auf Ottermoles Seite.

»Also, Professor Shandy, ich wüßte nicht, was Sie hier noch ausrichten wollen. Sie könnten höchstens versuchen, Henny Horsefall und seiner alten Tante vernünftig zuzureden. So alte Leutchen wären ganz sicher in einem Seniorenheim besser aufgehoben. Ich kann nicht verstehen, warum sich die Familie bisher noch gar nicht darum gekümmert hat. Vermutlich bleibt mir nichts anderes übrig, als die Sache selbst in die Hand zu nehmen, auch wenn ich dazu keine große Lust habe.«

»Das kann ich mir vorstellen«, erwiderte Shandy. »Wenn Horsefall aufgeben muß, wird das alles hier sicher ein weiteres Stück erstklassiges Ackerland, das in die Hände der Grundstücksmakler fällt. Das sind zweifellos die schlimmsten Verbrecher, die hier herumlaufen, glauben Sie nicht auch?«

Der Polizeichef, ein kleiner Mann mittleren Alters, nahm seine Uniformmütze ab und wischte sich über seine Glatze. »Ich mache mich jetzt wohl besser auf den Weg. Würden Sie mir wohl eben mit den sterblichen Überresten helfen, da Sie ja hier sind, etwas zu tun. Kann ihn ja schlecht hier mit dem Gesicht auf dem Kreiselstreuer liegen lassen. Ich nehme an, ich brauche Ihnen nicht zu sagen, daß Sie sich wegen der Fingerabdrücke in acht nehmen müssen.«

Cronkite Swope, der unbedingt beweisen wollte, daß er trotz seines schwachen Magens kein Feigling war, half Shandy dabei, das, was von Spurge Lumpkin noch geblieben war, auf eine Planke zu rollen, mit einer Pferdedecke zu bedecken und in die Scheune zu tragen, während der Polizeichef angestrengt zusah.

»Das reicht, ihr beiden. Legt die Planke direkt über die Sägeböcke. So, Professor, Sie können Henny sagen, daß ich Jack Struth kommen lasse, um die Leiche zu holen, wenn Sie nichts dagegen haben.«

»Ich glaube, er hat sich deswegen schon mit Harry Goulson in Verbindung gesetzt«, antwortete Shandy.

»Das College übernimmt die Kosten für das Begräbnis«, fügte Cronkite Swope hinzu. »Aus dem Hilfsfonds für Landarbeiter, nicht wahr, Professor Shandy?«

Shandy konnte sich nicht mehr genau erinnern, was er gesagt hatte, und hielt es für das Sicherste, nur zu nicken. »Es sei denn, die Verwandten von Lumpkin wollen das selbst erledigen. Ich glaube, es gibt da noch einen Vetter, der drüben in Lumpkin Center wohnt.«

Der Polizeichef zuckte mit den Schultern. »Ja, der führt einen Antiquitätenladen. Aber der kleine Nutie hat bestimmt nichts dagegen, was geschenkt zu kriegen. Wieviel gibt es denn aus dem Fonds, Professor?«

»Nicht genug, um auf Schadensersatz zu klagen, wenn Sie das meinen sollten. Es ist nichts weiter als eine kleine, eh, private Hinterlassenschaft. Ich nehme an, es wird die Kosten für den Sarg und für Goulson decken, obwohl er sich immer recht großzügig zeigt, wenn es um Fälle wie diesen geht. Es muß doch irgendwo hier eine Familiengruft geben, wo man Spurge begraben kann. Wissen Sie etwas davon?«

»Davon gibt's drei oder vier, nehme ich an. Fragen Sie mal im Rathaus nach. Ich muß wieder zurück zum Polizeirevier.« Er stieg in seinen Streifenwagen.

»Entschuldigen Sie bitte«, hielt ihn Cronkite zurück, als er gerade losfahren wollte. »Wissen Sie etwas Näheres über den Runenstein da hinten bei den Eichen?«

»Runenstein?« Der Mann des Gesetzes stellte den Motor seines Wagens wieder ab und stieß ein sehr volksverbundenes Wort aus. »Was ist denn ein – oh, ich weiß schon. Ich glaube, kürzlich hat mir schon mal jemand genau die gleiche Frage gestellt. War da nicht vor einiger Zeit mal 'n Artikel über Runensteine im *Yankee Magazine*? Warum fragen Sie nicht Janet drüben in der Bibliothek?«

»Sie erinnern sich nicht zufällig, wer die Person war, die Sie danach gefragt hat?«

»Weiß ich wirklich nicht mehr.« Das Polizeifunkgerät begann zu zischen. Dem Polizeichef gelang es, seinen Wagen erneut zu starten, und er fuhr in einer blauen Staubwolke davon. Der Stadtrat würde gut daran tun, ihm auch ein paar neue Kolbenringe zu bewilligen.

»Ich muß versuchen, Goulson zu erreichen«, bemerkte Shandy. »Kommen Sie auch mit zum Haus, Swope, oder müssen Sie eilends zurück und die Titelseite neu drucken lassen?«

Da der *All-woechentliche Gemeinde- und Sprengel-Anzeyger* erst in zwei Tagen gedruckt wurde, war Cronkite nicht in Eile und äußerst versucht, sich im Glanz der Professoren Ames und Shandy zu sonnen. Doch dann bemerkte er, daß er immer noch Miss Horsefalls Heckenschere in der Hand hielt, und hatte plötzlich eine brillante Idee. Ein guter Reporter hatte immer auch ein guter Ermittler zu sein. Jedenfalls stand es so in der dritten Lektion des Großen Fernkurses für Journalisten.

»Wir sehen uns später, Professor«, erwiderte er. »Ich muß mir zuerst noch etwas ansehen.«

»Dann Waidmannsheil.«

Shandy schlenderte davon, dachte an den plötzlichen Anfall von Desinteresse auf seiten des Polizeichefs und fragte sich, welcher seiner Verwandten wohl darauf aus war, sich den Horsefallschen Besitz anzueignen. Tim und Henny saßen am Küchentisch und tranken Kaffee aus abgenutzten weißen Steinguttassen, die inzwischen dank der vielen Lippen längst verblichener Knechte, zu denen jetzt leider auch der arme Teufel Spurge Lumpkin zählte, an den Rändern ihren Glanz verloren hatten. Miss Horsefall stand an dem schwarzen Eisenherd und tauchte kleine Stückchen Brotteig in heißes Fett, bis sie sich in goldene Köstlichkeiten verwandelten, die von den Männern mit hausgemachter Butter und selbstgemachter Erdbeermarmelade verzehrt wurden. Shandy ließ sich nicht lange bitten, setzte sich dazu und machte sich ebenfalls darüber her.

Der heiße Kaffee schmeckte hervorragend, und die fritierten Doughboys waren großartig. Von wegen Seniorenheim, zum Kuckuck nochmal. Miss Horsefall konnte sicher noch gut ein Vierteljahrhundert so weitermachen, man brauchte sie nur anzusehen. Henny war zwar immer noch etwas grünlich im Gesicht, aber das würde sich sicher bald wieder geben. Jeder Farmer wäre schockiert gewesen, wenn er seinen Knecht verloren hätte, und vor allem, wenn es auf so unerwartete und schreckliche Weise wie bei Spurge Lumpkin geschehen wäre. Shandy beschloß, besser keinen weiteren Doughboy mehr anzurühren.

»Sagen Sie mir doch bitte, Mr. Horsefall«, begann er, »wer in der letzten Zeit versucht hat, Ihnen Ihr Land abzukaufen.«

Henny ließ das Messer in die Butterdose fallen. »Wo wissen Sie das denn her?«

»Siehst du, Henny«, sagte Tim mit vollem Mund. »Ich hab' dir ja gesagt, daß Pete Klarheit in die Sache bringen würde.«

»Im Moment ist es lediglich eine vorsichtige Vermutung«, wehrte Shandy ab. »Die logischste Erklärung, die mir einfällt, wenn ich an diese sogenannten üblen Scherze denke, die der Polizeichef so einfach vom Tisch zu fegen versucht, ist die, daß jemand Sie so sehr in Angst und Schrecken versetzen will, daß Sie das Land verkaufen. Sind Sie in dieser Sache von jemandem angesprochen worden, seit dieser Vandalismus angefangen hat?«

»Da können Sie Gift drauf nehmen«, sagte Horsefall grimmig. »Die verfluchte Loretta Fescue zum Beispiel, die hat mir 'n letzten Nerv getötet. Ich möcht' wetten, sie hat mindestens sechs verschiedene Kunden hergeschleppt, denen das Geld nur so aus'n Taschen quoll, hat sie wenigstens gesagt. Hat mir un' Tante Hilda die Ohren vollgesäuselt, wie schön wir auf unsre alten Tage in Kalifornien leben können, wo's da doch all die Vulkane un' Erdrutsche gibt un' wo da die angemalten Miezen rumtanzen, nur mit'm kleinen Fetzchen Stoff übern Titten un' 'nem weitren über –«

»Henny«, fuhr ihn seine Tante noch gerade rechtzeitig an, da sich in seinem gesunden Auge bereits ein verräterischer Glanz zu zeigen begann. »So 'n dreckiges Zeug will ich hier in meiner Küche nich' hörn, vielen Dank auch. Has' sowieso nie was andres gekonnt als rumquatschen. Wenn's was andres als Wind in deiner Hose gäb', hättste wohl damals Effie Evers geheiratet, als du's noch konntest, un' schon sechs oder acht stramme Jungens großgezogen, die dann –«

»Losgezogen wären un' in irgend'ner Seifenfabrik arbeiten würden, genau wie die von Bill Lewis. Effie hat beim Schlafen immer geschnarcht wie 'n gottverdammter Ziegenbock. Hatte verdammt keine Lust, mir das für'n Rest meines Lebens anzuhören.«

»Wo weiß' du denn her, daß Effie geschnarcht hat?«

Henny grinste. »Wie zum verfluchten Geier denks' du wohl, daß ich's rausgefunden hab'? Außerdem hat die Füße gehabt, die warn kälter als 'ne tote Makrele.« Er nahm das Buttermesser wieder in die Hand und begann, ein weiteres Stück goldgelbes Brot dick mit Butter zu bestreichen.

Shandy unterbrach diese interessante, erinnerungsträchtige Unterhaltung höchst ungern, aber er wollte wirklich irgendwann wieder nach Hause zu Helen. »Eh, um nochmals auf Loretta Fescue zurückzukommen. Sie ist doch, soviel ich weiß, Grundstücksmaklerin. Gehe ich recht in der Annahme, daß sie mit eurem Polizeichef verwandt ist, diesem Menschen, der gerade hier war?«

»Mannomann, Tim, der is' genauso gut wie die im Fernsehn«, rief Henny mit vollem Mund. »Da ham Sie verdammt recht, Professor. Seine leibhaftige Schwester is' sie sogar, wenn Sie's interessiert. Hat damals diesen Jim Fescue geheiratet, der sich dann kaputtgesoffen hat, man kann's ihm nich' mal verdenken, denn wer lebt schon gern mit'm menschlichen Grammophon zusammen, wie sie eins is'! Teufel, wie die immer rummeckert! Noch schlimmer als Tante Hilda, un' das will schon was heißen, kann ich Ihnen sagen. Die würd' sogar 'nem tauben Esel noch 's linke Hinterbein abquatschen.«

»Ist Mrs. Fescue für ihren Lebensunterhalt auf ihre Arbeit als Grundstücksmaklerin angewiesen?«

»So isses un' wird's wohl auch bleiben, bei all der Hilfe, die sie bisher gekriegt hat!« schnaubte Miss Hilda. »Loretta hat schuften müssen wie 'n Tier von dem Tag an, wo sie diesen Nichtsnutz von Jim Fescue geheiratet hat, was sie aber vorher hätt' wissen müssen. Henny kann ihr vorwerfen, was er will, aber er kann nich' sagen, daß sie nich' geschuftet hätt' wie 'n Pferd. Hat ihre beiden Mädchen durchs College gebracht, ganz allein, als Jim tot war. Sie hätte dasselbe wohl auch für den Jungen getan, aber der is 'n verdammter Taugenichts, seinem Vater wie aus'm Gesicht geschnitten un' wird's auch genausoweit bringen, da könnt ihr euch drauf verlassen! Soll jetz' für Gunder Gaffson arbeiten. Gräben ziehen, nehm' ich an. Mehr bringt der nich' zustande.«

»Ist das die Bauentwicklungsgesellschaft Gaffson, Miss Horsefall?«

»Würd' mich nich' weiter wundern. Scheint mir, daß Gunder sich heutzutage komische Titel zulegt. Kommt sich wunders wie wichtig vor, wo doch jeder hier weiß, daß die Gaffsons hier erst seit 50 oder 60 Jahr' leben. Außerdem weiß ich genau, daß Gunders Vater auf'm Zwischendeck angefahren kam un' nichts weiter besessen hat als die Klamotten, die er am Leib hatte. Bauentwicklungsgesellschaft Gaffson, daß ich nich' lache!«

»Ich glaube nicht, Miss Horsefall, daß man es einem Mann übel nehmen sollte, wenn er versucht, es im Leben zu etwas zu bringen, solange seine Methoden ehrlich bleiben. Ich nehme an, der Sohn verdient ganz ordentlich?«

»Wie man so hört.«

»Und gehört Gunder Gaffson zu den interessierten Käufern, die Mrs. Fescue neulich hergebracht hat?«

»Mein lieber Scholli, genauso war's!« Henny beäugte Shandy mit einer Mischung aus Angst und Bewunderung.

»Würden Sie sagen, daß Gaffson hartnäckiger als die anderen war?«

»Zurückgehalten hat er sich jedenfalls nich', immer wieder 'n höheren Preis geboten, den er bezahlen wollte. Hat sogar angeboten, mich un' Tante Hilda in'ne Eigentumswohnung zu bugsieren, eine von denen, die er drüben in Little Lumpkin baut. Drei Zimmer, noch zu klein, um 'ne Katze am Schwanz drin rumzuschleudern, un' mit Nachbarn, die man durch alle Wände rumjammern hört. Hab' ihm klipp un' klar gesagt, wo er sich die Eigentumswohnung hinstecken soll. Loretta hat das nich' besonders gefreut.«

»Kann ich mir lebhaft vorstellen.«

Shandy nahm sich vor, sowohl Loretta Fescue als auch Gunder Gaffson zu überprüfen. Eine hartnäckige Witwe, die hinter einer fetten Provision her war und einen nichtsnutzigen Sohn hatte, der vielleicht eher bereit war, eine kleine schmutzige Arbeit für seinen Chef zu verrichten, als wegen Unfähigkeit gefeuert zu werden, erschien ihm nicht gerade unverdächtig. Auch daß der Bruder ausgerechnet Polizeichef war, stellte in diesem Fall eher einen Vorteil als ein Hindernis dar. Statt seiner Schwester ihre Winkelzüge zu verbieten, wie es eigentlich seine Pflicht wäre, war er vielleicht durchaus geneigt, aus brüderlicher Liebe ein Auge zuzudrücken, weil ihm die Alternative, für sie und den Neffen sorgen zu müssen, nicht gerade angenehm erschien oder weil er sich selbst ein gutes Geschäft versprach. Aber wie stand es mit den anderen Interessenten, die sich die

Farm angesehen hatten und die Taschen voll Dollarnoten hatten? Shandy erkundigte sich nach ihren Namen, aber Henny konnte sich nicht mehr erinnern, und dasselbe galt auch für Miss Hilda. Hatte Gaffson sie abgeschreckt, indem er den Preis in die Höhe getrieben hatte? War er der einzige ernsthafte Interessent? Oder war er lediglich der einzige Mensch, der ehrlich oder ungeschickt genug war, seine Karten offen auf den Tisch zu legen?

Kapitel 4

Shandy wollte jedoch keine voreiligen Schlüsse ziehen, was Loretta Fescue und ihre Klienten betraf. Es gab nämlich eine noch naheliegendere und unangenehmere Möglichkeit.

»Mr. Horsefall«, fragte er, »könnten Sie mir vielleicht sagen, wer Ihren Besitz erbt, falls Ihnen und Miss Horsefall etwas, eh, zustoßen sollte?«

»In meinem Alter kann mir bestimmt bloß noch eins zustoßen«, ließ die Tante vernehmen. »Ich nehm' an, daß ich ziemlich bald abkratzen werd', un' ich glaub', daß Henny es ohne mich auch nich' allzu lang aushält. Glauben Sie nich', wir hätten uns das nich' gründlich überlegt. Wer das alles mal kriegen soll? Das einzige, worüber wir uns wirklich einig sind, is', daß wir unsren Besitz nich' aufteilen wollen. Da wären die beiden Großneffen von Henny, Eddie un' Ralph, die beide ihren rechten Arm für die Farm geben würden, aber sie sagen's nich' grad heraus, weil's beide nette Kerle sind, die uns nich' wehtun wollen. Wir können uns bloß nich' einigen, wem wir's geben sollen.«

»Warum vererben Sie es den beiden denn nicht zu gleichen Teilen?« schlug Shandy vor.

»Ham wir auch schon dran gedacht. Eddie un' Ralph wären 'n prächtiges Gespann, un' die Kinder auch. Aber die zwei Teufelinnen, die sie geheiratet ham, kann man nich' mal fünf Minuten im selben Zimmer lassen, ohne daß sie sich in'n Haaren liegen. Die würden die alte Farm schon zugrunde richten, bevor wir ganz unter der Erde sind.«

»Das bedeutet also, Sie haben noch kein endgültiges Testament gemacht?«

»Nee, noch nich'.«

»Was würde geschehen, wenn Sie beide sterben würden, bevor das Testament aufgesetzt wäre?«

Miss Hilda schnaubte. »Wasses auch wär', in dem Fall würd's uns sowieso schnurz sein, meinen Sie nich'? Kann mir allerdings gut vorstellen, was passieren würd', nämlich daß sämtliche Horsefalls von hier bis zur Hölle aufkreuzen un' sich gegenseitig an die Gurgel springen würden, um zu gucken, wer's dickste Stück abkriegt. Ham uns seit Jahren in'n Ohren gelegen, wir hätten gern dies, wir hätten gern das, un' ob wir nich' auch fänden, daß es 'ne gute Idee is', jetz' alles zu verkaufen un 's Geld in der Familie aufzuteilen, so daß jeder sich die Erbschaftssteuer sparen kann. Ich hab' denen gesagt, wie hirnverbrannt ich's finde, un' daß sie kriegen werden, was wir für sie bestimmt haben. Aber ers', wenn Henny un' ich alles überstanden haben, un' keinen Moment früher.«

»Es gibt also keinen Verwandten, der einen besonderen Anspruch auf den Besitz erhebt?«

»Nich', daß man's merkt. 's wird jeder für sich kämpfen, un' den letzten beißen die Hunde. Weiß' du, Henny, wir machen's Testament doch zugunsten von Ralph.«

»Ich will aber, daß Eddie die Farm kriegt«, konterte ihr Neffe, aber er war zu niedergeschlagen über den Tod von Spurge, um viel Kampfgeist in seine Antwort zu legen.

»Bis jetzt wissen also sowohl Ralph als auch Eddie, daß Sie sich noch nicht zwischen ihnen entschieden haben?« fragte Shandy.

»Nun, sie wissen nich', daß wir uns entschieden haben«, erwiderte Henny mit der Vorsicht eines echten Yankees.

»Und beide hätten lieber das Land als das Geld?«

»Verdammt richtig. Sind ja beide Horsefalls, echte Horsefalls, mein' ich.«

Shandy verstand genau, was Henny meinte. Sie waren Farmer, genau wie ihr Großonkel, ein Menschenschlag, der sein Land nicht verließ, bis nicht der letzte Schuß abgefeuert worden war und der Rauch sich verzogen hatte. Loretta Fescue und ihre Sorte Leute könnten mit allem Geld der Welt vor ihren Augen herumwedeln, sie würden sich auch nicht einen Millimeter von der Stelle rühren. Wenn sie allerdings kein Land besaßen, für das sie kämpfen konnten, sah die Angelegenheit etwas anders aus.

»Haben Eddie und Ralph beide eine eigene Farm?« fragte er.

»Wolln sie zwar gerne, können aber kein anständ'ges Stück Land kriegen. Die verdammten Grundstücksmakler treiben die Preise so hoch heutzutage, daß 'n richtiger Farmer sich's nich' mehr leisten kann, 'n ordentliches Stück Land zu kaufen. Eddie wohnt jetz' drüben in Hoddersville, hat 'n kleinen Laden un' streckt sich nach der Decke. Ralph hat 'n paar Hektar Land in Upper Lumpkin un' arbeitet halbtags in'ner Seifenfabrik. Verdammte Schande, so was.«

Da hatte er völlig recht. Sich mit dem Verkauf von Katzenfutter abzugeben oder in einer Fabrik zur Stempeluhr zu gehen war nichts für einen richtigen Farmer. Weder Ralph noch Eddie lebten offenbar weit von den Äckern ihrer Vorfahren entfernt. Angenommen, einer von ihnen war verzweifelt genug, ein paar Tricks aus dem Ärmel zu schütteln, in der Hoffnung, Henny und Hilda davon überzeugen zu können, daß sie unbedingt jemanden brauchten, der jünger und kräftiger war als sie? Angenommen, er hätte sogar nach Mitteln und Wegen gesucht, den treuen, jedoch reichlich unbedarften Knecht aus dem Weg zu schaffen? Höchstwahrscheinlich hätte er gewußt, daß Spurge den Streuer säubern sollte, wenn Henny die ganze Woche davon gesprochen hatte. Vielleicht hatte er Spurge gar nicht töten wollen, sondern ihm nur Verbrennungen zufügen wollen, die ihn lange genug ferngehalten hätten, bis er selbst einen Fuß in die Tür gesetzt hatte. Eddie und Ralph kamen auf jeden Fall auch auf die Liste der Verdächtigen.

»Weißt du, Henny«, sagte Miss Hilda und klang dabei weit weniger kämpferisch als sonst, »ich bin mir gar nich' sicher, ob wir's den beiden nich' doch zusammen vermachen sollen, un' die Frauenzimmer können's dann unter sich ausfechten, wie's ihnen paßt. Wir wollen doch nich' 'n gleichen Kuddelmuddel haben wie Canny damals. War 'n richtiges Hornissennest bei denen.«

»Welcher Canny, Miss Horsefall?« fragte Shandy.

»Canute Lumpkin, der Großonkel von Spurge. Fragen Sie mich nich' nach'm rechtlichen Kram, davon kenn' ich nich' die Bohne, aber 's war so, daß Canny seinen Besitz so durch'nander gebracht hat, daß kein Lumpkin mehr gewußt hat, wer was zu kriegen hatte, als Canny tot war. Hat nie 'ne besonders gute Hand fürs Geschäftliche gehabt, obwohl er auch seine guten Seiten hatte, da geht nix dran vorbei.«

Cronkite Swope hätte verstanden, warum Miss Hildas Blick aus dem Fenster zur Eichenmulde schweifte.

»Zum Schluß sind sie alle mit Zähnen un' Klauen über'nander hergefallen, zuerst hat einer 'n andren vor Gericht gezerrt, un' über den is' dann wieder 'n andrer hergefallen, keiner hat 'n roten

Heller dran verdient, bloß die Anwälte. Zum Schluß ham sie damit aufgehört un' bloß noch rumgesessen un' Fingernägel gekaut un' versucht, 'ne Lösung zu finden. Die Leute ham schon gequatscht, daß wohl der einz'ge, der was von Cannys Besitz abkriegt, der sein wird, der als letzter übrigbleibt, un' dann, heiliger Strohsack, dann sin' sie alle der Reihe nach umgefallen wie die Fliegen. Ers' Hannah, die mit mir zur Schule gegangen is', dann deren Bruder Floyd un' sein Sohn Malcolm, un' – ich kann mich nich' mehr so genau erinnern, wie's dann weiterging, aber's gab jede Woche 'n Begräbnis, bis die Familiengruft bald aus allen Nähten geplatzt is'.«

»Woran sind die Lumpkins denn gestorben?«

»Ganz verschieden. Un' glauben Sie nich', die Leut' hätten nich' rumgequatscht.«

»Tun die doch sowieso immer«, brummte Henny.

Seine Tante fuchtelte ihm drohend mit ihrem Zeigefinger wie mit einem dürren Ast vor der Nase herum. »Spotten un' höhnen is' alles, waste kanns'. Denk besser an all die Spötter, die später ihr Fett abgekriegt haben.«

»Kann mir Schlimmres vorstellen, als mein Fett abzukriegen. Is' noch Kaffee da?«

»Nee, kein Tropfen. Un' ich würd' dir auch keinen geben, wenn noch was drin wär'. Stopfs' dich voll, statt endlich mal draußen 'n Zahn zuzulegen. Bloß weil der arme Spurge –«

»Um noch einmal auf Spurge zurückzukommen«, sagte Shandy, schon ziemlich verzweifelt. »Was ist denn schließlich aus Lumpkins Erbe geworden?«

»Tja, wie ich schon zu erklären versucht hab', bevor dieser Nichtsnutz von Neffe, den ich nie gewollt hab', nich' mal als Geschenk, wenn's nach mir gegangen wär', seinen Senf dazugegeben hat, ohne daß ihn wer drum gebeten hat, also die Lumpkins starben einer nach'm andren, bis zum Schluß nur noch Spurge un' sein Vetter Nute übrig waren. Un' Nute is' vors Gericht gewalzt un' hat versucht, Spurge für geistesschwach zu erklären. Wollt' sich selbs' zum Vormund machen lassen, damit er 'n Topf allein auskratzen konnte.

Aber ich un' Henny ham ihm 'n dicken Strich durch seine Rechnung gemacht. Das muß ich Henny lassen, an dem Tag hat er im Gericht seinen Mann gestanden. Spurge Lumpkin verdient sich's Brot un' Bett genausogut wie jeder andre auch un' auf 'ne verdammt ehrlichere Weise als so mancher andre, hat er gesagt un' Nute dabei 'n Blick verpaßt, der 'nem Messingaffen glatt 'n Schwanz abgefroren hätte.

Bin ich also aufgestanden un' hab' denen mal meine Meinung gesagt. Männer sind von Natur aus schwach, hab' ich gesagt, un' keiner von denen kann sich selbs' allein die Schnürsenkel zubinden, un' ers' recht nich' der Vormund von jemand andrem sein, soweit ich das seh', un' Gott weiß, wie viele von der Sorte ich schon gesehen hab'. Die Frau vom Richter war auch da un' hat die ganze Zeit ins Taschentuch gekichert, hat aber so getan, als wär's bloß 'n Hustenanfall, aber mich kann keiner reinlegen, ich hab's trotzdem gemerkt.

Der Richter hat's auch gesehen un' gefragt, ob ich un' Henny Spurge als unsren Knecht behalten wollen. Un' Henny hat gesagt, Spurge wird solang 'n Dach überm Kopf haben wie wir selbs' eins haben. Un' da hat der Richter gesagt ›Antrag abgelehnt‹, un' wir sin' wieder weg un' ham uns alle 'n Eisbecher inner Eisdiele genehmigt.«

»Ist Nute Lumpkin mit Ihnen gegangen?« fragte Shandy.

»Die halbe Portion?« Henny grinste. »Was zum Teufel hätten wir denn mit dem machen sollen? Der is' wütender abgezischt wie 'ne nasse Hornisse. Wußte haargenau, daß er nix mehr machen konnte. Ich hätte 'n sons' fertiggemacht.«

Shandy betrachtete den lehmverkrusteten Achtzigjährigen und war versucht, ihm zu glauben. »Wann genau hat diese Anhörung stattgefunden?«

»Direkt nachdem Spurges Bruder Charlie un' dessen Frau un' zwei Söhne in'nem Autounfall umgekommen sind. Auf'm Heimweg von New Hampshire. Ich glaub', 's war November oder so.«

»Letztes Jahr?«

»'s war grad Erntedank«, sagte Miss Hilda. »Wir hatten Eddie un' seine Familie zum Essen hier, un' ich hab' Brandy für die Pastetenfüllung gekauft, bevor wir ins Gericht gegangen sind, un' später has' du mir dann mit Spurge die Flasche aus der Tasche stibitzt un' auf mein Wohl leergemacht. Früher ham wir immer die Ralphs un' die Eddies zusammen hier gehabt, aber die beiden Weiber sin' mir auf'n Wecker gegangen, immer gab's Krach, un' jetz' ham wir die Ralphs in'n graden Jahren un' die Eddies in'n ungraden. 's war also kaum wer da, bloß du un' ich, dann Spurge, Eddie un' Jolene un' die sieben Kinder, die Frau vom jungen

Eddie un' das Baby. War's kaum wert, für so 'n paar Männekes 'n Tisch zu decken, aber ich hab's dann doch gemacht, un' niemand kann behaupten, daß er hungrig heimgegangen is'.«

»Um es kurz zu machen«, erwiderte Shandy und hoffte, daß es ihm diesmal gelingen würde, »diese, eh, Anschläge fingen also nach Nutes Niederlage vor Gericht an, als kein Schnee mehr lag.«

»Was für Schnee?« fragte Timothy Ames, der wie üblich den Großteil des Gesprächs verpaßt hatte.

»Im Schnee hinterläßt man Spuren«, erklärte Shandy, »die zurückverfolgt werden können. Soweit ich mich erinnere, lag am Erntedankfest schon Schnee, und der letzte Schnee ist erst Ende März geschmolzen. Wenn Sie Fußabdrücke gesehen hätten, hätten Sie leicht feststellen können, wer die Apfelbäume abgeknickt hat und wie der Hund in den Hühnerstall kommen konnte, nicht wahr, Mr. Horsefall?«

»Verdammt leicht wär' das gewesen«, sagte Henny. »Sie meinen also, der verfluchte Nute Lumpkin hat 'n richt'gen Augenblick abgepaßt un' die Schweinereien angestellt, als er sicher war, daß wir 'n nich' erwischen würden, bloß weil er sauer auf mich un' Tante Hilda war wegen Spurge?«

»Nun ja, das könnte ein mögliches Motiv gewesen sein, aber leider kann ich mir noch ein besseres vorstellen. Wissen Sie, Mr. Horsefall, wenn wir die Möglichkeit in Betracht ziehen, daß Mr. Nute Lumpkin Ihr Phantomtäter ist, gehen wir mehr oder weniger davon aus, daß Spurges Tod kein Unfall war. Nute muß seinen Vetter gut genug gekannt haben, um zu wissen, wie Spurge auf Überraschungen reagierte. Außerdem bleibt noch die Tatsache, daß Ihr Nachbar Fergy zwar während des Winters fort war, aber irgendwann um die Zeit zurückgekommen sein muß, als die Anschläge anfingen.«

»Ich glaub', 's war zu der Zeit, als wir die Glasscherben im Schweinetrog gefunden ham.«

»Das klingt plausibel. Sehen Sie, die abgeknickten Apfelbäume und die Sache mit dem Hund und den Hühnern haben keinerlei besondere Vorbereitungen erfordert. Aber für die richtig hinterhältigen Anschläge war eine genaue Koordinierung notwendig. Wir wissen aber von Fergy selbst, daß Spurge die Gewohnheit hatte, ihn fast jeden Abend aufzusuchen und sich mit ihm zu unterhalten. Was meinen Sie, worüber Spurge wohl gesprochen hat?«

»Na, über die Farm, nehm' ich doch an. Was wir so 'n ganzen Tag über gemacht haben, was für'n Essen wir hatten un' so 'ne Kleinigkeiten. Spurge hatte nich' viel Ahnung von andren Sachen.«

»Er hätte also höchstwahrscheinlich auch bei Fergy erwähnt, daß Sie Kalk gestreut hatten und daß er den Streuer säubern sollte?«

»Nehm' ich doch schwer an.«

»Und Fergy steht in ständigem Kontakt mit Nute wegen der Antiquitäten, und außerdem scheint er mir auch ziemlich schwatzhaft zu sein. Für Nute wäre es ein leichtes gewesen, sich auf dem laufenden zu halten über alles, was hier passierte, und jede Gelegenheit zu nutzen, die sich bot, um den einzigen Menschen, der noch zwischen ihm und dem Lumpkin-Erbe stand, zu töten oder zu verletzen. Wenn er statt dessen Mr. Horsefall getötet hätte, wäre es ihm auch recht gewesen, denn dann hätte er die Vormundschaft über Spurge bekommen, wie er es schon vorher versucht hat, und seine ursprünglichen Pläne weiterverfolgen können. Ich will damit nicht sagen, daß Nute der große Unbekannte ist, aber ich schlage vor, daß wir ihn einmal aufsuchen und feststellen, wie gut er sich mit Löschkalk auskennt.«

Kapitel 5

Shandy fragte die Horsefalls, ob er ihr Telefon benutzen dürfe, und erzählte Helen, er wisse noch nicht, wann er nach Hause kommen würde. »Ich habe vor, deinen Verehrer aus dem Antiquitätenladen zu besuchen«, teilte er ihr mit, nachdem er ihr eine Zusammenfassung der neuesten Ereignisse gegeben hatte.

»Dann halt dich bloß möglichst weit vom Sofa weg, Nutie der Schleimer könnte zweigleisig fahren. Peter, bist du sicher, daß ich dir nicht doch irgendwie von Nutzen sein könnte? Diese zarte alte Dame –«

»Die zarte alte Dame steht in diesem Moment in der Küche, rupft ein Huhn und pustet sich die Arterien mit einem Schluck selbstgebrannten Schnaps frei.«

»Heiliger Hüfthalter!«

»Das kann man wohl sagen. Bist du mit den Petunien fertig geworden?«

»Wie kannst du unter diesen Umständen an Petunien denken?«

»Frag nicht wie, aber du mußt sie auf jeden Fall ordentlich angießen. Wenn wir sie verwelken lassen, wird Mireille Feldster überall ausposaunen, daß unsere Ehe im Eimer ist. Arrivederci.«

»Wie du meinst.« Helen klang nicht gerade überzeugt und legte auf.

Peter ging in die Küche zurück. »Tim, ich werde ein oder zwei Besuche machen. Möchtest du mitkommen oder lieber hierbleiben?«

»Ich leiste Henny und Miss Hilda noch ein Weilchen Gesellschaft, glaube ich. Hast du vor, hier noch mal vorbeizuschauen, bevor du nach Hause fährst?«

»Wenn du möchtest. Vielleicht in einer Stunde oder so.«

»Hat keine Eile. Na los, Henny, wir können genausogut jetzt den Streuer saubermachen. Der Kalk müßte sich inzwischen wieder so ziemlich beruhigt haben, und wir wollen ihn doch nicht als Andenken behalten. Vielen Dank für den Kaffee, Miss Hilda.«

Die beiden alten Männer gingen mit Shandy hinaus. Als er in seinen Wagen stieg und auf die Straße hinausfuhr, konnte er sie auf dem Scheunenhof stehen sehen wie zwei Figuren auf einem Bild von Millet. Eine unbändige Wut gegen die Hurensöhne, die versuchten, hart arbeitenden Farmern das Land wegzunehmen, stieg in ihm auf. Wenn irgend jemand darauf aus war, Henny die Hölle heiß zu machen, dann würde dieser Mensch es mit Peter Shandy zu tun bekommen. Er trat das Gaspedal durch und sauste in Richtung von »Nutes Nische« und fragte sich, wie viele verschiedene Verbrechen er aufklären mußte, bevor er den wahren Grund für den Tod von Spurge Lumpkin herausfinden würde.

Als Nute den teuren Wagen vorfahren sah, stellte er sich mit strahlendem Lächeln in die Ladentür und zupfte sich die Manschetten seines lila gestreiften Hemdes unter den Aufschlägen seiner fliederfarbenen Wildlederjacke zurecht. Er erinnerte Shandy stark an ein Backenhörnchen, das in einen Farbtopf gefallen war. Als der Fahrer jedoch ausstieg und sich als Cordhosenträger und Besitzer eines Flanellhemdes herausstellte, auf dem noch letzte Reste von Petunienerde prangten, nahm sein Backenhörnchengesicht für kurze Zeit einen wieselartigen Ausdruck an. Dann fiel Nute wieder zurück in sein professionelles, affektiertes Grinsen und ging daran, routiniert sein Gedächtnis zu durchforsten.

»Du liebe Zeit, ich kenne Sie doch – ach ja! Sie waren vorige Woche mit dieser hübschen Blondine hier. Wirklich charmant, wenn ich mal so sagen darf.«

»Die Blondine ist meine Frau, und ich habe es nicht gern, wenn sich Fremde über ihren Charme auslassen, also lassen Sie das besser«, erwiderte Shandy. »Mr. Lumpkin, wissen Sie schon, daß Ihr Vetter Spurge getötet wurde?«

»Spurge tot?« Das aufgesetzte Lächeln wirkte mit einem Mal nicht mehr aufgesetzt, aber dann gelang es Canute Lumpkin wieder, seine Züge unter Kontrolle zu bekommen und eine passendere Miene aufzusetzen.

»Dann bin ich ja –«

»Der Allerletzte. Wieviel genau werden Sie erben, Mr. Lumpkin?«

»Nennen Sie mich bitte nicht Mr. Lumpkin. Es ist ein so langweiliger Name. Und Sie glauben doch nicht etwa, daß ich an so etwas Vulgäres wie Geld denke, wenn ich gerade meinen letzten und einzigen Verwandten verloren habe!«

»Vor einigen Monaten haben Sie sich aber recht intensiv mit dem Gedanken an Geld beschäftigt, als Sie versuchten, Spurge in eine Irrenanstalt zu verfrachten.«

»Dann haben Sie also mit den Horsefalls gesprochen. Übrigens, es wäre sehr nett, wenn ich erfahren könnte, wer ein solches Interesse an meinen Privatangelegenheiten hat! Nicht, daß ich mich von Ihrer Anteilnahme nicht geschmeichelt fühle, wissen Sie, aber man ist einfach gern informiert.«

Eingebildeter Fatzke. Shandy unterdrückte einen gesunden Drang, Nutie den Schleimer in den Körperteil zu treten, der es am dringendsten nötig hatte, und machte sich daran, der immerhin verständlichen Bitte nachzukommen. Nutie zeigte sich höchst erfreut.

»Professor Shandy! Ich hatte ja keine Ahnung, daß Sie mir so außergewöhnliche Ehre erweisen würden. Ich frage mich, wie ich dazu komme ... Sollte man flaggen oder die Presse verständigen? Treten Sie ein, und nehmen Sie Platz, Herr Professor. Bitte entschuldigen Sie die Unordnung, aber ich habe bis eben eine Kundin aus New York bedient, die den Laden völlig auf den Kopf gestellt hat. Es macht Spaß, mit Leuten zu tun zu haben, die das Besondere schätzen und einen Sinn für das Schöne haben. Und die nötigen Mittel, um sich einen exquisiten Geschmack leisten zu können«, fügte er mit einem vielsagenden Blick auf Shandys Wagen draußen hinzu. »Übrigens, mir ist aufgefallen, daß sich Ihre Gattin neulich ganz besonders für mein Bow-Teeservice interessiert hat. Eine ausgesprochene Rarität, wie Sie sicher wissen.«

»Vielen Dank, aber wir besitzen bereits ein Teeservice.«

Shandy hatte zwar keine Ahnung, ob dies der Wahrheit entsprach, aber er hätte einen Gegenstand, der aus »Nutes Nische« stammte, nicht einmal mit der Kneifzange angefaßt. »Da Sie ein derartig einträgliches Geschäft gemacht haben, wollen Sie sich sicher mit Harry Goulson in Verbindung setzen, was die Kosten für das Begräbnis Ihres verstorbenen Vetters betrifft.«

Er hatte noch niemals einen Menschen getroffen, der derart ablehnend wirkte. Es war faszinierend, Canute Lumpkin dabei zuzusehen, wie er versuchte, sich herauszureden.

»Auf mein Wort, Herr Professor, ich sehe nicht ein, wieso ich auch nur das Geringste mit der Sache zu tun haben sollte. Wie Sie wissen, habe ich versucht, die Vormundschaft über meinen Vetter zu beantragen, und zwar nicht deshalb, wie es Ihnen die Horsefalls vielleicht eingeredet haben, weil es mir um irgendwelches Geld ging, sondern deshalb, weil ich mir ernsthaft Sorgen um das Wohlergehen von Spurge gemacht habe. Aber der Richter hat mein Gesuch abgelehnt. Daher wäre es unpassend und wahrscheinlich sogar ungesetzlich, wenn ich mich jetzt einmischen würde und die Pläne durcheinanderbrächte, die die Horsefalls gemacht haben. Miss Hilda wäre sicherlich überglücklich, wenn die Polizei mich der Mißachtung des Gerichts überführen würde.«

Er spreizte seine sorgfältig manikürten Finger und zeigte sein Lachgrübchen. »Ich werde natürlich einen Kranz oder so etwas schicken. Lilien, was halten Sie davon? Seht die Lilien auf dem Felde und so weiter. Obwohl man nicht sagen kann, daß mein Vetter Spurge nicht schwer gearbeitet hat, nicht wahr? Der alte Horsefall hat ihn wie ein Pferd schuften lassen, wie man sich hätte denken können. Deshalb habe ich auch versucht, den armen Kerl aus diesem Sklavendasein zu erlösen. Aber man hat ja meine Motive völlig mißverstanden –«

»Wer hätte Ihre Motive denn mißverstehen können, Mr. Lumpkin? Was den Wert des Landes betrifft, das Sie zu erben gedenken, so gibt es keinerlei Zweifel, man braucht nur nachzusehen, wieviel es wert ist, eine Information, die jedem zugänglich ist. Was ich allerdings sehr interessant finde, ist die Tatsache, daß Sie mich nicht einmal gefragt haben, was genau Ihrem Vetter zugestoßen ist. Vielleicht wissen Sie es bereits?«

»Wie sollte ich? Sie sind doch gerade eben erst hier hereingaloppiert, wie dieser Kerl, der von Gent nach Aachen lief – ach du liebe Zeit, der hat allerdings gute Nachrichten gebracht. Jetzt werden die Leute schon wieder sagen, daß ich ins Fettnäpfchen getreten bin. Wie scheußlich! Also gut, dann frage ich Sie eben jetzt: Was genau ist meinem Vetter denn zugestoßen?«

Shandy beschrieb es ihm in allen Einzelheiten, und Nute sagte noch einmal »Wie scheußlich!« und fügte hinzu: »Sehen Sie, wie recht ich hatte, als ich von Spurges Geistesschwäche sprach? Es scheint mir ganz so, Herr Professor, daß ich einen guten Grund habe, die Horsefalls wegen grober Fahrlässigkeit anzuzeigen.«

»Und mir erscheint es ganz so, als hätten Sie nicht sehr gute Aussichten, Geld aus der Sache herauszuschlagen, Mr. Lumpkin. Außerdem können die Horsefalls für den Schadenersatz nicht aufkommen, falls Sie tatsächlich mit viel Glück Ihren Prozeß gewinnen sollten.«

»Und warum nicht? Sie haben doch schließlich Eigentum«, erwiderte Lumpkin eine Idee zu schnell.

»Das ist richtig. Und ich sehe, daß Sie darüber bereits nachgedacht haben. Sie stünden allerdings ganz schön schlecht da, wenn sich herausstellen sollte, daß der Unfall, der Ihren Vetter das Leben gekostet hat, von irgendeiner Person oder von mehreren Personen oder Bekannten von Ihnen absichtlich provoziert wurde, um an den Besitz zu gelangen.«

»Was hätte ich denn damit zu tun? Es wäre durchaus möglich, daß ich den oder die Täter kenne, die Sie so überaus kenntnisreich beschrieben haben. Hier kennt jeder jeden. Und natürlich kenne ich auch all die Geschichten, die man sich über die Horsefalls erzählt, daß Henny mit einem Gewehr voll Steinsalz durch die Gegend streift und Miss Hilda in ihrem Hexenkessel rührt und sich dabei neue saftige Flüche ausdenkt. Ich liebe Klatschgeschichten. Macht viel mehr Spaß, als sich die Seifenopern im Fernsehen anzusehen, und keiner unterbricht einen, um mal eben schnell ein unwiderstehliches Sonderangebot von Spode anzupreisen, ausgerechnet in dem Moment, als Linda ihrem Michael gestehen will, daß sie eine Affäre mit Claude hatte, obwohl es heutzutage wohl sicher eher eine Claudia wäre.

Aber, um mal ganz abscheulich ehrlich zu sein, Professor, so ganz verstehe ich nicht, auf was Sie hinauswollen. Sie wollen mir doch nicht etwa drohen? Falls das nämlich der Fall sein sollte, wäre ich durchaus in der Lage, nicht nur die Horsefalls, sondern auch Sie gerichtlich zu belangen, und vielleicht würde mir der Anwalt sogar Mengenrabatt geben.«

Canute setzte ein zuckersüßes Lächeln auf, um zu zeigen, daß es sich nur um einen Witz handelte, machte jedoch sehr deutlich, daß er wie eine Kobra zustoßen würde, sobald sich ihm die Gelegenheit böte. Shandy fragte sich, wie viele Menschen Nute bereits vor den Kadi gezerrt hatte und wieviel er wohl an seinen Prozessen verdient hatte.

»Wie überaus schade, daß Sie im Moment nicht prozessieren«, erwiderte er mit einer Sanftheit, die er sich normalerweise für seine gefährlicheren Momente vor den Studenten aufsparte. »Ich würde nicht im Traum daran denken, Ihnen zu drohen. Und wenn man bedenkt, daß Miss Horsefall bald 105 wird und die Geburtstagsfeier unmittelbar bevorsteht, kann ich mir kaum vorstellen, daß die Drohung, einen Prozeß gegen sie anzustrengen, eine gute Publicity für Sie sein würde. Jetzt, wo Sie den Lumpkin-Besitz bekommen, möchten Sie doch sicher sowieso lieber Ihre Ruhe haben.«

»Wenn sich mir eine Gelegenheit bietet, nebenher zu etwas Geld zu kommen, nehme ich gern etwas Unruhe in Kauf, Herr Professor. Abstoßend, ich weiß, aber so bin ich nun mal. Geschäftstüchtig bis zum letzten. Sind Sie sich auch vollkommen sicher, daß Sie Ihre hübsche Gattin nicht doch mit meinem Bow-Teeservice überraschen wollen? Bei einem berühmten Kunden wie Ihnen bin ich sogar jederzeit bereit, einen Sonderpreis zu machen. Aus Gründen der Publicity, Sie wissen schon, was ich meine.«

Shandy dachte, daß es wohl besser sei, möglichst schnell das Geschäft zu verlassen, ehe Canute Lumpkin das Beweismaterial für eine Klage wegen schwerer Körperverletzung gut sichtbar an seinem Leib trug. »Ich werde Ihre Güte nicht in Anspruch nehmen, Mr. Lumpkin. Erlauben Sie mir nochmals, Ihnen mein Beileid auszusprechen. Oder Sie zu beglückwünschen, was wohl in Ihrem Fall eher zutrifft.«

»Ich weiß Ihre Rücksichtnahme zu schätzen, Professor Shandy. Erlauben Sie bitte.« Mit einem selbstgefälligen Grinsen öffnete Canute Lumpkin seinem Gesprächspartner die Türe. »Oh, was die Blumen betrifft, meinen Sie nicht auch, daß ein einfacher Strauß Feldblumen am angebrachtesten wäre? Vielleicht Gänseblümchen und Butterblumen?«

»Wie wäre es mit Gemeinem Hundszahn?«

Shandy stieg in seinen Wagen und fuhr zurück zu den Horsefalls. Er hatte das Gespräch zu einem sehr ungünstigen Zeitpunkt abgebrochen, aber vielleicht konnte er froh sein, daß er noch einigermaßen gut davongekommen war. Nute war wirklich ein schleimiger Kerl. Intelligent wie eine Ratte, verhielt er sich so, daß man sich des Eindrucks nicht erwehren konnte, daß ein Mensch unmöglich derartig niederträchtig sein konnte, wo er doch in Wirklichkeit sicher noch weitaus niederträchtiger war. Canute Lumpkin war es zuzutrauen, daß er genüßlich und mit viel

Begeisterung schmutzige Tricks ausheckte. Seine direkte Informationsquelle über die Farm der Horsefalls war Fergy, der durch seinen Freund Spurge stets auf dem laufenden gewesen war. Gegen die alten Leutchen hegte er immer noch Groll, weil sie seinen Plan vereitelt hatten, Spurges Vormund zu werden und sich so dessen Besitz zu erschleichen. Er war verschlagen genug, zuerst mit Kleinigkeiten anzufangen, die Henny wie einen alten Narren erscheinen ließen, wenn er sich ständig bei der Polizei beklagte, und seine Untaten allmählich bis zu dem Punkt zu steigern, wo sie tatsächlich gefährliche Ausmaße annahmen, ohne daß man ihm Schwierigkeiten machte.

Seine Rolle als vermeintlicher Wohltäter seines Vetters bot ihm eine willkommene Ausrede, Fergy über sämtliche Kleinigkeiten auszufragen, die Spurges Arbeit auf der Horsefall-Farm betrafen. Fergy hätte ihm leicht Auskunft geben können. Henny hatte Spurge tagelang angehalten, den Streuer zu säubern, und Nute hätte sich ausrechnen können, wie sein Vetter auf den brodelnden Löschkalk reagieren würde. Wenn er dabei umkam, war es ihm nur recht. Wenn nicht, hatte Nute immer noch einen wunderschönen Grund, die Horsefalls wegen Vernachlässigung ihrer Pflicht zu belangen und auf Schadensersatz zu verklagen. Da sie nichts weiter als ihre Farm besaßen, würde ihm bald die ganze Farm in seine fetten rosigen Hände fallen. Danach wäre er zweifellos gerne bereit gewesen, mit Loretta Fescue und deren ungeduldigen Klienten ins Geschäft zu kommen. In ein paar Jahren wären diese fruchtbaren Äcker höchstwahrscheinlich mit Asphalt und Supermärkten bedeckt. Wenn es Shandys Ansicht nach ein Verbrechen gab, das schlimmer als Mord wog, dann war es zweifellos dieses.

Kapitel 6

Es war jetzt ungefähr fünf Uhr, zu spät, um noch beim Rathaus vorbeizuschauen. Schade. Shandy hätte gern Genaueres über den Lumpkin-Besitz erfahren. Doch es war zu erwarten, daß auch die Horsefalls darüber informiert waren, wieviel Nute nach dem Tod seines Vetters zustand. Er mußte sowieso zurück und Tim abholen, es sei denn, Roy und Laurie waren ihm zuvorgekommen. Beim Verlassen von Lumpkin Center entdeckte Shandy zufällig ein verschnörkeltes Schild mit der Aufschrift »Loretta Fescue, Grundstücksmaklerin« an einem ursprünglich ziemlich bescheidenen, aber im nachhinein mächtig herausgeputzten Fachwerkhaus. Er hielt an und klingelte, aber es war offenbar niemand zu Hause. Mit finsterem Blick betrachtete er den Gartenzwerg aus Plastik, der etwas schob, das allem Anschein nach eine Schubkarre mit rosafarbenen Geranien vorstellen sollte, und stieg wieder in seinen Wagen.

Bei den Horsefalls saßen Tim, Henny und Miss Hilda mit langen Gesichtern draußen auf der Veranda in Schaukelstühlen mit Korbsitzen. Seine Ankunft bedeutete offenbar eine willkommene Ablenkung.

»Hallo, Pete«, rief Tim schon, bevor Shandy das Auto verlassen hatte. »Gut, daß du kommst. Laurie hat vor einiger Zeit angerufen und gefragt, ob ich abgeholt werden wollte. Ich hab' ihr gesagt, daß ich mit dir komme.«

»Meine Güte«, ereiferte sich Miss Hilda, »nu bleibt doch noch was! Ihr jungen Dinger springt ja rum wie Erbsen auf'm heißen Backblech! Laßt Professor Shandy doch ers'mal verschnaufen. Ich mach' uns 'n Bissen fürs Abendbrot zurecht, sobald ich wieder auf'n Beinen stehen kann. Daß dieser Goulson den armen Spurge so einfach weggekarrt hat, hat mich ganz schön umgehauen, muß ich zugeben.«

Henny nickte. »Ich weiß, Tante Hilda. Konnt 's auch bis dahin kaum glauben. Mann, wenn ich bloß dran denk' – hier, Professor, schnappen Sie sich 'n Stuhl, un' setzen Sie sich ers'mal. Wir kriegen sicher bald was zu futtern, nehm' ich an.«

»Bitte machen Sie sich meinetwegen keine Umstände«, sagte Shandy. »Meine Frau erwartet mich bereits.«

»Wie lang sind Sie denn schon verheiratet?« wollte Miss Hilda wissen.

»Seit dem 21. Januar.«

»Sie meinen, diesen Januar? Da ham Sie sich aber ganz schön Zeit gelassen, was?«

»Eigentlich nicht. Ich habe meine Frau erst eine Woche nach Weihnachten kennengelernt.«

»'ne Witwe mit Torschlußpanik auf der Jagd nach'm Ernährer, was?«

»Keineswegs. Wir waren beide noch nie verheiratet, und meine Frau ist durchaus in der Lage, sich selbst zu ernähren. Sie hat einen Doktor in Bibliothekswissenschaft.«

»Warum muß sie sich dann verdammt nochmal 'n Ehemann aufhalsen?«

»Nun, sie behauptet, eh, daß sie mich gern hat.«

»Na ja, is' wohl sicher noch eine von der altmodischen Sorte, die gern 'n Mrs. auf'm Grabstein prangen haben. Gott erbarm dich, was issen das schon wieder?«

»Spurges Geist, er is' von'n Toten auferstanden, um sich an denen zu rächen, die 'n umgebracht haben!« schrie Henny.

Hennys Irrtum war durchaus verständlich. Die ramponierte Gestalt voll blutender Kratzer, die gerade über den Hügel auf das Haus zueilte, hätte jedem die Haare zu Berge stehen lassen. Sie schwang einen Gegenstand, der zunächst wie ein Breitschwert aussah, sich aber dann als riesige Heckenschere entpuppte. Es war Cronkite Swope, der gerade von seinen journalistischen Ermittlungen zurückkehrte.

»Ich habe ihn gefunden!« brüllte er. »Ich habe den Runenstein gefunden!«

Miss Horsefall rümpfte verächtlich die Nase. »Sieht mir aber eher so aus, als hättste 'n Kampf mit 'ner Meute Rotluchse hinter dir. Klar haste den Runenstein gefunden, hab' dir ja haarklein erklärt, wo du suchen solls'. Hättste 'n nich' finden können, ohne dir dabei die gute Sonntagshose zu zerfleddern?«

»Das Dornengestrüpp da unten ist wirklich widerlich«, Cronkite fuhr sich mit dem Ärmel seines ehemals rosagrün gestreiften Hemdes über einen anschwellenden Kratzer am Kinn. »Wahrscheinlich habe ich auch ganz schön viel von dem Giftsumach abbekommen, aber was soll's? Sehen Sie mal, Professor Shandy, ich habe einen Abrieb von dem Stein gemacht.«

»Tatsächlich.« Shandy beugte sich über die vollgekritzelten Seiten Notizpapier, die Cronkite auf dem Verandaboden aneinanderlegte. »Leider weiß ich nicht das Geringste über Runen, aber diese Zeichen sind bestimmt, eh, hochinteressant.« In Wirklichkeit fand er sie alles andere als interessant, aber er wollte nicht herzlos sein und dem jungen Burschen ein wenig Anerkennung für seinen journalistischen Fleiß zollen.

»Und das habe ich auch noch gefunden!« Cronkite fuchtelte ihm mit einem verfärbten Stück Metall vor der Nase herum.

Shandy wich zurück und tastete nach seiner Lesebrille. »Was ist denn das?«

»Könnte von den Willys-Karren stammen, mit denen wir damals um 1927 rumkutschiert sind«, meinte Henny.

»Dazu sieht es aber ein bißchen zu alt aus. Würde es Ihnen etwas ausmachen, wenn ich ein wenig mit meinem Klappmesser daran schabe? Ich werde auch ganz vorsichtig sein.«

»Sicher, Professor, machen Sie ruhig. Ich habe versucht, es mit meinem Hemd sauberzuwischen, aber das Metall ist derartig zerfressen, daß ich überhaupt nichts abbekommen habe außer der obersten Schmutzschicht. Das Ding lag irgendwie halbbedeckt neben dem Stein, wissen Sie, als hätte es der Frost hochgedrückt, als der Boden zu tauen begann. Wenn man es ganz nah ans Gesicht hält und die Augen zusammenkneift, kann man ein Muster erkennen, wie von einer Verzierung oder Gravierung.«

»Mhm ja, ich glaube, Sie haben recht«, sagte Shandy, der gehorsam den Instruktionen gefolgt war. »Die konvexe Seite zeigt jedenfalls irgendeine, eh, regelmäßige Unregelmäßigkeit.«

Jetzt wurde er doch neugierig und kratzte vorsichtig an der zerfressenen grünen Patina. »Würdest du nicht auch sagen, daß es Bronze ist, Tim?«

»Könnte sein«, erwiderte Professor Ames, nachdem er eine geraume Zeit mit seinem dicken, zerfurchten Fingernagel daran herumgekratzt hatte.

»Was meinst du, Henny?«

»Vielleicht Kupfer? Is' aber 'n bißchen hart für Kupfer. Könnt' auch Bronze sein. Oder Messing. Wohl eher Messing, wenn's von'nem Auto is'. Hatten wir nich' mal so 'ne Acetylenlampe auf unsrem Pope-Toledo, Tante Hilda?«

»Es sieht mir aber überhaupt nicht nach einem Autoteil aus«, sagte Shandy. »Eher schon wie ein – es erinnert mich an etwas anderes, aber ich weiß nicht genau, an was.«

»Also wenn Sie wissen wollen, was ich denke« – es war völlig klar, daß sie jetzt hören würden, was Swope dachte, ob sie nun wollten oder nicht, also versuchte auch niemand, ihn davon abzuhalten –, »ich glaube, es ist ein Stück, das von einem dieser alten Wikingerhelme abgebrochen ist. Sehen Sie nur diese Wölbung hier, und wie es hier eine Art Kuppelform annimmt. Und aus dieser halbmondförmigen Öffnung am Rand könnte das Horn herausgekommen sein. Sie wissen doch, daß die Wikinger Kuhhörner, Geweihe und solche Sachen an ihren Helmen trugen, damit sie wilder aussahen.«

»Jedenfalls hat man uns das glauben machen wollen.« Shandy wog den Gegenstand mit etwas mehr Respekt in seiner Hand. Ob Cronkite möglicherweise recht hatte? »Ich habe eine Idee, junger Mann. Am besten, Sie zeigen diese Sachen unserem College-Präsidenten, Präsident Svenson. Er ist so etwas wie eine Autorität, was alte nordische Kulturen betrifft.«

»Ich dachte, er wär' Spezialist fürs Pflügen?« fragte Henny Horsefall.

»Das ist er auch. Und er ist auch Spezialist für, eh, eine Menge anderer Dinge.«

»Ein echter Renaissance-Mensch sozusagen«, rief der junge Swope, dessen glänzende grüne Augen vor lauter Aufregung blitzten.

»Ich würde ihn, eh, historisch etwas anders einordnen.«

Shandy fiel es nicht schwer, sich Thorkjeld Svenson mit einem hörnergeschmückten Helm vorzustellen, und er sah ihn im Geiste aus reinem Vergnügen unzählige Jüten und Sachsen niedermetzeln. Authentisch oder nicht, Cronkites Fund würde möglicherweise einen nützlichen Zweck erfüllen, indem er Svensons Aufmerksamkeit ein wenig von der Heirat seiner Tochter Birgit mit Hjalmar Olafssen ablenkte. In der Präsidentenvilla würde es ohne Birgit schrecklich ruhig werden.

»Wann kann ich Präsident Svenson treffen?« verlangte Cronkite zu wissen.

»Sozusagen jederzeit, vermute ich. Ich weiß, daß er zu Hause ist. Fahren Sie doch zusammen mit Professor Ames und mir zurück, wenn Sie mögen. Meine Frau macht Ihnen etwas zum Abendessen, und wir können, eh, die Bronze schmieden, solange sie noch heiß ist, wenn man so will. Wenn der Präsident herkommen und sich den Runenstein ansehen möchte, und ich vermute stark, daß er das wird, ist es immer noch hell genug dazu. Vorausgesetzt natürlich, daß wir die Horsefalls damit nicht stören.«

»Wir ham Sie gern hier«, brummte Henny.

»Wird uns bestimmt 'n Abend was leichter machen«, stimmte Miss Hilda widerwillig zu. »Gott weiß, wie oft ich schon 'n Tisch gedeckt hab' un' 'n Gedeck zuviel hingelegt hab', weil ich vergessen hab', daß der, für den 's gedacht war, doch nich' mehr kommt. Wohl höchste Zeit, daß ich selbs' abdank'.«

Cronkite war ein mitfühlender und taktvoller junger Mann. Er legte seinen zerkratzten Arm um Miss Hildas knochige Schultern und zog sie sanft an sich.

»Hey, das vergessen Sie mal lieber sofort wieder. Sie müssen jedenfalls unbedingt bis nach Ihrem Geburtstag hierbleiben, wir wollen nämlich Ihr Foto auf der Titelseite bringen.«

»Das heiß' wohl, daß ich die Nacht vorher mit Lockenwicklern ins Bett muß. Verteufeltes Zeug. Ich hass' es wie die Pest, drauf zu schlafen.«

Trotzdem sah Miss Horsefall mit einem Mal bedeutend weniger bekümmert aus, als sie sich anschickte, für sich und den einzigen alten Mann, den es noch zu bewirten gab, das Abendessen zu machen.

Kapitel 7

Also, was steht drauf?« fragte Shandy. »Harald Blauzahn war hier?«

»Maul halten«, erwiderte Thorkjeld Svenson mit der galanten Höflichkeit, für die er überall bekannt war. Er stieß mit seinem Zeigefinger, der so groß wie ein Bettpfosten war, auf einen der sorgfältiger ausgearbeiteten Teile von Cronkites Kritzeleien. »Sieht aus wie Orm.«

»Orm was? Ist Orm ein Wort?«

»Name. Verdammt guter Name sogar. Was ist mit diesem Orm?«

»Ihm ist offenbar etwas zugestoßen, wenn das sein Grabstein ist«, schloß Cronkite messerscharf.

»Ist vielleicht gar kein Grab. Könnte verdammt vieles sein. Wär' Onkel Sven doch bloß hier.«

»Wo ist er denn, Herr Präsident?«

»Woher zur Hölle soll ich das wissen? Bin ich der Hüter meines Onkels? Unten im Seniorenzentrum wahrscheinlich, wo er irgendeiner Witwe in den Hintern kneift.«

»Thorkjeld, du sollst nicht so respektlos von deinem gelehrten Großonkel sprechen.«

Sieglinde Svenson hatte den Raum betreten und glitt wie eine Königin in ihrem leichten Sommerkleid aus weichem blauen Stoff durch den Raum, wenn auch etwas bleich im Gesicht, denn es war nicht leicht, die fünfte von sieben Töchtern zu verheiraten und mit den zahlreichen Verwandten fertig zu werden, die aus allen Teilen der nördlichen Hemisphäre herangereist waren, um dafür zu sorgen, daß Birgit und Hjalmar ordentlich und rechtmäßig in den Hafen der Ehe einliefen.

»Ist es etwa respektlos, Witwen in den Hintern zu kneifen? Wie viele Männer in seinem Alter sind dazu wohl noch in der Lage? Bin eben stolz auf den alten Lustmolch.«

»Onkel Sven ist kein Lustmolch.« Sieglinde hatte hohe moralische Wertvorstellungen und liebte es nicht, wenn derartige Wörter in ihrer Gegenwart benutzt wurden. »Er hat mit Tante Ylva bis zu ihrem frühen Tod mit 89 in trauter Zweisamkeit gelebt. Natürlich fühlt er sich ohne sie einsam und sucht weibliche Gesellschaft. Das würde dir sicher genauso gehen.«

»Hölle auch, du wirst mich bestimmt um 40 Jahre überleben«, rief Thorkjeld Svenson in heller Panik.

Seine Frau schüttelte den edlen blonden Kopf. »Das werde ich nicht. Ohne dich wäre das Leben unerträglich eintönig. Was hast du denn da für ein Papier, und wer ist dieser attraktive, aber ungepflegte junge Mann? Ich vermute, er hat kein Interesse daran, unsere hübsche Gudrun oder unsere süße kleine Frideswiede zu heiraten?«

»Das läßt er verdammt besser bleiben«, knurrte der leidgeprüfte Vater. »Sieh ihn dir bloß mal an. Er hat noch nicht mal ein ordentliches Hemd am Leib.«

»Der junge Mann hier heißt Cronkite Swope und ist Reporter für den *All-woechentlichen Gemeinde- und Sprengel-Anzeyger*«, warf Shandy ein.

»Und ich habe mehr als genug Hemden«, protestierte der zutiefst verletzte Cronkite. »Dieses Hemd ist zerrissen, als ich mich durch das Gestrüpp gekämpft habe, um an den Runenstein heranzukommen, und ich hatte nicht genug Zeit, um nach Hause zu gehen und mich umzuziehen. Außerdem kenne ich Gudrun und Frideswiede überhaupt nicht. Aber ich würde sie gern kennenlernen, wenn sie ihrer Mutter ähnlich sind«, fügte er galant hinzu.

Cronkite konnte hervorragend mit Worten umgehen, und Sieglinde belohnte ihn mit einem strahlenden Lächeln, Thorkjeld mit einem drohenden Knurren.

»Urrgh! Wo ist dieser Runenstein?«

»In Mr. Hengist Horsefalls Eichenhain drüben in Lumpkin Corners. Ich hatte keine Ahnung, daß er dort war, bis Miss Hilda Horsefall, seine Tante, mir davon erzählt hat, während ich sie heute nachmittag interviewt habe. Es tut mir leid, daß der Abrieb so schlecht ist, aber ich hatte außer meinem Notizpapier und einem Bleistift nichts dabei.«

»Warum haben Sic sich nicht besser ausgerüstet?« fragte Sieglinde.

»Nun ja, Mrs. Svenson, wie um Himmels willen hätte ich vorher wissen können, daß ich dorthin gehen würde? Man hat mich zur Farm geschickt, um eine kleine Geschichte über Miss Hildas 105. Geburtstagsparty zu schreiben, aber der Knecht, der auf dem Hof arbeitete, fiel in den Löschkalk, und da dachte ich, daß ich besser schnell den Runenstein finde, und ich mußte wieder zur Zeitung zurück, aber ich wollte zuerst sicher sein, daß der Runenstein wirklich existiert.«

»Ich verstehe. Ihre Erklärung ergibt mehr Sinn als das meiste, was ich in der letzten Zeit gehört habe. Also, Thorkjeld, handelt es sich hier um einen echten Runenstein?«

»Jedenfalls stehen Runen darauf. Muß ihn mir mal selbst ansehen. Und Onkel Sven zeigen.«

Präsident Svenson runzelte immer noch die zerklüftete Stirn und versuchte, Cronkites Kritzeleien zu entziffern. »Dieses Dings hier sieht aus wie ein Fluch.«

»Ein Fluch?« Cronkite fiel vor Freude beinahe die Eingangstreppe hinunter. »Sie meinen so wie ›Verflucht sei jeder, der meine Knochen von hier wegbewegt‹?«

»Arrgh.«

»Und was ist mit dem Helm?« Cronkite hielt ihm sein Bronzefragment entgegen. »Meinen Sie nicht auch, es könnte sich hier um den Teil eines Helmes handeln? Sehen Sie mal das Loch hier, in dem das Horn gesteckt haben muß.«

»Urrgh!« erwiderte Svenson mit zunehmendem Enthusiasmus. Er hielt das Metallstück an seinen riesigen Schädel. Eine seiner widerspenstigen, eisgrauen Locken ragte wie ein Adlerflügel aus dem Loch. »Na, wie sehe ich aus?«

»Um Gottes willen!« rief Timothy Ames, der bisher als einziger noch kein Wort gesagt hatte. »Es paßt haargenau.«

»Jessas Maria, wartet nur, bis Onkel Sven das sieht! Swope, in zehn Jahren erlaube ich Ihnen vielleicht, mit Gudrun auszugehen.«

»Vielen Dank«, sagte Cronkite, »ich freue mich schon darauf. Aber im Moment muß ich erst meine Story schreiben. Behalten Sie den Helm ruhig, und zeigen Sie ihn Ihrem Onkel, wenn Sie wollen. Morgen früh komme ich als erstes vorbei und höre mir an, was er dazu meint. War nett, Sie kennenzulernen, Mrs. Svenson. Danken Sie Ihrer Frau bitte nochmals für das hervorragende Abendessen, Professor Shandy.«

Noch bevor Swope seine höfliche Verabschiedung ganz beendet hatte, saß er bereits wieder auf seinem Motorrad, auf dem er von Lumpkin Corners hergefahren war, und raste davon.

»Ich habe den Eindruck, daß wir einen schlafenden Hund geweckt haben«, sagte Shandy nachdenklich.

Aber niemand beachtete ihn. Tim hörte nichts, und Thorkjeld war damit beschäftigt, Sieglinde auf altnordische Art zu küssen, mit anderen Worten molto con brio, als Vorspiel für das Treffen mit Onkel Sven und die Besichtigung des Runensteins.

Sie überraschten den hochbetagten Verwandten, als er gerade mit bedeutungsschwerer Miene und einer ansehnlichen Witwe neben sich auf dem Weg zu den Heuschobern des College war. Die Witwe war beträchtlich größer als er, doch Sven hatte den längeren Schnurrbart. Obwohl sein Kinn völlig bartlos war, waren die Haare auf seiner Oberlippe gut 20 Zentimeter lang und hätten auf eindrucksvolle Weise sein Gesicht geziert, wenn nicht gerade ein starker Wind geweht und sie hinter seine Ohren geblasen hätte, wo sie sich mit den silbernen Locken vermischten, die auf seinen lässigen, blauweiß gepunkteten Hemdkragen flossen.

Shandy tat es leid, Onkel Svens Pläne für den Abend zu durchkreuzen, doch dem alten Herrn schien es wenig auszumachen. Er war genauso aufgeregt wie Thorkjeld, als er das Helmfragment sah, und stellte ohne zu zögern fest, daß es sich um ein Stück aus Uppsala handelte, das er auf etwa 900 nach Christus datierte. Außerdem bemerkte er – auf Schwedisch, um die Gefühle seiner Begleiterin nicht zu verletzen –, daß man zwar stets eine willige Frau finden könne, ein Runenstein dagegen in dieser gottverlassenen Einöde eine Verlockung darstelle, der er nicht widerstehen könne, und schloß mit der Frage, worauf man denn noch warte.

Thorkjeld, inzwischen völlig außer sich vor Begeisterung, erbot sich lautstark, die ganze Gruppe zur Horsefall-Farm zu fahren, was Shandy jedoch mit Bestimmtheit ablehnte. Er wollte selbst fahren, denn er verspürte wenig Lust, an diesem Abend noch mit einem Wahnsinnigen durch die Gegend zu rasen.

Während der Fahrt untersuchte Onkel Sven den Abrieb, den Cronkite und Helen nach dem Abendessen sorgfältig mit Klebestreifen zusammengeklebt hatten. Er stimmte mit Thorkjeld überein, was das Wort Orm betraf, und meinte, das nächste Wort sei »Tokesson«, das Ganze hieße demnach: »Orm, Sohn des Toke.«

Er nahm ebenfalls an, daß es sich um einen Fluch handeln müsse, doch er wollte erst Näheres sagen, wenn er den Rest der Inschrift gelesen hatte. Zumindest wußte man jetzt mit Sicherheit, daß es sich nicht um das Werk einer Zufallslaune der Geologie handelte, die schon früher falsche Hoffnungen in dieser Gegend geweckt hatte.

Helen hatte vorausgesagt, daß Peter die Horsefalls bei seiner Rückkehr nicht mehr allein antreffen würde, und wie üblich hatte sie recht behalten.

Eine beträchtliche Anzahl von Verwandten hatte sich eingefunden und Kuchen, Plätzchen, Kondolenzbezeugungen und Neugierde mitgebracht. Miss Hilda hatte sich umgezogen und trug nun ein Gewand, das zweifellos seit mindestens 30 Jahren ihr bestes Sommerkleid gewesen war: ein lila bedrucktes Kattunkleid, das mit einer ansehnlichen Amethystbrosche verziert war, die offenbar noch aus besseren Zeiten stammte. Als Onkel Sven sie erblickte, begannen sich die Enden seines langen Schnurrbartes nach oben zu kräuseln.

Sie schob zwei etwa 50jährige Männer, die wie Zwillinge aussahen, vor sich her. »Das hier is' Eddie, Professor, un' das da is' Ralph. Das sind unsre Großneffen, von denen wir heut gesprochen haben.«

Beide Männer waren großgewachsen und hager, mit gebeugten Schultern und wettergegerbten Gesichtern, die den resignierten, aber resoluten »Was haben Mutter Natur und die Regierung als nächstes mit uns vor«-Ausdruck trugen, an dem man überall den kleinen Farmer erkennen kann. Shandy verspürte eine instinktive Sympathie für die beiden Männer, obwohl er sich bemühte, unvoreingenommen zu bleiben. Beide hatten riesige Familien und Frauen mit einem äußerst energischen Kinn und machten im großen und ganzen den Eindruck, daß sie gerade genug zum Leben besaßen. Er konnte bereits das Geraune darüber hören, wer von beiden wohl bei den alten Leutchen einziehen und die Farm übernehmen würde, und er erkannte außerdem in einem von Ralphs Söhnen einen der Unruhestifter, die während der Großen Lichterwoche vor zwei Jahren das College unsicher gemacht hatten, bevor er selbst diese zweifelhafte Rolle übernommen hatte.*

---

* »*Schlaf in himmlischer Ruh'*«, DuMont's Kriminal-Bibliothek Bd. 1001.

Ralph Junior war etwa 15 Jahre alt, groß für sein Alter und, so schien es jedenfalls, bereits aufgebracht genug über die Ungerechtigkeit der Welt, um dazu fähig zu sein, die Gemeinheiten auszuhecken, unter denen Henny Horsefall in der letzten Zeit zu leiden gehabt hatte. Wahrscheinlich besaß er ein Fahrrad und wohnte ganz in der Nähe. Er wußte sicher auch, daß seine Familie eine gute Chance hatte, die Farm zu übernehmen, vielleicht hatte er also beschlossen, die Wartezeit ein wenig abzukürzen, indem er dem alten Henny eine gehörige Portion Angst einjagte und in ihm den Wunsch nach Schutz weckte. Vielleicht aber kannte auch eine andere Person, etwa seine grimmig aussehende Tante, den schlechten Ruf des Jungen und hatte diesen ausgenutzt und die ganzen Anschläge unter dem Motto »Wer einmal ins Gerede kommt, dem hängt es ewig an« eingefädelt. Shandy fühlte sich allmählich von der Zahl der potentiellen Verdächtigen überfordert.

»Tut mir leid, Präsident«, murmelte er, »ich hätte wissen müssen, daß es hier einen Menschenauflauf geben würde, sobald die Geschichte über den Knecht durchgesickert ist. Am besten erwähnen wir den Runenstein im Moment nicht. Sonst kommt es möglicherweise noch zu einer Stampede.«

»Warum zum Teufel haben Sie uns denn hergeschleppt?« schnaubte Svenson.

»Keine Sorge, wir werden schon irgendwie an den Stein herankommen. Würden Sie bitte zunächst einmal einen Moment lang vorgeben, als Abgesandter des Hilfsfonds für Landarbeiter hier zu sein?«

»Haben wir überhaupt nicht.«

»Doch, haben wir. Tim und ich haben ihn heute mittag ins Leben gerufen.«

»Oh.«

Svenson hatte genug gehört. Er ging langsam und bedächtig zu Miss Hilda und ihrem Neffen und drückte ihnen sein Mitgefühl aus, wodurch er sie in aller Öffentlichkeit auf eine gesellschaftliche Stufe erhob, die ihre wildesten Träume übertraf. Bisher hatte Präsident Thorkjeld Svenson, der berühmte Wissenschaftler und seit Gott weiß wie lange der stolze Besitzer der Balaclava-College-Trophäe für den Großmeister im Pflügen, niemals jemandem die Ehre erwiesen, persönlich bei einer privaten Versammlung in Lumpkin Corners zu erscheinen.

»Und ich möchte Ihnen außerdem meinen Onkel Sven vorstellen, Miss Horsefall. Er ist aus Stockholm gekommen, um an der Hochzeit meiner Tochter teilzunehmen. Er ist im November vorigen Jahres 102 Jahre alt geworden.«

»Er hat sich aber verdammt gut gehalten«, war das übereinstimmende Urteil sämtlicher Anwesenden. Onkel Sven, dessen fremdsprachiges Wissen sich auf einen Wortschatz von höchstens 40 Wörtern beschränkte, von denen er die meisten nicht richtig aussprechen konnte, stand bereits im Mittelpunkt der Versammlung. Inzwischen ragte sein Schnurrbart steil in die Höhe. Seine runden kleinen Wangen glänzten wie zwei Weihnachtsäpfel. Seine seeblauen Augen strahlten, als er seinen Kennerblick über Miss Hilda und ihre Amethystbrosche gleiten ließ.

Die Dame selbst wünschte sich sicher in diesem Augenblick, sie hätte die letzte Nacht mit ihren unbequemen Lockenwicklern im Haar verbracht. Immer wieder fuhr sie sich mit den Händen über ihr Haar, damit nur ja keine widerspenstigen Strähnen aus dem Haarnetz hervorlugten, und klagte darüber, keine Zeit gehabt zu haben, um sich ordentlich auf die Gesellschaft vorzubereiten.

»Iss denken, du ssehr ssön«, versicherte Onkel Sven ihr, während er eine Gabelladung Schokoladenkuchen unter seinem Schnurrbart verschwinden ließ. »Sspassieren vir ein bissen, hah?«

»Ja, warum geht ihr beide nicht ein bißchen nach draußen und unterhaltet euch nett miteinander?« schlug die angeheiratete Großnichte Jolene vor, die sich möglicherweise bereits selbst als stolze Besitzerin der Horsefall-Farm sah. »Du brauchst eine Verschnaufpause, Tante Hilda. Ich werde die Festung hier schon für dich halten.«

»Vielleicht würdest du gern das Geschirr spülen gehen, Jolene, da du letztens so ein Theater gemacht hast und es unbedingt allein machen wolltest«, schlug Marie vor. »Ich schenke gern weiter Kaffee ein.«

»Dann hör man gefälligst auf zu quatschen, un' schütt mir was ein«, sagte Henny mit erstaunlicher Autorität. »Danach kannste 'ne neue Kanne machen un' 'nen Kessel mit Teewasser aufsetzen – der Pfarrer mit seiner Frau kommt. Jolene, du kanns' die Teller abwaschen un' Kuchen schneiden. Na los, ihr zwei.«

Erstaunt über diese überraschende Wendung setzten sich Jolene und Marie in Bewegung. Miss Hilda blinzelte zuerst ungläubig, begrüßte dann den Pfarrer und dessen Frau als erste, um zu zeigen, wer hier die Herrin im Haus war, und nahm dann Sven Svensons Arm. Shandy sah seinen Augenblick für gekommen.

»Ich glaube, Professor Svenson und ich werden die beiden Senioren begleiten und ebenfalls etwas, eh, Luft schnappen«, bemerkte er zu Jolene, die neben ihm stand. »Als Vorsichtsmaßnahme sozusagen.«

Er sagte nicht, wogegen diese Vorsichtsmaßnahme gedacht war, und Jolene, die unbedingt die Frau Pfarrer mit Kuchen beglücken wollte, nickte ihm nur abwesend zu. Die kleine Prozession setzte sich in Bewegung. Onkel Sven ging schnurstracks auf die Scheune zu. Thorkjeld stellte ihn auf schwedisch zur Rede und versuchte ihm klarzumachen, daß Miss Hilda eine anständige Frau sei, bei der man nicht einfach so mir nichts dir nichts zur Sache schreiten durfte. Thorkjeld erinnerte ihn außerdem daran, daß sie eigentlich vorgehabt hatten, sich den Runenstein anzusehen, bis der Großonkel schließlich kapitulierte.

»Was quatscht ihr beiden denn da?« wollte Miss Hilda wissen.

»Onkel Sven will den Runenstein sehen, den der junge Swope gefunden hat. Er ist Spezialist für Runensteine.«

»Hm. Ich möcht' wetten, daß er trotzdem von mir noch was lernen kann.« Sie drückte seinen Arm, woraufhin er einen weiteren sehnsuchtsvollen Blick in Richtung Scheune warf.

»Ist es Ihnen zu weit bis zum Stein?« fragte Shandy, der versuchte, die Expedition wieder zu ihrem eigentlichen Ziel zu lenken.

»Hölle noch, warum soll's mir zu weit sein?« erwiderte sie, »obwohl ich lieber in'ner Kutsche hinfahren würd', der alten Zeiten wegen.«

»Ich wollte, wir könnten Ihnen den Gefallen tun, aber wenn der Weg so schlimm aussieht, wie Swope ihn beschrieben hat, bezweifle ich, daß irgendein Fahrzeug, mit Ausnahme eines Bulldozers vielleicht, dort durchkommt.«

»Wär' kein Problem, wenn Henny 'n Holzfällerweg offen gelassen hätt', wie ich ihm's immer gesagt hab'.«

»Welchen Holzfällerweg, Miss Hilda?«

»Der vonner alten Balaclava Road am alten Lumpkin-Haus abzweigt. So war's jedenfalls früher. Bin selbs' schon 'ne Ewigkeit nich' mehr dagewesen.«

»Und über die Straße wäre der Runenstein leichter zu erreichen?«

»Kinderleicht. War mal 'n Wendeplatz da, un' man konnte direkt bis zum Stein durchfahren.«

»Wir könnten versuchen, mit dem Traktor Ihres Neffen durchzukommen.«

»Auf'm Traktor macht's aber keinen Spaß.«

Miss Hildas Einwand war unwiderlegbar. Sie machten einen Kompromiß: Shandy sollte mit dem Traktor vorausfahren, um den Weg, den Swope freigeschlagen hatte, etwas zu verbreitern, während Thorkjeld hinterherging, um Onkel Sven unter dem einen und Miss Hilda unter dem anderen Arm zu tragen, wenn der Weg für ihre 100jährigen Beine zu mühsam sein sollte.

Es war eigentlich nicht sehr weit, weniger als eine halbe Meile vom Haus entfernt, doch der Großteil des Weges war mit Dornengestrüpp überwachsen, und Cronkite Swope bekam auf Shandys Liste der verkannten Helden einen immer besseren Platz. Cronkite hatte es sogar geschafft, vor dem Stein selbst einen kleinen Freiraum zu schaffen. Onkel Sven hatte genug Platz, mit Hilfe von Thorkjelds Lieblingslupe die Inschrift zu untersuchen.

Der Stein selbst war nichts Besonderes, soweit Shandy feststellen konnte, lediglich ein Granitblock, der unten etwa vier Fuß hoch und zwei Fuß breit war, ähnlich wie die zahlreichen anderen Steinblöcke, die vom Großen Gletscher so großzügig über diese Gegend verteilt worden waren, zum maßlosen Ärger der ersten Siedler, die mühsam die Steine von den Feldern wälzen mußten, die sie gerodet und abgebrannt hatten, um sie in fruchtbares Farmland zu verwandeln. Zahlreiche Steine wie dieser hier waren zum Bau von Steinwällen benutzt worden, um die Wildschweine fernzuhalten und um die britischen Rotröcke aus dem Hinterhalt erschießen zu können.

Von den Runen hielt Shandy ebenfalls nicht sonderlich viel. Für ihn bedeuteten sie lediglich undeutliche Rillen im Granit. Onkel Sven jedoch war so versunken in seine Studien, daß er völlig vergaß, Miss Hilda weiter mit seinem festen Griff zu erfreuen, woraufhin diese sich schmollend zurückzog und auf dem Traktor niederließ. Außerdem verlor er nun völlig seine ohnehin schon schwache Kontrolle über die Fremdsprache, so daß Thorkjeld als Übersetzer fungieren mußte, wenn er irgend etwas sagte.

»Was steht denn jetz' nun drauf?« wollte Miss Hilda wissen, höchst ärgerlich darüber, daß man sie wegen eines primitiven Granitblocks so schnöde im Stich ließ.

»Gebt ihm doch Zeit«, schnaubte Professor Svenson. »Die Inschrift ist in keinem besonders guten Zustand.«

»Hm. Is' er ja selbs' auch nich'!«

Eine boshafte Bemerkung, aber Thorkjeld machte sich nicht erst die Mühe, den Satz für seinen Onkel zu übersetzen, denn er war ein großer Frauenkenner und wußte, daß Miss Hilda es nicht ernst meinte.

Sven Svenson sah sich den Stein genauer an, murmelte leise vor sich hin und fuhr immer wieder vorsichtig mit geübten Fingern darüber, um auch die Spuren festzustellen, die so schwach waren, daß man sie mit bloßem Auge nicht mehr erkennen konnte. Schließlich begann er zu kichern. Er hockte sich auf seine Fersen und las Thorkjeld die Inschrift vor, worauf dieser noch viel lauter lachte und sie auch für die anderen übersetzte.

»Orm Tokesson fand hier nichts Anständiges zu trinken und traf nur bösartige Frauen. Dieser Ort soll verflucht sein.«

»Muß vor meiner Zeit gewesen sein«, meinte Miss Hilda herablassend.

»Dann glauben Sie also, daß der Runenstein echt ist?« stieß Shandy aufgeregt hervor. »Herr des Himmels! Was sollen wir denn jetzt machen?«

»Ich will verflucht sein, wenn ich das weiß. Am besten lassen wir einen Haufen Archäologen aus Harvard oder sonstwo herkommen. Die werden dann ihre verdammte Arbeit schon erledigen.«

»Ich muß zugeben, daß es mir reichlich schwerfällt, das alles zu glauben. Warum sollte ein Wikinger Zeit und Mühe verschwenden und ein solides Stück Granit bearbeiten, um sich dann lediglich über die Frauen und das Saufen auszulassen?«

»Sie verstehen offenbar die Seele der Nordländer nicht, Shandy. Sie waren immer ein Volk großer Dichter.«

»Dann soll das hier also große Dichtkunst sein?«

»Tja, Orm hätte vielleicht mehr geschrieben, wenn der Stein nicht so verdammt hart gewesen wäre. Jessas, stellen Sie sich nur vor, Sie hätten wochenlang, was sage ich, monatelang, in einem Boot gehockt, der Metvorrat wäre ständig geschrumpft, das Fleisch wär' verfault, und Sie hätten nichts anderes tun können, als immer nur rudern oder seekrank werden. Schließlich geht man an Land und will sich mal ordentlich in netter Gesellschaft vollsaufen, und es gibt nichts dergleichen. Können Sie nicht die tiefe Verzweiflung hinter diesen einfachen, eindrucksvollen Worten spüren? Die ausgedörrte Kehle, die –« Thorkjeld Svensons Blick fiel zufällig auf Miss Hildas hübsches lila Kleid, und er brach die für ihn ohnehin ungewöhnlich lange Rede wieder ab.

»Der arme Orm«, schloß er mitfühlend und neigte ehrfürchtig den Kopf vor einem Mann, in dem er offenbar einen gefallenen Kameraden sah.

»Nun ja«, gab Shandy zu. »In diesem Licht habe ich die Sache noch nicht betrachtet. Außerdem, wenn ich mal so sagen darf, wenn man professionell ohnehin mit, eh, Schlagen und Hauen zu tun hat, bedeutet die Arbeit an einem Runenstein wohl höchstens eine entspannende Freizeitbeschäftigung. Hat Ihr Onkel bereits eine Vermutung, wann dieser Stein bearbeitet wurde?«

»Die Runen stammen aus einer späten dänischen Periode. Möglicherweise aus der Zeit von Sven Gabelbart oder Knut dem Großen.«

Shandy brach der Schweiß aus. »König Knut?«

»Klar. Selbst ein Klotz wie Sie muß schon von König Knut gehört haben.«

»Ich dachte immer, er war König von England?«

»War er auch. Und von Dänemark und Norwegen. War sogar ein verdammt guter König. Hat England erobert und Emma, die Witwe von Aethelred dem Ratlosen, geehelicht. Ich möchte wetten, daß Emma den alten Knut nicht ratlos gefunden hat.«

»Wann hat er gelebt?«

»Ende des 10., Anfang des 11. Jahrhunderts. Wieso?«

»In der Lumpkin-Familie haben viele Männer den Namen Canute getragen, was wohl die englische Version des Namens Knut ist. Spurge Lumpkin, der Knecht der Horsefalls, der heute mittag ums Leben gekommen ist, hat auch einen Vetter, der Canute heißt, und der jetzt der einzige noch lebende Verwandte ist. Canute war außerdem der Name ihres Großvaters oder was immer er war. Dieser Canute hat den Lumpkinschen Familienbesitz in einem derart chaotischen Zustand hinterlassen, daß er zum Schluß eine Tontine wurde.«

»Der letzte, der übrigbleibt, kriegt alles, was?«

»Genau. Eine alte Wikingersitte, nehme ich an?«

»Arr!«

Thorkjeld sah ziemlich zufrieden aus und machte sich daran, seinem Großonkel die Situation zu erklären, woraufhin dieser zustimmend nickte. Offensichtlich begrüßten sie es beide sehr, daß altnordische Sitten in Balaclava County noch zählten. Shandy wollte es nicht gelingen, ihre Genugtuung zu teilen.

»Ich kann nichts Großartiges darin sehen, wenn jemand einem alten Mann Löschkalk ins Gesicht spritzt.«

»Stimmt. Degeneriert. Nicht traditionsgemäß. So jemandem sollte man mit der Kampfaxt das Hirn rausschlagen. Mit dem Breitschwert in Stücke hacken. Bei lebendigem Leib den Bauch aufschlitzen und die Rippen freilegen und zusehen, wie die Lungen flattern.«

»Hören Sie sofort auf damit, Präsident.«

»Hat man damals Blutadler genannt«, fuhr Thorkjeld ungerührt fort. »Etwas derber Humor. Beinahe wie das Zeug, das man heute im Kinderprogramm sehen kann. Das mit diesem Knut ist interessant. Nach der Heirat mit Emma hat er sich angepaßt. Hat seine dänischen Frauen wieder nach Hause geschickt. Und auch ein paar von seinen dänischen Truppen. Aber was sollten die zu Hause in Dänemark? Rumsitzen und Streitäxte drehen? Sind wohl eher wie anständige Wikinger rumgezogen und haben kräftig mitgemischt. Und was soll schlimm daran sein, zum Teufel?«

»Vass ssoll sslimm taran ssein?« stimmte Onkel Sven zu, der offenbar ohne Schwierigkeiten Thorkjelds Gedankengängen folgen konnte. »Hah, Mädssen?«

»Ich hätt' mir diesen verdammten Knut vorgeknöpft, wenn ich seine verfluchte dänische Ehefrau gewesen wär' un' er mich für irgend'n Weib namens Emma sitzengelassen hätt', schnurzegal ob Königin oder nich'«, erwiderte Miss Hilda.

»Hah. Tu kut nordiss Frau.«

»Das wäre gar nicht einmal so abwegig«, meinte Shandy. »Ihr Neffe heißt Hengist, wie in Hengist und Horsa. Sie waren zwar Sachsen, aber waren die nicht ebenfalls Seefahrer, und war nicht auch ein Hengist König von England? So ungefähr im 5. Jahrhundert nach Christus? Seine Nachkommen hatten sich bereits an die Kultur angepaßt, als Knut auftauchte, aber sie waren sicher alle, eh, Brüder unter der Streitaxt, wenn ich so sagen darf. Wäre es möglich, daß es auch in Orms Mannschaft einen Hengist gegeben hat?«

»Warum nicht, zum Teufel!« sagte Thorkjeld. »Überall Eroberungen. Noch 'ne Menge andere Dinge. Überall Anpassung. Sogar jetzt noch«, fügte er mit einem warnenden Blick auf Onkel Sven hinzu, der sich gerade wieder an Miss Hilda heranpirschte. »Was meinst du, Onkel Sven? Genug für heute abend?«

»Beantworten Sie das besser nicht!« rief Shandy. »Kommen Sie, Professor, wir bringen lieber Miss Hilda wieder ins Haus zurück. Ihre Familie wird sich sonst Sorgen um sie machen. Ich vermute, wir können den Runenstein so lassen, wie er ist?«

»Steht schon seit Gott weiß wie lang hier rum, un' keiner hat 'n angerührt«, meinte Miss Hilda. »Aber sagt man im Haus besser nix drüber, sons' kommen die Bälger von Ralph un' Eddie alle raus un' fetzen sich die Klamotten vom Leib wie der junge Kerl vonner Zeitung. Klamotten sin' verdammt teuer heutzutage. Alles is' verdammt teuer.«

»Besste Tinge in Leben iss umsonss«, erinnerte sie Onkel Sven. »Vir sspassieren allein nässte Mal, niss, Mädssen?«

Kapitel 8

Schließlich gelang es ihnen, Onkel Sven von Miss Hilda wegzulocken und ihn zurück nach Walhalla zu bringen. Shandy lieferte Tim bei Roy und Laurie ab, weigerte sich jedoch, in einem Disput über Tapetenmuster Partei zu ergreifen, und kehrte zurück in die Zweisamkeit mit seiner geliebten Gattin.

»Also, was habe ich verpaßt?« begrüßte ihn Helen.

»Eine riesige Horde Verwandter bei den Horsefalls, einen gemütlichen kleinen Ausflug durch sechs Meilen dickstes Dornengestrüpp und einen Vortrag von Thorkjeld Svenson über alte Wikingerbräuche.«

»Klingt zu schön, um wahr zu sein. Peter, du steckst wieder mitten in einem Fall, nicht wahr?«

»Frieden, liebe Gattin. Warum holst du mir nicht lieber meine Pantoffeln und meine Pfeife, wie es sich für eine brave kleine Bibliothekarin gehört?«

»Warum nicht deine Violine und eine Spritze? Du bist Nichtraucher, und Jane Austen schläft auf deinen Pantoffeln.«

Jane Austen war ein getigertes Kätzchen, das die Shandys vor kurzem von ihren Nachbarn, den Enderbles, erhalten hatten. Peter wollte das kleine Katzentier ursprünglich Sir Ruthven Murgatroyd taufen, doch der Name hatte sich als biologisch unhaltbar erwiesen, so daß Helen schließlich ihren Kopf durchgesetzt hatte. Jane war inzwischen voll und ganz damit beschäftigt, den Haushalt nach ihren Vorstellungen umzugestalten, eine Fähigkeit, über die erstaunlicherweise selbst die kleinsten Katzenbabys bereits verfügen.

»Warum schläft Jane Austen nicht im Katzenpyjama?« verlangte der angebliche Hausherr zu wissen.

»Du bist völlig überarbeitet, du Ärmster«, sagte seine Frau. »Möchtest du vielleicht eine Tasse Tee oder einen Schluck Bourbon oder irgend etwas anderes?«

»Gar nichts, vielen Dank. Bei den Horsefalls bin ich bereits mit Kaffee und Kuchen bombardiert worden, und zwar von einer angeheirateten Großnichte namens Jolene, die ein Kinn hat wie ein norwegischer Eisbrecher. Warum fragst du eigentlich nicht nach den Runen?«

»Aber natürlich, mein Lieber. Was ist mit den Runen? Peter, du willst doch wohl nicht etwa behaupten, daß sie echt sind? Das glaube ich einfach nicht! Was bedeuten sie denn?«

»Ich kann es selbst nicht glauben, aber Thorkjelds Onkel Sven hat sie übersetzt.« Er wiederholte, was Onkel Sven gesagt hatte, und fügte Thorkjelds Fußnoten hinzu.

Bedauerlicherweise begann Helen zu kichern. »Der arme Orm! Aber, Peter, wenn Doktor Svenson wirklich recht hat, haut das alle Archäologen von hier bis Helsinki vom Sockel. Und was soll als nächstes passieren?«

»Thorkjeld übernimmt das Vom-Sockel-Hauen, Harry Goulson bereitet die Beerdigung vor, und Gott allein weiß, was der junge Cronkite Swope vorhat, aber ich vermute das Schlimmste. Wir können nur dankbar sein, daß der *All-woechentliche Gemeinde- und Sprengel-Anzeyger* erst übermorgen wieder erscheint. Das gibt uns einen Tag Zeit, um die Luken dichtzumachen und die Zinnen zu bemannen.«

»Dein Wort in Gottes Ohr! Ich wette, die ganze Familie weiß es bereits und verkündet es überall.«

»Von dem Runenstein haben sie keine Ahnung. Da haben wir einander feierlich Schweigen gelobt. Ich hoffe es jedenfalls. Das Hauptgesprächsthema ist ohnehin, ob und wie Miss Horsefall und ihr Neffe es schaffen, auf ihrem Land zu bleiben. Keiner ist naiv genug zu glauben, daß sie einen anderen Knecht finden, der Spurge Lumpkin ersetzen kann. Erstens sind Farmarbeiter noch seltener als Zähne bei Hühnern, zweitens erwarten diejenigen, die arbeiten wollen, seltsamerweise, für ihre Arbeit bezahlt zu werden, was bedeutet, daß die Horsefalls von vorneherein keine Chance haben.«

»Was soll denn aus der Farm werden?«

»In diesem Punkt gehen die Meinungen stark auseinander. Weißt du zufällig irgend etwas über eine Frau namens Loretta Fescue?«

»Die Grundstücksmaklerin? Ja, Grace Porble hat mir vor ein paar Tagen von ihr erzählt. Grace ist netterweise mehrfach vorbeigekommen, um mir zu helfen, die Sammlung Buggins in Regale zu verfrachten. Wir schleichen uns zwischendurch immer heimlich weg, um in der Mensa eine Tasse Tee zu trinken, weil der Staub aus den alten Büchern uns zu sehr in die Nase steigt.«

»Erspar mir das Vorwort, und erzähl mir die Geschichte, Liebste. Was hat Grace Porble über Loretta Fescue zu sagen?«

»Oh, daß sie eine penetrante Person ist. Eine Tante von Grace ist vor kurzem Witwe geworden, und Grace sagt, daß diese Mrs. Fescue sofort bei ihr vor der Tür stand, noch bevor die Todesanzeige in der Zeitung stand, und sie überreden wollte, das Haus zu verkaufen. Und die Tante wollte überhaupt nicht verkaufen. Sie besitzt sieben Katzen und einen dressierten Goldfisch.«

»Offenbar ist er nicht nur ein dressierter Goldfisch, sondern auch ein verdammter Glücksfisch, wenn er es schafft, sich sieben Katzen vom Leib zu halten.«

»Peter, wie kann ich dir die Geschichte erzählen, wenn du mich ständig unterbrichst? Wenn du lieber über Goldfische sprechen möchtest, dann sag es mir bitte. Ich dachte, du interessierst dich für Loretta Fescue.«

»Dann verzichte ich auf den Goldfisch. Nimm deine Erzählung wieder auf.«

»Es war teilweise wegen der Tiere, daß die Tante von Grace nicht verkaufen wollte, habe ich damit nur sagen wollen. Jedenfalls hatte sie es auch überhaupt nicht nötig, denn ihr Ehemann hatte ihr genügend Geld hinterlassen, und sie kann außerdem jederzeit Zimmer vermieten. Aber diese Mrs. Fescue hat ihr einfach keine Ruhe gelassen und ihr die schrecklichsten Lügen aufgetischt, daß die Stadt ihr nicht erlaube zu vermieten, weil es in diesem Stadtteil verboten sei, und daß ihr Schreckliches bevorstehe, wenn sie es trotzdem mache, weil Mieter einem angeblich das ganze Wasser aufbrauchen und die Schuhe mit der Tagesdecke fürs Bett polieren. Die Tante wußte aber genau, daß alles gelogen war, weil ihre nächsten Nachbarn auch Witwen sind und immer Untermieter haben und dort nichts dergleichen passiert. Die Mieter sind sehr nette Leute, und alles klappt wunderbar.«

»Gratuliere!«

Helen warf ihm einen strafenden Blick zu. »Und rate, was diese Mrs. Fescue dann gemacht hat! Sie ist einfach hingegangen und hat den Namen von Grace' Tante auf die Interessentenliste für eine Seniorenwohnung in West Lumpkin gesetzt, die sie überhaupt nicht wollte. Dann gab es natürlich Gerüchte, sie würde das Haus doch verkaufen, und die Nachbarn waren beleidigt, daß sie es ihnen nicht einmal mitgeteilt hatte, und das waren Leute, die sie schon seit ewigen Zeiten kannte, Peter! Und auf einmal wollten wieder andere wissen, wann sie den Haushalt auflösen wolle und ob sie ihnen nicht dieses und jenes verkaufen könne? Und dabei wollte diese arme alte Seele doch nur in Ruhe gelassen werden und den Tod ihres Mannes beweinen, ihre Katzen bürsten und den Goldfisch füttern, statt sich mit diesem schrecklichen Unfug abzugeben.«

»Meine Güte! Und was passierte dann?«

»Also, Grace sagt, ihre Tante war am Ende so erschöpft und entnervt, daß sie schon bereit war, alles zu verkaufen, damit der Spuk ein Ende hatte. Doch dann fand sie heraus, daß man ihr in der Seniorenwohnung nicht erlauben würde, ihre sieben Katzen zu behalten. Zum Schluß blieb ihr dann nichts anderes übrig, als dieser Mrs. Fescue ordentlich die Meinung zu sagen. Und was meinst du, hat Mrs. Fescue dann getan? Sie war eingeschnappt und fing an, überall in der Stadt zu verbreiten, daß die Tante ihr den ganzen Mist weisgemacht hätte, was natürlich eine gemeine Lüge war, und daß sie, Mrs. Fescue, nur das Beste für die arme Witwe gewollt habe, und vielleicht sei die Ärmste auch nicht mehr ganz richtig im Kopf, und vielleicht sollten die Verwandten endlich eingreifen und etwas tun.«

»Haben sie das?«

»Worauf du dich verlassen kannst! Grace hat ihren Ehemann ein kurzes Gespräch mit Mrs. Fescue führen lassen, und du weißt ja, wie unangenehm Dr. Porble sein kann, wenn er wütend wird. Er hat ihr ordentlich den Marsch geblasen und ihr gedroht, er werde sie wegen Verleumdung und Belästigung und einiger anderer Dinge belangen, es soll ganz schlimm gewesen sein. Schließlich hat sie aufgegeben, aber Grace sagt, ihre Tante sei beileibe nicht die erste Person, die Ärger mit Mrs. Fescue hatte, und einige haben sie leider bis heute nicht abschütteln können. Sag bloß, wir müssen uns auch mit ihr herumschlagen?«

»Keine Sorge; aber seit ein paar Monaten haben die Horsefalls sie am Hals. Heute abend hätte ich fast das zweifelhafte Vergnügen gehabt, sie in voller Aktion auf der Farm anzutreffen, wenn ich nicht gerade mit dem Präsidenten am Runenstein gewesen wäre. Aus der Unterhaltung habe ich dann später geschlossen, daß sie angeblich eigens hergekommen war, um den Horsefalls ihr Beileid auszusprechen. Außerdem hat sie es fertiggebracht, unter den Verwandten das Gerücht in Umlauf zu setzen, daß man den Besitz besser vor dem Tod der alten Leutchen verkaufen sollte, weil das Steuern spare und nur so jeder einen angemessenen Anteil erhalte.«

»Hat ihr jemand zugehört?«

»Ein paar haben bestimmt zugehört. Zwei waren allerdings sehr dagegen.«

Shandy berichtete seiner Frau von Eddie und Ralph. »Ihre Familien schienen übrigens ihre Meinung zu teilen.«

»Vielleicht wollen sie es sich beide selber unter den Nagel reißen?«

»Ich glaube, es ist mehr als das. Henny behauptet, sie seien die einzigen richtigen Horsefalls in der Familie. Für einige Menschen ist Familienbesitz etwas Heiliges.«

»Ich weiß, Liebling. Du hast auch nie verwunden, daß dein Vater den alten Shandy-Besitz verkaufen mußte, nicht wahr?«

Was nach diesem mitfühlenden Satz geschah, ist für den Fortgang der Geschichte nicht von Bedeutung. Jedenfalls wachten beide Shandys am nächsten Morgen in der glücklichen Gewißheit auf, wenigstens nicht den ganzen Abend mit nutzlosem Gerede vertan zu haben.

Nach dem Frühstück begab sich Helen zurück zur Sammlung Buggins. Shandy ließ eine Garnspule an einem Faden tanzen, damit Jane Austen danach schlagen konnte, während er darüber nachdachte, wo er mit seinen Ermittlungen am besten beginnen könne, oder besser noch, bei wem, als plötzlich Mrs. Lomax, die in den Häusern der Fakultätsmitglieder und manchmal auch in der Fakultät selbst für Ordnung sorgte, als Dea ex machina erschien und mit einem Schlag sein Problem löste.

Bevor er Helen geheiratet hatte, war Mrs. Lomax dreizehn Jahre lang Shandys Haushälterin gewesen. Auch wenn die Distanz zwischen Arbeitgeber und Angestellter stets genauestens eingehalten wurde, kannten sie sich sehr gut. Außerdem war Mrs. Lomax eine außerordentlich zuverlässige Informationsquelle. Entweder sie arbeitete für, war verwandt mit oder im selben Verein oder Club wie mindestens die Hälfte der Bevölkerung von Balaclava County, und irgend jemand war immer in der Lage, ihre lebhafte Neugierde zu stillen, was die andere Hälfte betraf.

An diesem Morgen war sie genauso gespannt auf Shandys Bericht wie er auf ihren und verlor keinen Augenblick Zeit, um auf das faszinierende Thema zu sprechen zu kommen.

»Ich habe gehört, Sie waren gestern bei den Horsefalls, Professor, als der Knecht den verrückten Unfall hatte.«

»Genaugenommen war nicht ich, sondern Professor Ames dort, und er rief mich an und bat mich herüberzukommen.«

»Wieso denn? Hat er geglaubt, daß man Spurge umgebracht hat?«

Aha! Das bedeutete, daß die Gerüchte bereits in Umlauf waren, wie zu erwarten gewesen war. Shandy wollte auf Nummer Sicher gehen.

»Nun ja, eh, es sind ältere Leute, und sie haben es wohl ein wenig mit der Angst zu tun bekommen.«

»Hm. Um der alten Miss Hilda Angst einzujagen, braucht es allerdings mehr als bloß einen toten Mann. Obwohl sie die Männer am liebsten gehabt hat, wenn sie lebendig und munter waren, wie man mir erzählt hat. Nicht daß ich meine Zeit mit Klatschgeschichten vertue, aber das wissen Sie ja.«

Shandy wußte es nur allzu gut. Keiner konnte Mrs. Lomax nachsagen, daß sie jemals ihre Zeit vertan hatte. Klatschgeschichten wurden von ihr ebenso energisch verfolgt wie die Frühlingsnetze der Spinnen an den Zimmerdecken. »Sie hat den Männern also gefallen?« fragte er ermunternd und versuchte, Jane Austen vom Besenschrank wegzulocken, denn immerhin wurde Mrs. Lomax für ihre Arbeit und nicht für ihre Geschichten bezahlt, und Dummköpfe waren ihr Geld schneller los, als ihnen lieb war, worauf ihn Mrs. Lomax wohl als allererste hingewiesen hätte.

»Der einzige Grund, warum Hilda nie geheiratet hat, ist, daß sie clever genug war, nie in eine Situation zu kommen, in der sie es gemußt hätte, wenn man die Geschichten, die man so hört, glauben soll. Nun ja, sogar mein eigener Großvater hat damals –« Mrs. Lomax konnte sich gerade noch weitere Indiskretionen verkneifen. »Aber das tut ja nichts zur Sache. Ich möchte behaupten, es war nie etwas an der Geschichte dran, und ich würde sie auch dann nicht wiederholen, wenn sie wirklich stimmen würde. Meine Mutter pflegte immer zu sagen, ein anständiger Vogel beschmutzt nie das eigene Nest. Hat Mrs. Shandy einen neuen Mop gekauft? Verschwinde endlich, Jane.

Ich kann doch nicht den Boden aufwischen, wenn du an meinen Schürzenbändern herumschaukelst.«

»Ich nehme an, daß sie es getan hat, wenn Sie es ihr gesagt haben«, meinte Shandy, pflückte das Katzenbaby von Mrs. Lomax' Rock und kitzelte Janes Schnurrhaare. »Miss Horsefall ist also nicht die, eh, süße kleine alte Dame, für die man sie halten könnte?«

»Die ist genauso süß wie ein Faß eingemachte Essiggurken«, Mrs. Lomax hatte inzwischen den Mop gefunden und bearbeitete den Flur. »Könnten Sie bitte ein wenig zur Seite treten, Professor? Ich nehme an, wenn jemand 105 Jahre alt ist, sollte man ein Auge zudrücken, aber ich kann Ihnen sagen, wenn Miss Hilda Horsefall nicht so alt wäre, würden sich nicht so viele Leute ein Bein für sie ausreißen. Die Frau hat Haare auf den Zähnen. Ihre angeheiratete Großnichte Jolene zum Beispiel, vielleicht kennen Sie sie zufällig auch, sie ist die Cousine vom Mann meiner Schwester und hat einen von den Horsefall-Jungens geheiratet.«

»Zufällig bin ich ihr gerade gestern abend begegnet. Sie war auf der Farm und, eh, half ein wenig aus.«

»Ja, das ist typisch für Jolene. Immer direkt zur Stelle, wenn Not am Mann ist, obwohl sie selbst ein schweres Leben hinter sich hat, das kann man wohl sagen. Nicht daß Eddie kein fleißiger Mann ist, aber mit den Kindern kommen sie kaum über die Runden, auch wenn die älteste Tochter bereits selbst verheiratet und Mutter ist. Frühgeburt«, fügte Mrs. Lomax noch kampflustig hinzu.

Shandy nickte. Frühgeburten waren in Balaclava County an der Tagesordnung. Manchmal wogen die Kleinen allerdings zehn Pfund und mehr.

»Ist ja auch egal. Wie ich schon sagte, Sie können sich nicht vorstellen, was Jolene nicht schon alles mit dieser alten Tante Hilda mitgemacht hat. Eddie hat eine Schwäche für die alte Kratzbürste, was wohl ganz natürlich ist, nehm' ich an, denn sie ist ja schließlich sein eigen Fleisch und Blut. Ich habe auch immer gesagt, eine Familie soll zusammenhalten, egal, was kommt. Da fällt mir gerade ein, stimmt es, daß die Tochter von Feldsters sich scheiden lassen will?«

»Da kann ich leider nicht weiterhelfen«, sagte Shandy, der sich schon oft gefragt hatte, wie ihr Vater es so lange in seiner Ehe ausgehalten hatte. »Jolene hat also mit ihrer angeheirateten Verwandtschaft schon so einiges mitgemacht?«

»Nicht mit ihren Schwiegereltern. Eddies Mutter ist der Meinung, daß Jolene die beste Schwiegertochter aller Zeiten ist. Sie hat eine eigene kleine Wohnung im Seniorenblock drüben in West Lumpkin und arbeitet zweimal die Woche in der Schulcafeteria. Es ist schrecklich für so alte Leute, wenn sie so viel Geld ausgeben müssen und so gut wie nichts bekommen. Ich sage immer, sie sollen sich so lange nützlich machen, wie es geht. Jedenfalls bringt ihr Jolene immer die Einkäufe mit dem Auto und lädt sie treu und brav jeden Freitagabend zum Essen ein, und das ist mehr, als viele Töchter für ihre leiblichen Eltern tun. Jane, wenn du jetzt in den Putzeimer springst, wird es dir noch leid tun. Der Vater ist schon seit 15 Jahren oder mehr tot. Hat sich ins Grab geschuftet, und von Henny und Hilda hat er nie auch nur für einen Pfennig Hilfe erwarten können, kann ich Ihnen sagen.«

»Vielleicht haben sie ja selbst keinen Pfennig«, sagte Shandy.

»Na wenn schon, aber sie haben schließlich den Riesenhof ganz für sich allein, und da hätte man schon etwas mehr erwarten dürfen. Aber wieder zurück zu Jolene. Sie ist wirklich eine grundanständige Frau, aber glauben Sie, daß diese alte Hilda ihr auch nur die Tageszeit sagt? Jolene sagt, sie kann noch nicht mal das Abtrockentuch in die Hand nehmen, wenn sie sich in der Küche nützlich machen will, denn sofort sitzt ihr diese Tante Hilda im Nacken und meckert rum, sie würde es falsch halten. Inzwischen ist es so schlimm geworden, daß sie es haßt hinzugehen, auch wenn sie es Eddie und der Kinder wegen nicht zugeben würde.«

»Ich habe gehört, daß sie sich mit der Frau von Eddies Vetter Ralph nicht besonders gut versteht?«

Mrs. Lomax machte ein überraschtes Gesicht. »Das ist mir aber völlig neu. Auf dem Erdbeerfest unserer Pfarrgemeinde vorige Woche waren sie dicke Freundinnen. Maries Cousine Bertha, die Charlie Swope geheiratet hat, hat alles organisiert – gehen Sie bitte mal ganz kurz von der Spüle weg, Professor –, und Marie und Jolene haben sich gedacht, warum sollen wir nicht zusammen hingehen und Bertha überraschen; unsere Familien können sich dann selbst um das Essen kümmern. Ich selbst bin natürlich auch hingegangen, weil Bertha auch eine Cousine von Mr. Lomax war und ich nicht will, daß jemand sagt, ich wollte die Lomax-Familie beleidigen, auch wenn das so mancher verstehen würde, bei allem, was passiert ist.«

Shandy war nicht daran interessiert, nähere Einzelheiten zu diesem Kapitel zu erfahren.

»Sind Charlie und Bertha zufällig die Eltern von Cronkite Swope, dem Reporter beim *All-woechentlichen Gemeinde- und Sprengel-Anzeyger*?«

»Das schlägt ja wohl dem Faß den Boden aus!« rief Mrs. Lomax. »Seit dreizehn Jahren haben Sie sich kein einziges Mal für die Gemeinde interessiert, und jetzt stellt sich heraus, daß Sie die ganze Gesellschaft so gut kennen wie Ihre Westentasche. Sie haben völlig recht, auch wenn die beiden damals schrecklich enttäuscht waren, daß Cronkite nicht zusammen mit seinen Brüdern in die Seifenfabrik wollte. Huntley wird bald Abteilungsleiter in der Rechnungsabteilung, hat man mir erzählt, und Brinkley hat eine führende Position in der Seifenherstellung.«

»Ach wirklich? Wie erstaunlich. Nun ja, es gibt wohl in jeder Familie ein schwarzes Schaf, obwohl ich persönlich Cronkite für einen netten jungen Kerl halte. Er war derjenige, der gestern Lumpkins Leiche gefunden hat, wissen Sie.«

»Das darf doch wohl nicht wahr sein! Der Sohn des einzigen Vetters meines verstorbenen Mannes, und keiner hat sich die Mühe gemacht, mich anzurufen und mir Bescheid zu sagen.« Mrs. Lomax' Mund verhärtete sich zu einem dünnen Strich, und ihre Augen begannen gefährlich zu funkeln, als sie Jane Austen aus dem nassen Mop entfernte.

»Nun, es ist, eh, durchaus möglich, daß Mrs. Swope gar nichts davon wußte«, erwiderte Shandy, entsetzt, unabsichtlich eine Familienfehde ausgelöst zu haben. »Der junge Swope war zuerst die ganze Zeit auf der Horsefall-Farm, dann habe ich ihn zu uns zum Essen mitgebracht, und danach mußte er sofort zur Zeitung, um seinen Artikel zu schreiben. Wahrscheinlich hatte er überhaupt keine Zeit, mit seinen Eltern zu sprechen, und natürlich wird er auf die, eh, Macht der Presse vertrauen, wenn es darum geht, seine Angehörigen zu informieren. Erst die Arbeit, dann das Vergnügen, wie Sie selbst immer treffend bemerkt haben. Um wieder auf Mrs. Eddie und Mrs. Ralph zurückzukommen, so freut es mich zu hören, daß sie sich in Wirklichkeit gut verstehen, auch wenn man versucht hat, mich vom Gegenteil zu überzeugen.«

»Das war sicher die alte Hilda Horsefall, nehme ich an«, schnaubte Mrs. Lomax, die zutiefst bedauerte, daß sie ihre Wut so einfach verrauchen lassen sollte, nachdem sie sich schon so richtig hineingesteigert hatte. »Wie sie die beiden behandelt, ist es nur natürlich, daß sie sich manchmal ein wenig streiten, wenn sie drüben auf der Farm sind. Sie können es ja schlecht an ihr auslassen, denn sie sind ja schließlich eingeladen worden, oder? Jolene weiß sich zu benehmen, und das ist mehr, als man von den meisten Menschen sagen kann, und Bertha genauso, auch wenn sie einen Swope geheiratet hat.«

»Warum soll das so schlimm sein?«

»Nun ja, es sind schon seltsame Leute«, sagte Mrs. Lomax. »Nehmen Sie doch bloß mal Cronk, hat 'ne gute Chance aufgegeben –«

»Karriere zwischen den Seifenstücken zu machen«, beendete Shandy den Satz für sie. »Ich verstehe. Miss Horsefall neigt offenbar wirklich dazu, bei anderen Menschen den Kampfgeist zu wecken. Ich habe gehört, sie und ihr Neffe hätten vor einiger Zeit eine kleine Auseinandersetzung mit Canute Lumpkin, dem Antiquitätenhändler, gehabt. Er hat die beiden verklagt und versucht, die Vormundschaft über seinen Vetter zu bekommen, nicht wahr?«

»Sie meinen wohl die Vormundschaft über sein Geld. Nutie der Schleimer hat sich nie auch nur die Bohne um irgendein anderes Aas als um sein eigenes geschert. Haben Sie ihn schon mal getroffen?«

»Oh ja. Mrs. Shandy und ich haben neulich sein Geschäft aufgesucht. Sie hat aber, eh, nichts bei ihm gekauft.«

»Mrs. Shandy läßt sich so leicht nicht übers Ohr hauen.« Aus dem Mund der Haushälterin bedeutete dies das höchste Lob. »Ist auch sicher bald wieder gegangen, wette ich. Jane, wenn du dich nicht ordentlich benimmst, wirst du im Besenschrank eingesperrt.«

Shandy rettete das Kätzchen, das ihn mit unschuldigen Engelsaugen ansah, dann auf seine Schultern kletterte und sein kleines Schwänzchen wie einen Schnurrbart unter seine Nase kringelte. Er schob Jane in Richtung Nacken und meinte: »Ich glaube, Nutie, eh, läßt sich auch nicht so leicht übers Ohr hauen.«

»Raffiniert wie ein Fuchs und doppelt so gemein, ein richtiges Stinktier, wenn Sie mir den Ausdruck erlauben. Jetzt sitzt er bestimmt drüben, kichert vor sich hin und reibt sich seine fetten Hände. Hat schon seit Jahren versucht, sich an das Erbe heranzumachen, und jetzt ist ihm alles geradezu in den Schoß gefallen, ohne daß er auch nur einen Finger gerührt hat.«

»Hm ja«, sagte Shandy. »So, ich möchte Sie nicht länger aufhalten, Mrs. Lomax. Ich nehme an, Mrs. Shandy kommt gegen Mittag zurück, um herauszufinden, ob Sie noch irgendwelche Mops oder dergleichen benötigen. Jane, warum machst du nicht ein kleines Katzenschläfchen? Mrs. Lomax und ich haben noch eine Menge Arbeit.«

Kapitel 9

Shandy überquerte den Crescent und traf auf Tim, der ziellos seine Finger in einem Topf Erde spielen ließ wie ein Geizhals, der sein Geld streichelt, und schlug vor, nochmals zu den Horsefalls zu fahren. Wie sie erwartet hatten, versuchte Henny, die ganze Arbeit allein zu erledigen und kam nicht richtig voran, woraufhin sie beschlossen, ihm zu helfen.

»Menschenskind«, sagte Tim eine Stunde später und wischte sich die schweißnasse Stirn, »die Arbeit ist verdammt viel schwerer als vor 50 Jahren. Wie zum Teufel schaffst du das jeden Tag, Henny?«

»Ich muß eben«, meinte der 82jährige und schwang routiniert die Mistgabel. »Wenn ich mich ers'mal hinlege, steh' ich nich' mehr auf. Eddie un' Ralph ham gesagt, sie kommen später noch vorbei, aber was nutzt mir später? Farmarbeit muß sofort gemacht werden.«

»Oder noch früher«, knurrte Shandy.

Obwohl er bei weitem der Jüngste war, kam ihm die Arbeit nicht gerade wie ein Kinderspiel vor. Aber es tat ihm trotzdem gut, mal wieder in einer Scheune zu stehen. Vielleicht hatte Helen tatsächlich recht mit dem, was sie über den Hof seines Vaters gesagt hatte. Er könnte sich zwar jetzt eine eigene Farm kaufen, aber warum sollte er? Er war kein Farmer mehr, und Helen hatte nicht die leiseste Ahnung davon, was es hieß, die Frau eines Farmers zu sein. Wenn sie 20 Jahre jünger wären und Kinder hätten, aber das waren sie ja nicht. Und sie führten ein verdammt angenehmes Leben, warum sollte er sich also über etwas den Kopf zerbrechen, was nicht sein konnte? Er hob seine Mistgabel wieder auf und stellte mit einiger Befriedigung fest, daß er wenigstens noch nicht alles verlernt hatte.

»Das wäre also erledigt«, sagte Tim schließlich. »Und was ist mit den Hühnern?«

»Fergy is' schon dagewesen un' hat sie um sieben für uns gefüttert. Hat auch die Eier schon eingesammelt. Zuerst wollt' ich 'n nich' ranlassen, weil er so 'n Klotz von'nem Kerl is', aber er hat sich geschickt wie 'ne Katze in'n Hühnerställen angestellt un' sagt, daß man genug Übung kriegt, wenn man immer zwischen all den Tischen mit Krempel rumbalanciert, wie er sie im Laden stehen hat. Er muß mit'm Laster irgendwo hin un' will auf'm Weg für Tante Hilda 'n paar Einkäufe erledigen un' herbringen. Wollt' auch nich' 'n Cent dafür annehmen. ›Zum Teufel‹, hat er gesagt, ›hab' ja selbs' keine Frau, die mir mal was kocht, un' schließlich sin' wir ja Nachbarn.‹ Fergy is' immer nett zu Spurge gewesen. Will sogar morgen 's Geschäft dichtmachen, um zur Beerdigung zu kommen.«

»Sehr anständig von ihm«, sagte Shandy.

»Ja, ja. In so Zeiten erkennt man, was wahre Freunde sind un' was nich'. Heiliger Strohsack, da kommt die ja schon wieder.«

Shandy hätte auch gewußt, von wem Henny sprach, wenn er die Aufschrift »Loretta Fescue, Grundstücksmaklerin« auf der Flanke des lilafarbenen Dodge, der gerade im Farmhof anhielt, nicht gesehen hätte und wenn die große Frau, die aus dem Wagen stieg, nicht ganz in Lila gekleidet gewesen wäre. Sie trug einen lila Hut, ein lila Kleid und leuchtende, flache, lilafarbene Wildlederschuhe. Auch der Mann, der sie begleitete, war groß und lila, zumindest im Gesicht. Seine Intuition sagte Shandy, daß es sich um den Bauunternehmer Gunder Gaffson handelte, und wie immer täuschte ihn seine Intuition nicht.

Er und Tim blieben in der Scheune, während Henny mit der Mistgabel in der Hand hinausging, ganz wie ein kämpferischer Siedler einem plündernden Rotrock entgegengetreten wäre. Mrs. Fescue fürchtete sich jedoch nicht vor Mistgabeln. Sie ging auf Henny zu und schenkte ihm ihr strahlendstes Lächeln.

»Wir wollten nur kurz vorbeischauen und unser Beileid aussprechen.«

»Ham Sie doch schon«, war die höfliche Antwort. »Gestern abend. Wir ham Sie nich' noch mal gerufen.«

»Nein, sicherlich nicht, aber wir mußten einfach noch mal vorbeischauen. Wissen Sie, Mr. Gaffson versteht so gut, mit welchen Problemen Sie jetzt fertig werden müssen, so ganz allein und ohne Hilfe auf diesem großen alten Hof, der sich kaum bewirtschaften läßt.«

Shandy und Tim nickten einander zu und verließen die Scheune, mit Mistgabeln bewaffnet. Sie hatten sich gerade für einen durchbohrenden Blickkontakt in Positur gestellt, als Cronkite Swope mit seinem Motorrad auf den Hof schoß.

»Tag zusammen. Na so was, Mr. Gaffson, was für ein glücklicher Zufall. Sie wollte ich nämlich als Nächsten interviewen. Stimmt es, daß man Sie wegen mehrfachen Verstoßes gegen die Baubestimmungen in Ihrer neuen Eigentumssiedlung verklagen will? Und war da nicht etwas mit dem Abwasserüberlauf nicht in Ordnung? Ich habe gehört, daß die Anlieger eine Klage eingereicht haben und sich weigern –«

»Kein Kommentar!« brüllte Gaffson und stapfte zurück zum Wagen. »Mrs. Fescue, wenn Sie meine Zeit unnötig weiter verschwenden wollen –«

»Aber Mr. Gaffson!« riefen Cronkite und Loretta wie aus einem Munde. Die Grundstücksmaklerin wollte noch etwas anderes sagen, sah sich aber die beiden neuen Knechte etwas genauer an, nickte mit einem wissenden Lächeln und fuhr mit ihrem wütenden Klienten weg.

»Warum hat die denn so dämlich gegrinst?« wollte Henny wissen.

»Ich glaube, sie hat kapiert, was los war«, erwiderte Shandy. »Nicht schlecht, Swope, aber ich fürchte, wir müssen uns mehr einfallen lassen, um die Horsefalls von diesem sauberen Pärchen zu befreien. Ich habe gehört, diese Mrs. Fescue soll sich nur schwer abschütteln lassen.«

»Das kann man wohl sagen! Sie sollten mal meine Tante Betsy Lomax hören – eigentlich ist sie nicht meine richtige Tante, nur eine angeheiratete Cousine, aber ich nenne sie immer Tante Betsy. Hilft sie Ihnen nicht auch manchmal im Haushalt? Da fällt mir gerade ein, als ich sie das letzte Mal sah, hat sie mir erzählt, daß Sie und Mrs. Shandy –« Cronkite, der im Großen Fernkurs für Journalisten leider nur bis Lektion 11 gekommen war, wurde puterrot und kam ins Schwimmen. »Ich wollte nur sagen, sie hat ein paar Andeutungen gemacht, daß es im Hause Shandy bald Nachwuchs geben würde.«

»Unser Nachwuchs ist bereits angekommen«, teilte Shandy ihm mit ernster Miene mit.

»Jetzt schon? Himmel, das ist aber reichlich schnell gegangen, wenn Sie mich fragen. Ich meine bloß, Sie und Mrs. Shandy sind doch noch gar nicht so lange verheiratet–« Cronkite wurde siedendheiß bewußt, welche Implikation seine Worte enthielten, woraufhin er sich kirschrot verfärbte und umgehend den Mund hielt.

»Seit Januar«, führte Shandy den Satz für ihn fort. »Der sogenannte Nachwuchs wurde zuletzt gesehen, als er versuchte, in Mrs. Lomax' Putzeimer zu springen. Sie haben die Kleine gestern abend ja selbst kennengelernt, als sie an Ihrem Hosenbein hochgeklettert ist und Trapezkünste an Ihrem Halstuch vollführt hat. Immer erst alle Aussagen nachprüfen, Swope.«

»Ach je, Sie meinen Jane Austen. Ein guter Scherz.« Zweifellos hätte er auch gelacht, wenn er genügend Zeit gehabt hätte. »Apropos Aussagen, ich war schon bei Präsident Svenson, und jetzt bin ich hier, um ein Bild vom Runenstein zu machen, wenn Mr. Horsefall nichts dagegen hat. Du liebe Zeit, das ist die größte Story, die mir bisher in meiner Laufbahn untergekommen ist! Ausgenommen die Sache damals, als die Sprinkleranlage in der Seifenfabrik sich selbständig gemacht hat.«

Ohne auf Hennys förmliche Erlaubnis zu warten, prüfte Cronkite nach, ob seine Kamera auch nicht vom Gepäckträger gesprungen war, und jagte sein Motorrad über den Hügel, hinter dem die heißeste Story aller Zeiten auf ihn wartete seit der Geschichte jener legendären Nacht, in der dann alle Männergesangsquartette von ganz Balaclava County die Lumpkins Avenue in Schaftstiefeln entlanggewatet waren und »Badetag, das ist ein schöner Tag« gesungen hatten.

Henny scherte sich nicht im geringsten darum, ob Cronkite den Runenstein fotografierte oder nicht. Er war viel zu sehr damit beschäftigt, sich über die gottverdammte Loretta Fescue und den ebenso verfluchten Gunder Gaffson aufzuregen.

»Hat Swope recht damit, daß Gaffson Probleme mit der Bauaufsicht hat?« gelang es Shandy schließlich einzuwerfen, als Henny gerade eine Verschnaufpause zwischen seinen Schimpftiraden einlegte.

»Wenn er's jetz' noch nich' hat, wird's verdammt bald passieren. Wie der seine Schuppen zusammenhaut, is' 'ne verdammte Schande. Nix hält sie zusammen außer'n Tapeten, soweit ich gehört hab'. Ralphs Sohn, der 'n Bronson-Mädchen geheiratet hat, wollt' sich schon 'ne Wohnung da kaufen, bis er von 'nem Freund erfahren hat, der auch drauf reingefallen war, was für 'ne

Sauerei da läuft. Gaffson hält immer die Tasche auf, wenn's ums Kassieren geht, aber wehe, wenn's mal Reklamationen gibt, wenn irgendwas nich' funktioniert, dann brauch' man ers' gar nich' zu fragen. Un' die Preise sind so verdammt gepfeffert, daß sich einem glatt die Haare kräuseln, wenn man noch genug Haare dafür hat, heißt das.«

Shandy, dessen Haar sich in der letzten Zeit ein wenig mehr gelichtet hatte, als ihm lieb war, verzog schmerzlich das Gesicht. Als Henny jedoch seinen abgetragenen Schlapphut abnahm und begann, sich den kahlen Schädel mit seinem Halstuch zu polieren, begriff er, wie es gemeint gewesen war, und verzieh dem alten Mann sofort wieder. Sie arbeiteten noch ungefähr eine Stunde, dann kam Fergy mit Miss Hildas Lebensmitteln zurück. Kurz darauf, allerdings keine Minute zu früh für Shandy und Ames, erschien die alte Dame vor dem Haus und schlug energisch auf die zusammengebundenen Hufeisen, die bei den Horsefalls als Essensglocke dienten.

»Nur was ganz Einfaches«, entschuldigte sich Miss Horsefall in der üblichen Art einer Farmersfrau, als sie ihnen Bratkartoffeln, Schinken, Spiegeleier, Krautsalat, Rhabarberkompott, Mixed Pickles und verschiedene Pasteten servierte.

»Verdammt besser als das, was ich mir selbst vorsetzen könnte«, sagte Fergy und bediente sich so reichlich, daß keine Köchin im Traum auf den Gedanken gekommen wäre, sich umsonst angestrengt zu haben. »Reichst du mir eben mal die Pickles rüber, Henny? Und das Brot auch? Und die Apfelbutter? Am besten schlag' ich mir den Wanst mal ord'ntlich voll, wenn ich schon mal die Möglichkeit dazu hab'.«

»Has' dafür bezahlt, dann kannste 's auch genießen«, grunzte Henny.

»Herrjeh, ich hab' doch bloß 'n Schinken gekauft, das is' doch das wenigste, was 'n Nachbar für den anderen tun kann. Das meiste davon werd' ich sowieso wieder mitnehmen, wenn ich so weiteresse. Diese Pickles sind einfach toll, Miss Hilda. Erinnern mich an die Pickles, die meine Mutter vielleicht gemacht hätte, wenn sie Zeit dazu gehabt hätte. Ma hat allerdings immer die Konservendosen selbst aufgemacht.«

»Du sprichst ja sehr nett von deiner Mutter«, schnaufte Miss Hilda und klatschte ihm eine neue Scheibe Schinken auf den Teller. »Seit wann is' sie denn jetz' schon tot?«

»Du liebe Zeit. Weiß ich gar nicht mehr. Komisch, wie ich das vergessen konnte. Ich glaub', es gibt Dinge, an die man sich lieber nicht erinnert.«

Shandy, der gerade mit den Bratkartoffeln beschäftigt war, durchschaute sofort, was Fergy wirklich meinte. Der Mann hatte offenbar nicht die leiseste Ahnung, ob seine Mutter noch lebte oder nicht, und es war ihm offensichtlich auch völlig gleichgültig. Zweifellos hatte er dafür auch gute Gründe. Wer sie auch sein mochte, sie hatte sich todsicher nicht viel Mühe gegeben, ihrem Sprößling gute Tischmanieren beizubringen. Shandy benutzte seine eigene Papierserviette, um mit gutem Beispiel voranzugehen, als plötzlich einer der jungen Horsefalls in die Küche stürmte.

»Hi, Tante Hilda. Komm' ich zu spät zum Essen?«

»Ralphie! Warum biste denn nich' in der Schule?«

»Heute war unser letzter Schultag. Ich bin nur gegangen, weil sie den Rektor als Puppe verbrannt haben. Danach gab es nichts Interessantes mehr zu sehen, da dachte ich, da geh' ich mal rüber und helf' Onkel Henny. Könnte ja sein, daß er vielleicht jemanden zum Traktorfahren oder so braucht«, meinte Ralphie in aller Unschuld und häufte großzügig fast alles, was noch auf dem Tisch stand, auf seinen Teller.

»Wie wär's, wenn du 'ne Weile 'ne Mistgabel fahren würdest?« grunzte Henny.

»Wie du meinst, Onkel. Letzten Samstag hab' ich ja auch den Hühnerstall saubergemacht, oder? Kühe haben wenigstens keine Hühnerläuse.«

»Hätten die Hühner auch nich', wenn sie ordentlich gepflegt würden.«

Miss Hilda hatte die Bemerkung automatisch gemacht, als wären ihre Gedanken nicht ganz bei der Sache. Sie trug ihr Haar heute hübsch gewellt, offenbar hatte sie diesmal die Nacht mit ihren Lockenwicklern verbracht und den Entschluß gefaßt, für den Fall gewappnet zu sein, daß Sven Svenson sie zu einem neuen Spaziergang einladen würde.

Das vage Gefühl der Unruhe, das Peter Shandy schon den ganzen Morgen verspürt hatte, verwandelte sich plötzlich in wirkliche Besorgnis. Jetzt, wo der junge Ralph hier war, um Henny zu helfen, war es sicher klüger, Tim wieder zurück zum Crescent zu bringen, wo er sich ausruhen konnte, wie seine Schwiegertochter angeordnet hatte. Laurie hatte ihren Schwiegervater so unter Druck gesetzt, daß er sich erstmals, seit er im Zweiten Weltkrieg als untauglich ausgemustert worden war, einer gründlichen ärztlichen Untersuchung unterzogen hatte, wobei man erhöhten Blutdruck festgestellt hatte, was allerdings keinen erstaunte. Immerhin hatte Tim jahrelang mit seiner Frau Jemima zusammengelebt, bevor diese auf so plötzliche, grausame Weise umgekommen war.

Sie bedankten sich bei Miss Hilda für das Essen, versprachen, später vielleicht noch einmal wiederzukommen, und gingen zum Wagen. Als Tim stehenblieb, um noch einige weise Worte über die richtige Kompostierung von Geflügelmist von sich zu geben, ein Thema, für das der junge Ralph erstaunlicherweise brennendes Interesse zeigte, holte Fergy Peter ein.

»Entschuldigen Sie, Professor, könnt' ich Sie wohl mal kurz sprechen?«

»Natürlich.«

Die Frage erschien reichlich überflüssig, da Fergy dies mehr oder weniger bereits seit einer Stunde getan hatte, doch Shandy war trotzdem bereit, sich anzuhören, was der Trödler auf dem Herzen hatte. Es stellte sich heraus, daß es der Runenstein war.

»Ich weiß auch nicht, warum, Professor, aber er macht mir Sorgen. Ich wünschte, Miss Hilda hätte Cronk Swope nichts von den Runen erzählt.«

»Welchen Runen?«

»Na, die Runen, die er gefunden hat – oh, ich verstehe. Ich darf nichts davon wissen. Huh!« Fergy sah nicht beleidigt aus, nur leicht amüsiert, soweit Shandy dies durch den feurigen Schnurrbart erkennen konnte. »Hier auf dem Dorf hält man am besten alles geheim.«

»Nur weil, eh, Miss Horsefall nicht möchte, daß all die jungen Leute sofort hinrennen und sich ihre guten Kleider an den Dornen zerreißen«, versuchte Shandy sich zu entschuldigen. »Natürlich war uns klar, daß Swopes, eh, journalistische Neigungen irgendwann die Sache ans Licht bringen würden.«

»Aha. Nennen Sie mir mal jemanden in Balaclava County, der keine journalistischen Neigungen hat! Sehen Sie, ich hab' den Mund gehalten und werd' es auch weiterhin tun. Als Henny mir von den Runen erzählt hat, hab' ich ihn gewarnt, nicht zu viel darüber zu sprechen. Aber ich wußte verdammt gut, daß Cronk 'nen Artikel drüber für seine Zeitung schreiben und ihn auch noch an ein Dutzend andre Zeitungen schicken würde. Kann man dem Jungen nicht mal übelnehmen, daß er versucht, sich 'n Namen zu machen, oder? Bloß daß er – weiß ich auch nicht. Ich hab' bloß so 'ne komische Vorahnung, das is' alles.«

»Könnten Sie diese, eh, Vorahnung etwas näher beschreiben?«

»Na ja, wissen Sie, als ich das erste Mal von dem Runenstein hörte, dachte ich, es wär 'n Haufen Unsinn, wie das sonst auch immer ist. Aber als Spurge auf so furchtbare Weise ums Leben kam, grad als Cronk und Miss Hilda dorthin wollten, ja, Himmel noch eins! Es war so 'ne Art Warnung, wenn Sie verstehen, was ich sagen will. Als wenn es im Eichenhain irgendwas gibt, das man besser in Ruhe lassen sollte, wenn Sie wissen, was ich meine. Klingt total verrückt, nich'? Sie können mich ruhig auslachen.«

»Daran würde ich nicht einmal im Traum denken«, versicherte Shandy. »Ich mache mir selbst große Sorgen, wenn Ihnen das ein Trost ist. Lassen wir einmal die mögliche, eh, mystische Verbindung zwischen dem Tod von Spurge und dem Runenstein beiseite, es bleibt kein Zweifel, daß das Gerede darüber, daß die beiden Ereignisse zeitlich fast zusammenfallen, die Horsefalls hart treffen wird. Wenn man mit ihnen befreundet ist, macht man sich zwangsläufig Sorgen, auch wenn man nicht so genau weiß, warum. Einfach weil man spürt, daß das, was passiert ist, Folgen nach sich ziehen wird, und man nicht sicher ist, welche.«

»Tja, das könnte sein.« Fergy klang allerdings nicht gerade überzeugt. »Es ist bloß, daß ich jedesmal, wenn ich an den Runenstein denke –« Seine Stimme wurde immer leiser.

»Wußten Sie denn nichts von seiner Existenz?«

»Zur Hölle, nein, woher hätte ich davon wissen sollen? Ich stamm' doch gar nicht aus der Gegend hier. Und wie ich hierher gekommen bin, weiß ich auch nicht, wenn Sie sich für die gottverdammte Wahrheit interessieren sollten. Ich war immer so was wie 'n unruhiger Geist, könnte man sagen. Ich bin hier irgendwie gelandet, als ich nach Arbeit suchte, und hab' hier jemanden kennengelernt, der 'nen Trödelmarkt hatte. Er hat ganz gut verdient, und es sah nich' besonders schwer aus, also hab' ich 'ne Weile mit ihm zusammengearbeitet, um zu sehen, wie man's am besten anfängt, und dann hab' ich mir selbst was aufgebaut. Dann bin ich hier hängengeblieben, weil's ganz gut lief. Die Leute hier mögen Antiquitäten und so was. Aber ich hab' die Scheune erst seit zwölf oder vierzehn Jahren.«

»Swope hat mir zu verstehen gegeben, daß Sie schon bedeutend länger hier seien.«

»Ach, der ist ja noch 'n Kind. Zwölf Jahre sind für den länger als 'n halbes Leben. Jedenfalls muß der Runenstein damals, als ich auf der Bildfläche erschien, schon längst zugewachsen gewesen sein. Die alten Leutchen hatten ihn total vergessen, und die jungen Leute wußten nichts davon. Ich hatte auch keine Ahnung, bis Spurge sich neulich bei mir drüber ausgelassen hat, und da hatt' ich keinen Schimmer, was er meinte. Und dann ist es auch schon passiert. Vielleicht hab' ich deshalb so 'n komisches Gefühl. Kaum erwähnt Spurge den Stein, schon passiert das mit dem Löschkalk.«

»Gütiger Himmel, da haben Sie recht. Daran hatte ich überhaupt noch nicht gedacht.«

»Ja, da fragt man sich, was als nächstes passieren wird. Wenn ich Cronk Swope wär', würd' ich mir schnellstens die Bremsen vom Motorrad überprüfen lassen, immerhin is' er ja derjenige, der – ach herrjeh, Professor, Sie glauben wahrscheinlich, ich hätt' 'ne total weiche Birne, wenn ich so daherrede. Man macht sich eben so seine Gedanken, das is' alles. Besser, ich hör' jetzt auf zu quasseln und mach' mich dran, meinen Laster auszuladen. Spurge hat mir sonst immer dabei geholfen. Wird bestimmt komisch sein, das jetzt ganz allein zu machen.« Fergy murmelte noch etwas vor sich hin, während er auf seinen ziemlich neuen und aufwendig hergerichteten Laster stieg.

Shandy blieb stehen und starrte noch eine Weile auf den harten Lehm der Auffahrt, holte dann Tim und brachte ihn zurück zum Crescent.

Kapitel 10

»Aber nur ein winziges Scheibchen«, sagte Helen, »ich sollte eigentlich nichts mehr essen, aber es ist so köstlich, daß ich nicht widerstehen kann.«

Peter hätte leicht widerstehen können, aber er dachte daran, daß Lauries Kochkunst zumindest um verdammt vieles besser war als Jemimas und daß man sie ermutigen sollte, so weiterzumachen, und nahm daher auch noch ein Scheibchen. Es war schon die Magenschmerzen wert, Tim dabei zuzusehen, wie er einen gemütlichen Abend im eigenen Heim genoß.

Die Eßzimmereinrichtung, die Jemima gekauft hatte, als sie und Tim geheiratet hatten, und die sie nach und nach unter den Ablagerungen eines Vierteljahrhunderts hatte verschwinden lassen, war wieder ausgegraben und gereinigt worden. Roy und Laurie hatten die Täfelung und die Sockel in einem warmen Antikrot gestrichen und die obere Hälfte der Wand mit einer Tapete dekoriert, auf der wunderschöne exotische Hähne zu sehen waren. Roy und Laurie hatten ihr biologisches Spezialgebiet inzwischen geändert und erforschten nun nicht mehr Pinguine, sondern Geflügel.

Daß es als Hauptgericht Hühnchen gegeben hatte, war daher keine Überraschung gewesen. Laurie hatte ein Rezept benutzt, das sie entweder in Peru oder in Patagonien bekommen hatte. Sie tranken einen Whiskey am Feuer und Wein zum Essen, und Peter fühlte sich leicht erschöpft, obwohl es gerade erst halb acht war. Nachdem er den ganzen Morgen bei den Horsefalls gearbeitet hatte, hatte er schließlich noch die Idee in die Tat umgesetzt, als besondere Überraschung für Helen einen Steingarten anzulegen. Jetzt wünschte er sich allerdings, daß er statt dessen lieber ein Schläfchen gehalten hätte. Aber man brauchte ja nicht unbedingt lange zu bleiben. Tim ging meist früh ins Bett. Die Frischvermählten übrigens ebenfalls, wenn auch aus anderen Gründen.

»Sollen wir noch einen Kaffee am Kamin trinken?« schlug Laurie vor, nachdem sie den etwas merkwürdigen Nachtisch ausgelöffelt hatten. »Oh, entschuldigt mich einen Moment, das Telefon klingelt.«

»Ich geh' schon ran.«

Roy, der zu Lebzeiten von Jemima ohne Druck niemals auch nur einen Finger gekrümmt hatte, sprang auf. Er war ein gutaussehender Junge, dachte Shandy. Roy hatte die rötliche Haarfarbe und die Statur seiner Mutter geerbt, was nur gut war, denn Jemima war mindestens einen Kopf größer gewesen als Tim; sonst sah er Jemima nicht ähnlich. Es war schon so lange her, daß irgend jemand Tims Gesicht gesehen hatte, daß keiner mit Sicherheit zu sagen vermochte, wie ähnlich Roy seinem Vater sah, aber er hatte zweifellos Tims ausgeprägten Sinn für Humor geerbt, dazu seine gescheiten braunen Augen und die Fähigkeit, sich einer Arbeit, die er einmal angefangen hatte, hingebungsvoll zu widmen. Da er außerdem klug genug – oder auch besonders vom Glück begünstigt – gewesen war, eine praktische, vernünftige, ausgeglichene junge Frau zu heiraten, die nicht nur seine Interessen teilte, sondern ihn offenbar auch noch vergötterte, erwartete ihn sicher eine weit harmonischere Ehe, als seinem armen Vater je vergönnt gewesen war.

Er sah allerdings nicht gerade glücklich aus, als er ins Eßzimmer zurückkehrte. »Es war Henny Horsefall, Dad. In der Zeitung hat etwas über einen ruinierten Stein auf seinem Grundstück gestanden, so ganz habe ich es nicht verstanden, aber jetzt gibt es jedenfalls Probleme mit Unbefugten, die von überall her auf die Farm strömen. Er hat die Polizei gerufen, aber die will nicht kommen, also möchte er, daß du mit Professor Shandy zur Farm fährst.«

»Ein Stein, der ruiniert wurde?« fragte Shandy. »Sind Sie sicher, daß er nicht Runenstein gesagt hat?«

»Wahrscheinlich hat er das. Wieso?«

»Auf seinem Grundstück gibt es einen Runenstein. Der junge Cronkite Swope vom *All-woechentlichen Gemeinde- und Sprengel-Anzeyger* hat ihn gestern wiederentdeckt, und der Onkel von Präsident Svenson ist abends hingegangen und hat ihn sich angesehen. Wahrscheinlich ist der Stein wirklich echt. Swope hat zweifellos etwas darüber veröffentlicht, aber die Zeitung kommt sowieso erst morgen heraus.«

»Nein, sie ist schon heute gekommen«, sagte Laurie. »Kurz bevor Sie ankamen. Irgendein Junge kam auf einem Fahrrad vorbeigeflitzt und hat sie wohl vor die Tür geworfen. Ich bin nach draußen gegangen, als ich den Aufprall gehört habe, weil ich dachte, Sie wären vielleicht etwas früher gekommen. Ich habe sie mir noch gar nicht angesehen.«

»Wo ist sie denn? Rasch!«

»Im Holzkasten.« Laurie fischte die Zeitung aus der Kiste. »Fast hätte ich das Feuer damit angemacht.«

»Gütiger Himmel! Die haben ein Extrablatt herausgebracht!«

Shandy starrte entgeistert auf das sonst eher beschauliche kleine Wochenblatt. LETZTER LUMPKIN OPFER VON WIKINGERFLUCH? stand in fetten Lettern auf der ersten Seite. LÖSCHKALK TÖTET ERBEN DES LUMPKIN-VERMÖGENS AUF HORSEFALL-FARM. Das war noch nicht alles, aber Shandy nahm sich nicht mehr die Zeit, weiterzulesen.

»Los, Tim! Am besten, wir machen uns sofort auf den Weg. Kommen Sie bitte auch mit, Roy.«

»Und was ist mit uns?« verlangte Laurie zu wissen. »Helen und ich bestehen auf Gleichberechtigung.«

»Lieber nicht. Es handelt sich um die Straße nach New Hampshire, und vermutlich kommen massenweise Betrunkene von Gott weiß woher.«

»Dann kann Daddy Ames auch nicht –«

»Daddy Ames kann noch sehr gut eine Mistgabel halten«, fauchte ihr Schwiegervater.

»Wir könnten Öl heiß machen«, sagte Helen. »Das ist doch die traditionelle Frauenrolle bei Invasionen, wenn ich mich nicht irre. Los, Laurie, wir können sie zumindest hinfahren und das Auto irgendwo in Sicherheit bringen, wo es keine Steine in die Windschutzscheibe abbekommt.«

Die Zeit drängte. Sie zwängten sich in den neuen Wagen der Ames' und machten sich auf den Weg nach Lumpkin Corners. Bevor sie Fergys Schnäppchen-Scheune erreichten, war bereits völlig klar, daß sie sich auf einen Verkehrsstau zubewegten.

»Laßt uns hier aussteigen«, kommandierte Shandy. »Bleibt bloß nicht in diesem Chaos stecken, Laurie. Wendet, und fahrt wieder zurück, und zwar auf dem schnellsten Weg. Versucht, Professor Svenson und so viele kräftige Männer wie möglich auf dem Campus aufzutreiben. Bringt sie her, und sagt ihnen, sie sollen den alten Holzfällerweg nehmen, drüben bei dem Felsbrocken rechts, etwa eine halbe Meile von hier. Bestellt ihnen, sie sollen den Runenstein bewachen, oder er wird in Windeseile von den Leuten in Stücke geschlagen werden, weil jeder ein Andenken mit nach Hause nehmen will. Und wenn ihr diesem Mistkerl Swope begegnen solltet, dann schmeißt ihn am besten in den Kuhteich, mit freundlichen Grüßen von mir.«

Shandy tat Swope großes Unrecht. Als er die Horsefall-Farm endlich erreichte, Sekunden vor Roy und etliche Sekunden vor Tim, traf er bereits selbst auf Cronkite, der schon die Barrikaden bemannte, völlig entsetzt angesichts der Geister, die er selbst gerufen hatte.

»Hey, Sie dürfen hier nicht – oh, Professor Shandy! Gott, ich hätte nie gedacht, daß –«

»Kann ich mir vorstellen. Kennen Sie irgend jemanden in der Nähe, der eine kampflustige Bulldogge besitzt?«

»Würden auch zwei Dobermänner –«

»Nichts wie her damit. Aber molto presto!«

Cronkite verschwand mit einer an Lichtgeschwindigkeit grenzenden Schnelligkeit. Shandy versuchte rasch, die Lage abzuschätzen. Überall wimmelte es von Schaulustigen, denen völlig gleichgültig war, daß sie sämtliche Pflänzchen, die Henny und der verstorbene Spurge mit viel Mühe und Not angepflanzt hatten, niedertrampelten, den Draht um den Hühnerauslauf herunterrissen, die Kühe beunruhigten, Stücke vom Kreiselstreuer abschlugen, der Spurge das Leben gekostet hatte, und immer hartnäckiger fragten: »Wo ist der Runenstein?«, als ob sie ein persönliches Recht darauf hätten, aufgeklärt zu werden.

Eddie, Ralph und ein Sortiment von Söhnen und Nachbarn versuchten verzweifelt, der Lage Herr zu werden, schubsten und schrien, hatten aber kaum Erfolg. Oben am Haus sah es dagegen bedeutend besser aus. Miss Hilda hatte sich die Gänse von der Familie Lewis geborgt. Mit ein paar anderen Frauen hielt sie die Schar so nahe wie möglich am Haus. Jeder, der sich zu nahe heranwagte, wurde von einem wütend zischenden Gänserich bedroht, der heftig mit seinen riesigen Flügeln schlug und den Hals zum Angriff weit vorgestreckt hatte. Henny stand im Scheunentor, hielt eine geladene Schrotflinte in der Hand und war offenbar bereit, jedem Eindringling zu trotzen. Die Gebäude waren völlig unter Kontrolle, aber das Land ließ sich nur sehr viel schwerer verteidigen. Fahrzeuge und stampfende Füße würden den Boden schnell ruinieren, wenn nicht bald etwas unternommen würde, das die Eindringlinge abschreckte.

Glücklicherweise war es noch hell. »Hier«, sagte Shandy und verteilte alle Mistgabeln, die er finden konnte. »Vier von euch gehen ans Ende der Auffahrt. Umzingelt jeden Wagen, der versucht hereinzufahren, und sagt den Leuten, sie sollen sich zum Teufel scheren, wenn sie sich keine platten Reifen holen wollen. Tim, du nimmst mein Notizbuch und den Stift und schreibst die Nummern aller Autos auf, die bereits auf dem Grundstück geparkt sind. Wir werden verdammt nochmal dafür sorgen, daß sie alle strafrechtlich verfolgt werden wegen unbefugten Eindringens, und wenn sie dich fragen, kannst du es ihnen auch ruhig ausrichten. Ralphie, du nimmst die Schaufel und begleitest Professor Ames. Wenn ihm irgend jemand Schwierigkeiten macht, zeigst du ihm, daß wir keinen Spaß verstehen. Die restlichen Männer sollen die gepflügten Felder bewachen. Laßt die Leute in Richtung Eichenhain gehen. Wenn sie erstmal im Dornengestrüpp sind, kommen sie sowieso nicht weiter. Und jetzt nichts wie weg. Ich werde mich um den Traktor kümmern.«

Er fuhr den dröhnenden alten Klapperkasten schnurgerade in die Mitte der Auffahrt und trieb die Eindringlinge nach links und rechts auseinander. »Hört mir mal zu, Leute«, brüllte er. »Ihr seid hier auf einem Privatgrundstück. Ihr habt keinerlei Recht, hier einzudringen, und es ist verdammt unangebracht, am Abend vor einem Begräbnis so ein Chaos zu veranstalten.«

»Buh! Wir wollen aber den Runenstein sehen!« schrie ein jugendliches Großmaul, und schon fielen viele Stimmen ein.

»Der befindet sich gar nicht hier«, brüllte Shandy zurück. »Geht auf den alten Holzfällerweg, eine halbe Meile hinter Fergys Schnäppchen-Scheune. Ihr müßt zu Fuß gehen, denn es ist alles zugewachsen. Aber es ist jemand da, der euch den Weg zeigen wird.«

Das hoffte er jedenfalls.

Cronkites Ankunft mit zwei riesigen, schlanken schwarzen Dobermännern, die wütend an ihren Leinen zerrten, überzeugte einige der Anwesenden. Der Schrei: »Hilfe, ich kann sie nicht mehr halten« überzeugte schließlich noch ein paar Unschlüssige mehr.

Ralph übernahm einen der Hunde, gab seine Mistgabel einem hilfsbereiten Nachbarn und machte sich auf, den Weg zum Runenstein zu bewachen, den sich Swope am Vortag freigekämpft hatte. Eddie ging mit dem anderen Dobermann zur Scheune, um Henny beizustehen. Shandy patroullierte indessen mit dem Traktor hin und her. Allmählich begann sich auf der Farm wieder eine gewisse Ordnung einzustellen, obwohl er sich lieber nicht vorzustellen versuchte, wie es inzwischen auf dem Holzfällerweg aussah. Er konnte nur beten, daß Helen und Laurie es geschafft hatten, Thorkjeld rechtzeitig zur Bewachung des Runensteins zu bewegen.

Einige besonders Entschlossene hatten zwar dem Dornengestrüpp die Stirn geboten, doch inzwischen hingen so viele von ihnen in den bösartigen Schlingpflanzen fest, daß sie den restlichen Abenteurern als abschreckendes Beispiel dienten. Swope saß bei Shandy auf dem Traktor; sie fuhren zu den Stellen, wo die Menge besonders aufgebracht oder am dichtesten war, und der junge Reporter machte mit seiner Polaroidkamera so viele Fotos, wie es der Apparat zuließ.

»Mann, das wird eine Story«, gluckste er, wobei er offenbar passenderweise völlig verdrängte, wer mit seiner vorigen Story das jetzige Durcheinander erst angezettelt hatte. »WO WAR POLIZEI, ALS RANDALIERER WÜTETEN? WARUM WEIGERT SICH POLIZEICHEF, GRUNDSTÜCK ZU SCHÜTZEN, DAS SCHWESTER AN BAUUNTERNEHMER VERKAUFEN WILL?«

»Mich brauchen Sie nicht zu fragen«, schnaubte Shandy, der inzwischen genug hatte. »Fragen Sie ihn doch selbst. Können Sie mit dem Motorrad durch das Verkehrschaos kommen? Nehmen Sie ein paar Bilder, und zeigen Sie dem Polizeichef, was hier vor sich geht. Aber lassen Sie die besten Fotos hier, für den Fall, daß ihm einfällt, sie als Beweismaterial oder so zu konfiszieren, um die Veröffentlichung der Fotos zu verhindern. Wenn wir nicht bald Polizeischutz bekommen, geht bestimmt verdammt viel zu Bruch, wenn es erst einmal dunkel wird. Ah, ich sehe, wir bekommen Verstärkung vom College.«

In der Menschenmenge hatte er ein paar Footballhelme der Balaclava Rammböcke entdeckt. Helen und Laurie hatten offenbar die Truppen mobilisiert. »Aber im Moment gibt es nicht besonders viele Männer auf dem Campusgelände, und für derartige Situationen sind sie sowieso nicht ausgebildet. Jesus, warum bin ich nicht eher darauf gekommen? Wir sollten Bashan von Balaclava herholen lassen.«

»Wer issen das?«

»Unser Preisbulle. Er ist ungefähr so groß wie ein Tyrannosaurus Rex, und die Leute werden sich vor Angst in die Hosen machen, wenn er sie hinter der Scheune erwartet, dabei ist er eigentlich für einen Bullen ein ganz netter Kerl. Wir werden ihn morgen einsetzen. Horsefall wird allerdings Keuschheitsgürtel an seine Kühe verteilen müssen, befürchte ich: Bashan nimmt nämlich seinen Beruf sehr ernst. Machen Sie sich auf die Socken, Cronkite.«

Der junge Mann verschwand gehorsam. Shandy lenkte den Traktor zu Roy herüber und kundschaftete das Gelände zu Fuß aus. Der Verkehr auf der kurvenreichen zweispurigen Fahrbahn war jetzt völlig zum Erliegen gekommen. Die Autoschlange nahm kein Ende. Er hoffte inständig, daß Helen und Laurie es geschafft hatten, rechtzeitig wegzukommen, nachdem sie ihre Passagiere abgesetzt hatten. Wie er und die Ames', falls überhaupt, heimkommen sollten, konnte er sich beim besten Willen nicht vorstellen.

Er beging den Fehler, einigen dieser Flegel vernünftig zureden zu wollen, als sie im Begriff waren, einen der Torpfosten herauszureißen, und fand sich plötzlich mitten in einem Faustkampf wieder, der nur durch einige der getreuen Balaclava-Studenten, die sich in der vertrauten Keilformation aufgestellt hatten, zu seinen Gunsten entschieden werden konnte. Während er noch den Staub von seiner Kleidung klopfte und sich wünschte, genügend Zeit zu haben, um seinen guten Anzug gegen einen anderen austauschen zu können, hörte er das Donnern von Hufen und den markigen Ruf »Hejoh, Horsefall!!« Die Rasenden Rüpel von Lumpkin Corners waren eingetroffen, angeführt von einem zwar ramponierten, aber sichtlich triumphierenden Reporter auf einem Motorrad.

»Die Polypen haben mich abblitzen lassen, also habe ich die Kavallerie geholt«, keuchte Cronkite. »Zufrieden, Professor?«

»Gute Idee, Swope.«

»Im Grunde war es Ihre Idee«, erwiderte der junge Mann bescheiden. »Als Sie den Bullen erwähnten, sind mir nämlich die Pferde eingefallen. Wollen Sie, daß ich die Kopflosen Reiter von Hoddersville auch noch hole?«

»Nun ja, eh, lassen wir das lieber im Moment. Einige der berittenen Männer sollen auf der Straße den Verkehr regeln, könnten Sie das bitte veranlassen? Wenn wir den Stau auflösen, gehen vielleicht ein paar dieser unverschämten Flegel nach Hause.«

»Klar, Professor.«

Cronkite begann, seine neuen Rekruten einzuteilen. Shandy entschied, daß es jetzt sicher genug war, das Zentrum des Sturms zu verlassen und herauszufinden, wie es drüben am Runenstein aussah. Er ging die enge Straße hinunter, wobei er ängstlich im Durcheinander von Fahrzeugen nach Helen und Laurie Ausschau hielt. Zu seiner großen Erleichterung konnte er sie jedoch nicht entdecken. Mit ein bißchen Glück waren sie sicher längst wieder wohlbehalten auf dem Crescent angelangt, tranken den Kaffee, den er selbst momentan so dringend nötig hatte, und tauschten Erfahrungen aus, wie es offenbar dem tiefen Bedürfnis von Frauen entsprach.

Fergys Parkplatz war völlig mit Fahrzeugen zugestellt. Die Schnäppchen-Scheune machte offenbar ein Bombengeschäft, was zweifellos auf den großen Verkehrsandrang zurückzuführen war. Fergy hatte heute sogar einige Mitarbeiter, wie Shandy sehen konnte. Die Kasse wurde von einer Frau bedient, die drei oder vier Pullover übereinander trug, obwohl der Abend keineswegs kühl war. Vielleicht war sie die momentane Mrs. Fergy oder etwas Vergleichbares.

Außerdem bemerkte er, wie dunkel es inzwischen geworden war. Das College verfügte über mehrere transportable Suchscheinwerfer. Wenn es den Rasenden Rüpeln gelang, die Straße freizuhalten, konnte man die Scheinwerfer möglicherweise herholen. Er mußte Präsident Svenson fragen, sofern dieser inzwischen tatsächlich eingetroffen war.

Der Holzfällerweg, zu dem Shandy im Laufe des Abends so viele Schaulustige dirigiert hatte, obwohl er ihn selbst nie zu Gesicht bekommen hatte, war leichter zu finden, als er angenommen hatte. Ein riesiger Felsblock markierte den Anfang, und eine Postenkette, bestehend aus Balaclava-Studenten in abenteuerlicher Schutzkleidung, bewachte ihn offenbar hervorragend.

»Sie müssen sich ganz hinten anstellen, Sir, und warten, bis Sie an die Reihe kommen«, verkündete ein menschliches Wesen, das eine Reitkappe aus schwarzem Samt trug und mit einem Fechtvisier, Beinschützern und einer gepolsterten Footballjacke ausgerüstet war.

»Ich bin Professor Shandy.«

»Tut mir leid, Sir.« Die Studentin schob ihre Fechtmaske hoch, um ihn besser sehen zu können. »Wir versuchen zu verhindern, daß sich alle gleichzeitig hier hereindrängen.«

»Und Sie machen Ihre Sache wirklich großartig. Nur weiter so! Ich suche Professor Svenson wegen der Suchscheinwerfer. Ist er hier in der Nähe?«

Die visierte Wächterin vergaß einen Augenblick lang ihre würdevolle Aufgabe und begann zu kichern.

»Können Sie ihn nicht hören?«

»Jetzt, wo Sie es sagen, höre ich tatsächlich ein fernes Grollen. Ich dachte schon, es sei ein heranziehendes Gewitter. Ich vermute, er hat die Situation völlig unter Kontrolle.«

»Worauf Sie Gift nehmen können, Professor. Gehen Sie immer geradeaus, aber fallen Sie nicht über das Brombeergestrüpp. Keiner hat bisher daran gedacht, ein Erste-Hilfe-Köfferchen mitzubringen. Gehen Sie bitte dort lang.«

Die letzte Bemerkung war nicht an Shandys Adresse gerichtet, sondern galt den vielen Menschen, die sich kichernd in die Straße drängelten und dann ehrfürchtig und schweigend wieder zurückkamen. Shandy schloß sich der nächsten Gruppe an und fand sehr bald den Grund für diese eigenartige Verwandlung heraus.

Unter dem Eichenlaubdach war es inzwischen wirklich dunkel geworden. Plötzlich lag der Runenstein vor ihm, eingetaucht in einen kleinen, gelben Lichtsee, der aus einer batterieangetriebenen Stablampe floß, die der Präsident in seiner unendlichen Weisheit hatte mitbringen lassen. Darüber und dahinter erhob sich eine drohende Gestalt, die aus einem Alptraum hätte stammen können.

Thorkjeld Svenson trug eine graue Arbeitshose und ein dunkelgraues Flanellhemd, an dem die Ärmel fast bis zu den Ellbogen hochgekrempelt waren. Die graue Kleidung verschmolz mit der Dunkelheit, die ihn umgab, und verwandelte seinen Körper in eine formlose Masse. Seine riesigen Hände und Unterarme, das edle, aber wilde Haupt erschienen unendlich groß und unglaublich bedrohlich, als ob ein Geist, der in dem Stein gebannt gewesen war, sich befreit hätte und als lebende Drohung vor einem stand. Die Tatsache, daß sich Svenson nachlässig auf seine eigene Streitaxt stützte, die genau nach seinen Angaben und Maßen doppelschneidig geschmiedet worden war und einen Griff besaß, der fünf Fuß lang war, diente nicht gerade dazu, diesen Eindruck aufzuheben. Jeder, der blind oder wahnsinnig genug war, die Hand nach den Runen auszustrecken, entlockte ihm ein bedrohliches »Arrgh«, das sogar den Allermutigsten umgehend in zitternde Götterspeise verwandelte.

»Mein Gott, Professor Svenson«, entfuhr es Shandy, »Sie haben mich fast zu Tode erschreckt.«

»Gut.« Svenson veränderte ein wenig seine Stellung und ließ die scharfen Ränder der Axt kurz im Strahl der Laterne aufleuchten. »Was ist los?«

»Aufruhr, Plünderung und allgemeines Chaos, aber ich glaube, wir werden schon damit fertig. Die Studenten leisten hervorragende Arbeit.«

»Das will ich verdammt nochmal hoffen.«

»Mir macht allerdings das fehlende Licht Sorgen. Können wir die Suchscheinwerfer vom College herholen lassen?«

»Warum nicht, zum Teufel? Rufen Sie Buildings und Grounds an. Nein, lieber doch nicht. Sind doch bloß Ochsenärsche, bauen nur Mist um diese Zeit. Besser die Sicherheitsabteilung. Die Lomax-Jungens. Sagen Sie Ihnen, sie sollen sich beeilen. Arrgh!« fügte er hinzu, als ein kurzsichtiger Verrückter sich zu nahe an den Runenstein heranwagte.

»Wie lange beabsichtigen Sie hierzubleiben, Präsident?« fragte Shandy.

»So lange Orm mich braucht«, erwiderte der berühmte Mann demütig.

»In diesem Fall: *›Requiescat in pace.‹* Haben Sie keinen Ärger mit den Mücken?«

»Trauen sich an mich nicht heran.«

Shandy hätte es wissen müssen. Er schlug in das sirrende Heer von Quälgeistern, das ihn gnadenlos umschwirrte und seinem weniger imposanten Körper das Blut abzuzapfen versuchte, und machte sich auf den Rückweg. Natürlich vergaß er nicht, eine angemessen ernste Miene aufzusetzen, was im Grunde auch seiner momentanen inneren Verfassung entsprach.

Auf der Straße sah es wieder etwas besser aus. Zumindest hatte der Stau sich etwas aufgelöst, und die Autoschlange kroch im Schneckentempo weiter, während die Rasenden Rüpel hin und her sausten und die Fahrer zum Weiterfahren animierten. Niemand wagte es, ihnen zu widersprechen. Ihre Streitrosse waren alles andere als dünnbeinige Spielzeugpferde, sondern mächtige Belgier, Clydesdales und Suffolk Punches, die durchaus in der Lage waren, ein Auto abzuschleppen oder es mit einigen wohlgezielten Huftritten zu demolieren. Bisher waren derart drastische Maßnahmen nicht nötig gewesen und würden es auch wahrscheinlich nicht werden. Genau wie bei Thorkjeld Svenson genügte der bloße Anblick, um die Menge einzuschüchtern.

Aber auch die Reiter waren nicht etwa mickrige kleine Jockeys mit Knabenkörpern und dem heimlichen Wunsch, wie Dick Francis zu schreiben, sondern stämmige Farmer, die mit selbstgemachtem Apfelwein und hausgemachten Doughnuts aufgewachsen waren und deren Rhetorik derart ungehobelt war, daß sie ihre Haltung gegenüber den gottverdammten Dummköpfen, die dämlich genug waren, ihre vermaledeiten Kadaver an diesen Ort zu schleppen, an dem sie nichts verloren hatten, lautstark und unverblümt zum Ausdruck brachte. Kurz gesagt, wenn ein Rüpel einen aufforderte zu verschwinden, dann tat man es unverzüglich und ohne lange zu überlegen.

Es gab noch immer Schaulustige, die auf den Hof drängten, um den inzwischen makellos reinen Kreiselstreuer zu begutachten, dem Spurge Lumpkin sein grausames Ende verdankte, doch sie kamen nicht sehr weit, und allmählich verbreitete sich die Nachricht, daß es eigentlich nicht sehr viel zu sehen gab. Shandy sah, daß Roy inzwischen dem jungen Ralphie den Traktor überlassen hatte, und schlenderte zum Haus hinüber.

Er kannte sich mit Gänsen gut genug aus, um sich nicht mehr als nötig von ihnen einschüchtern zu lassen, bewegte sich im Eiltempo durch die zischende und flügelschlagende Schar, wobei lediglich seine Hosen leicht attackiert wurden, und rief vom Haus aus das College um Hilfe an. Nach beträchtlichen Diskussionen, dem großzügigen Einsatz von Präsident Svensons Namen und, nicht zu vergessen, diversen präsidentischen Kraftausdrücken versprach man ihm schließlich, die batteriebetriebenen Scheinwerfer nach Lumpkin Corners zu bringen, sobald es die Verkehrslage zuließ. Daraufhin rief er zu Hause an, wo sich jedoch niemand meldete, und versuchte es dann bei den Ames', wo er, wie erhofft, Helen und Laurie beim Trinken seines Kaffees antraf.

»Was ist passiert, Peter?« fragte Helen. »Brauchst du noch Hilfe? Wir haben schon so viele Studenten wie möglich zusammengetrommelt, aber wir können es auch im Dorf nochmal versuchen.«

»Nicht notwendig. Unsere wilden Reiter machen das schon.« Und er erklärte ihnen, daß Swope die Rasenden Rüpel mobilisiert hatte. »Und ich vermute, daß die Kopflosen Reiter die Spätschicht übernehmen werden. Ich habe gerade mit der Sicherheitsabteilung vereinbart, daß sie uns ein paar tragbare Flutlichter herbringen. Alles in allem sieht es so aus, als hätte sich das Blatt gewendet.«

»Ist mit Daddy Ames alles in Ordnung?« fragte Laurie ins Telefon.

»Dem macht es Mordsspaß. Als er zuletzt gesehen wurde, reinigte er gerade Henny Horsefalls doppelläufiges Gewehr.«

»Um Gottes willen! Er wird doch nicht auf jemanden schießen? Er ist blind wie eine Fledermaus.«

»Keine Sorge. Ich glaube, Henny hatte vorher ein paar Ladungen Steinsalz abgefeuert. Ihm geht die ganze Sache ziemlich an die Nieren, wie ihr euch vorstellen könnt. Er war schon drauf und dran, dem jungen Swope eine Tracht Prügel zu verpassen, weil er diesen Artikel in die Zeitung gesetzt hat, aber der arme Bursche hat sich selbst übertroffen, um es wiedergutzumachen, und es scheint ganz so, als hätte Henny vergeben und vergessen, jedenfalls, solange Swope außer Sichtweite bleibt.«

»Und was macht Roy?«

»Befehligt die schweren Geschütze. Dabei fällt mir ein, würdet ihr bitte sofort die Sicherheitsabteilung anrufen und sie bitten, ein paar Kanister Benzin für den Traktor mitzubringen? Ich weiß nicht genau, ob Horsefall noch Benzin hat.«

»Sieglinde hat eben angerufen und gefragt, ob wir noch irgend etwas gehört hätten.« Das war wieder Helens Stimme. »Sie sagt, daß Thorkjelds Onkel an die Decke geht, weil man ihn zu Hause gelassen hat. Offenbar hatte er eine Verabredung mit Miss Horsefall.«

»Er will wohl ihren guten Ruf ruinieren, wenn ihr mich fragt. Sag Sieglinde, der Präsident habe alles unter Kontrolle, was sie sicher auch erwartet hat. Der Himmel weiß, wann ich endlich wieder heimkommen kann. Vergiß nicht, das Benzin zu bestellen. Wir brauchen den Traktor dringend.«

Peter hängte ein, schnappte sich eine Tasse, bediente sich mit dem Kaffee, den Miss Horsefall den Gänsehirtinnen aufgebrüht hatte, und ging zurück zum Kampfplatz. Jetzt war es wirklich finster, und, wie er erwartet hatte, erschien die Menge, die sich bisher über das Land gewälzt hatte, im Nachhinein wie eine harmlose Klasse aus der Sonntagsschule, wenn man sie mit dem Mob verglich, der jetzt heranstürmte. Sie brauchten unbedingt Licht.

Er holte Roy Ames und Cronkite Swope, und gemeinsam verbrachten sie eine interessante Viertelstunde damit, auf dem Parkplatz an den Kabeln der abgestellten Wagen herumzubasteln. Zweifellos würden die Besitzer mehr als überrascht sein, wenn sie bei ihrer Rückkehr feststellten, daß an ihren Autos das Fernlicht brannte, und viele würden sich außerdem über ihre leeren Batterien ärgern; sicherlich würden fluchend noch mehr Fäuste geschwungen werden, als das sowieso schon der Fall war, doch Shandy bastelte unverdrossen weiter. Seiner Meinung nach hatten die Mistkerle nichts anderes verdient.

Kapitel 11

Peter Shandy konnte sich nicht erinnern, wann oder wie er ins Bett gekommen war. Er hatte eine vage Erinnerung an einen Bus, der vom College gekommen war und den Präsidenten und seine Gefolgschaft aufgenommen hatte. Auch erinnerte er sich sehr schwach daran, daß Roy Ames ihn und Tim in den Bus geschoben hatte und daß einer der Lomax-Brüder, der in der Sicherheitsabteilung arbeitete, der Fahrer des Busses gewesen war, aber genausogut hätte es dessen Schwägerin persönlich gewesen sein können, wenn er es recht bedachte. Er war so erschöpft gewesen, daß er kaum etwas wahrgenommen hatte.

Lange nachdem sich die Autos wieder in Bewegung gesetzt und die Staus sich aufgelöst hatten, der Strom der Neugierigen versiegt war und auch die letzten Streitereien darüber, wer wessen Scheinwerfer angestellt hatte, sich beruhigt hatten, erschien endlich die Polizei von Lumpkinton auf der Bildfläche. Shandy erinnerte sich verschwommen daran, daß die beiden Beamten damit gedroht hatten, Henny Horsefall festzunehmen, weil er angeblich die Polizei ohne triftigen Grund gestört hatte, und daß die Rasenden Rüpel, die allesamt durch und durch respektable Bürger und Steuerzahler waren, daraufhin mit ihren riesigen Pferden den Polizeiwagen einkreisten und erklärten, sie seien durchaus bereit, mit ihren Hengsten alles kurz und klein zu stampfen, wenn die Männer des Gesetzes es wagen würden, ihrem alten Freund und Kameraden Henny auch nur ein Haar zu krümmen. Außerdem seien sie sehr daran interessiert zu erfahren, wo zum Henker die Polizei denn gewesen sei, als man sie am dringendsten gebraucht habe, und ob die Polizei denn allen Ernstes glaube, der Gemeinderat werde ihr jetzt noch die Gehaltserhöhung gewähren, auf die sie offenbar derart scharf sei, nach allem, was sie heute an Einsatzfreude gezeigt habe? Es werde sicher nicht schaden, sich vor jeder weiteren Amtshandlung ein paar Gedanken über diese Punkte zu machen. Daraufhin entsandten die Rüpel eine kleine Reitergruppe, die auf dem schnellsten Weg zum Haus des Polizeichefs galoppierte, um ihn aufzuwecken und zu fragen, für wen zum Teufel er sich eigentlich halte, woraufhin sich die Hüter des Gesetzes entschlossen hatten, sich etwas entgegenkommender zu zeigen.

Was die Vorbereitungen für den morgendlichen Ansturm betraf, konnte sich Shandy an nichts erinnern und verspürte auch kein besonderes Interesse, diesen Zustand zu ändern. Er lag am nächsten Tag – oder war es noch derselbe Tag? – bis halb zwölf im Bett und wachte erst auf, als sich Helen mit einem Ausdruck höchster ehelicher Besorgnis über ihn beugte.

»Peter, Liebling, ist alles in Ordnung?«

»Weiß ich noch nicht«, murmelte er, »küß mich doch, und finde heraus, ob ich reagiere.«

»Du bist überall so stachelig.«

Sie küßte ihn trotzdem. »Ich habe es nicht übers Herz gebracht, dich zu wecken. Ich nehme an, Tim ist auch noch nicht auf. Das Begräbnis hast du jedenfalls verpaßt.«

»Meins oder seins?«

»Das von dem armen Lumpkin natürlich. Roy ist hingegangen, weil er dachte, sein Vater würde es gern sehen. Er ist wirklich ein lieber Junge. Oh, apropos Junge, Cronkite Swope liegt im Krankenhaus.«

»Was?« Shandy sprang aus dem Bett. »Was hat er denn?«

»Er hatte einen Unfall auf dem Motorrad. Oder besser gesagt, vom Motorrad.«

»Um Gottes willen, wann denn?«

»Irgendwann in den frühen Morgenstunden, glaube ich. Man hat ihn auf der Straße gefunden.«

»Wer hat ihn gefunden?«

»Das weiß ich wirklich nicht, Peter. Grace Porble hat die Neuigkeit aus dritter Hand von Mrs. Lomax. Jedenfalls nehme ich an, daß es wie gewöhnlich Mrs. Lomax war.«

»Wann hast du denn mit Grace Porble gesprochen?«

»Etwa um Viertel vor neun. Ich rief an, um Doktor Porble mitzuteilen, daß ich heute morgen nicht zur Bibliothek kommen würde, weil du die ganze Nacht weg warst, um Heldentaten zu vollbringen. Er schäumte regelrecht, weil wir ihn nicht auch gerufen haben.«

»Was hätte Porble denn gegen diesen Mob ausrichten können? Den Leuten Websters Großes Wörterbuch über den Schädel schlagen? Sie mit Fremdwörtern in die Flucht jagen? Jedem unbefugten Eindringling einen Nickel abknöpfen?«

»Er hätte sie wütend anfunkeln können. Seine Blicke können töten. Wenn ein einziger Mann in der Lage ist, mit einem Blick einen mit Studenten vollgestopften Lesesaal totenstill werden zu lassen, muß man wohl vor ihm den Hut ziehen. Jetzt rasier' dir aber bitte erst diese unattraktiven Stacheln ab, während ich dein Frühstück vorbereite. Oder dein Mittagessen oder was du sonst möchtest. Was hältst du von Pfannkuchen mit Würstchen und Bratäpfeln?«

»Als Vorspeise nicht übel. In welchem Krankenhaus liegt Swope?«

»Das fragst du noch? Wir haben doch kaum Krankenhäuser in dieser Gegend. Natürlich im Hoddersville Allgemeinen.«

»Gut. Dann kann ihm auch nicht viel fehlen. Alles, was schlimmer ist als ein infizierter Niednagel, würde die Möglichkeiten dort völlig überfordern.«

»Wie ich sehe, bist du nicht gerade gut aufgelegt. Ich fange am besten mit den Pfannkuchen an.«

Helen begab sich in die Küche. Peter stand im Badezimmer und schabte sich die über Nacht angesammelten Spuren von Borstigkeit und Grübelei vom Gesicht. War es nur ein merkwürdiger Zufall, daß Swope, so bald nachdem er die Öffentlichkeit auf den Runenstein aufmerksam gemacht hatte, in einen Unfall verwikkelt war? War es eine natürliche Folge davon, daß er wie der Teufel herumgerast war und stundenlang ununterbrochen auf seinem klapprigen Motorrad gesessen hatte, bis er am Ende genauso erledigt gewesen war wie alle anderen?

Oder war etwas geschehen, das Shandy mit ein wenig Voraussicht hätte verhindern können? Vor wie vielen Personen hatte wohl Fergy sein albernes Geschwätz über den Fluch des Runensteins wiederholt? Wie vielen waren dabei eigene Flüche durch den Kopf gegangen? Shandy machte sich Vorwürfe, stand in seiner Unterwäsche mitten im Zimmer und fragte sich, was er wohl anziehen sollte. Die Zeiten, in denen er lediglich zwischen einem guten grauen Anzug und einer Cordhose, die er im Rübenfeld trug, zu wählen hatte, waren vorbei. Seit er ein verheirateter Mann war, wurde seine Garderobe immer umfangreicher. Er entschied sich für ein kurzärmliges blaues Hemd und eine Hose von einem etwas dunkleren Blau und begab sich zu Tisch.

»Helen, glaubst du an Wikingerflüche?«

»Aber natürlich. Wie viele Würstchen möchtest du?«

»Hör mir mal bitte ernsthaft zu, verdammt nochmal! Es handelt sich schließlich um eine sehr ernste Angelegenheit. Sechs, acht. Oder lieber doch zuerst nur drei oder vier. Übrigens, deine Pfannkuchen sind hervorragend. Kompliment für die Köchin. Willst du denn keine?«

»Oh, ist es der Köchin denn erlaubt, mit dem Herrn und Meister zu speisen? Vielleicht sollte ich es doch noch mit einem Würstchen versuchen, jetzt, wo du es sagst.«

Helen machte sich einen Teller zurecht und setzte sich Peter gegenüber. »Was die Flüche betrifft, wobei ich vermute, daß du dich auf die Sache mit Cronkite Swope beziehst, den du offenbar zu besuchen gedenkst, wenn ich deine Kleidung richtig interpretiere – weißt du, Peter, Blau steht dir wirklich hervorragend –, nehme ich an, daß die Hälfte der Bevölkerung von Balaclava der Meinung ist, daß Swope dem Fluch zum Opfer gefallen ist – was wollte ich noch sagen? Ach ja, du fragtest, ob ich an Flüche glaube. Natürlich gehen sie in Erfüllung, wenn man wirklich daran glaubt. Ich meine damit, wenn man davon überzeugt ist, daß Orm Tokesson wirklich hinter einem her ist, weil man an seinem Runenstein herumgefummelt hat, kann es durchaus sein, daß man mit seinem Motorrad in einen heruntergefallenen Ast fährt oder sonstwas, ohne daß es einem bewußt ist, und einfach dem armen alten Orm alles in die Schuhe schiebt, statt zuzugeben, daß man Gewissensbisse hatte, weil man beinahe Henny Horsefalls Farm ruiniert hätte. Oder meinst du nicht auch?«

»Du glaubst also, daß Swope sich selbst bestraft hat, weil er das Chaos angezettelt hat?«

»Warum nicht? Wenn man bösartig wäre, könnte man sagen, daß er es selbst herausgefordert hat.«

»Das wäre möglich. Aber wie würdest du diese angeblichen Schuldgefühle damit in Einklang bringen, daß Swope den ganzen Abend mit Feuereifer herumgefahren ist, wie wild geknipst hat und nicht aufhörte, über den vermeintlichen Bombenartikel zu schwätzen, den er schreiben würde? Liebe Gattin, ich behaupte hiermit, daß Swope, der mir ein anständiger junger Mann zu sein scheint, zwar zweifellos Gewissensbisse hatte, was die Begebenheiten auf der Farm betraf, und sein Bestes tat, um alles wiedergutzumachen, aber keineswegs Grund hatte, sich schuldig zu fühlen, nur weil er einen dicken journalistischen Fisch an Land gezogen hatte, denn dafür wird er immerhin bezahlt, und sich auch deshalb überhaupt nicht schuldig fühlte.«

»Auch ein Killer tut nur das, wofür er bezahlt wird, und fühlt sich vielleicht trotzdem schuldig«, argumentierte Helen und legte ein weiteres Würstchen auf Peters Teller, »wenn auch vielleicht nur unbewußt.«

»Wenn er diese Art Unterbewußtsein hätte, würde er sich einen anderen Beruf ausgesucht haben«, erwiderte Peter mit vollem Mund. »Jedenfalls würde ich nur zu gerne glauben, daß es wirklich sein Unterbewußtsein war, das ihn ins Krankenhaus gebracht hat, und nicht irgendein Unbekannter, der sich an seinem Motorrad zu schaffen gemacht hat. Hat Grace Porble zufällig erwähnt, ob er schon Besuch empfangen darf?«

»Nein, aber ich kann im Krankenhaus anrufen.«

»Das könntest du und wirst es wahrscheinlich sogar, da du heute in dieser wundervollen karitativen Stimmung bist. Aber du darfst trotzdem vorher zu Ende frühstücken. Ich wette, sie geben sowieso keine Auskunft. Das tun sie meistens nicht.«

»Es handelt sich hier nicht um mein Frühstück, sondern um mein Mittagessen, und ich habe schon genügend gegessen, keine Sorge. Ich werde mir natürlich nur seine Zimmernummer geben lassen. Dann kannst du schnurstracks zu ihm ins Zimmer gehen und brauchst nicht erst an der Rezeption zu fragen und dir eine Abfuhr erteilen zu lassen. So mache ich es jedenfalls immer.«

»Mein Gott, ihr Frauen seid richtig skrupellos.«

»So ist es, mein Lieber. Noch etwas Kaffee?«

»Nur eine halbe Tasse. Ich müßte schon längst unterwegs sein. Eh, wolltest du nicht wegen der Zimmernummer anrufen?«

»Völlig ohne jeden Skrupel, mein Liebling.«

Helen ging zum Telefon und kam kurz darauf mit einem Zettel zurück, auf dem sie in ihrer Bibliothekarinnenschrift fein säuberlich die Nummer aufnotiert hatte. »Bitte sehr. Ich habe sie aufgeschrieben, damit du sie nicht vergißt. Bestell ihm viele Grüße von mir. Hat er Angehörige, die sich um ihn kümmern können?«

»Gnädige Frau, Sie scherzen wohl! Seine Mutter ist die Cousine von Mrs. Lomax' verstorbenem Mann, der wiederum mit Henny

Horsefalls Großnichte verwandt war. Wenn ich mich recht erinnere, heißt sie Bertha. Außerdem hat er zwei Brüder, die in einer Seifenfabrik arbeiten. Wenn du also die Idee hattest, kurz im Krankenhaus vorbeizuschauen und einen armen Waisenknaben zu trösten, kannst du diese Absicht getrost vergessen. Ich vermute, die Verwandten sind bereits scharenweise angetreten und stehen Schlange vor seiner Tür, vielleicht knobeln sie sogar gerade, wer zuerst ins Zimmer und ihn trösten darf.«

»Ach du liebe Zeit! Dann bleibt mir wohl nichts anderes übrig, als jetzt mit hängendem Kopf in die Sammlung Buggins zu trotten. Wirst du zum Dinner zurück sein?«

»Bisher sehe ich keinen triftigen Grund, der mich davon abhalten könnte. Bis dahin bin ich wahrscheinlich so erledigt, daß du meiner armen Waisenstirn Kühlung fächeln kannst, wenn du noch Lust dazu verspüren solltest.«

»Mein Herr, Ihre Freundlichkeit ist einfach überwältigend.«

Helen gab ihm als Vorgeschmack einen Kuß auf die Stirn. Dann spülten sie kurz das Geschirr mit klarem Wasser vor, stellten es in den Geschirrspüler und verließen gemeinsam das Haus. Helen ging den Hügel zur Bibliothek hoch, und Shandy überquerte die Straße, um nach Tim zu sehen. Er fand seinen alten Freund noch am Frühstückstisch, während ihm seine Schwiegertochter liebevoll Vorwürfe machte, weil er erst so spät heimgekehrt war.

»Es ist alles Ihre Schuld, Professor Shandy«, schmollte sie. »Sie haben ihn dazu verführt, und ich nehme an, das haben Sie jetzt schon wieder vor. Was soll ich um Himmels willen nur mit euch beiden anfangen?«

»Es wird Ihnen schon etwas einfallen, davon bin ich überzeugt«, erwiderte Shandy. »Ich wollte ihm nur sagen – Tim, stell das Ding bitte an, ja?«

Er tippte seinem Freund auf die Schulter und zeigte auf Tims Hörgerät.

»Oh, entschuldige, Pete.«

»Daddy Ames«, rief Laurie, »soll das etwa heißen, du hattest die ganze Zeit das Ding abgeschaltet, und ich habe ganz umsonst geschimpft?«

»War sowieso reine Zeitverschwendung, Liebes. Dir fehlt das richtige Temperament dazu. Schade, daß du nicht ein paar Stunden bei deiner verstorbenen Schwiegermutter nehmen konntest.

Das war eine Frau, die wirklich die feine Kunst beherrschte, einen Mann die Wände hochzutreiben. Was ist denn los, Pete?«

»Der junge Swope ist mit dem Motorrad gestürzt. Offenbar kurz nachdem wir letzte Nacht die Horsefalls verlassen haben. Er liegt jedenfalls im Allgemeinen Krankenhaus in Hoddersville. Ich habe vor, schnell hinzufahren und Näheres über den Unfall herauszufinden. Willst du mitkommen?«

»Eigentlich nicht. Ich wollte nämlich noch zu den Horsefalls.«

»Roy und ich werden dich hinbringen«, sagte Laurie. »Roy hat versprochen, uns nach der Beerdigung abzuholen, er müßte also jeden Moment hier sein. Ich habe übrigens den Runenstein immer noch nicht gesehen. Ich bin inzwischen bestimmt der einzige Mensch in Balaclava County, der noch nicht da war. Ihr hattet eine ganz schön anstrengende Nacht deswegen, nicht wahr?«

»Es würde mich keineswegs überraschen, wenn wir auch noch einen ganz schön anstrengenden Tag deswegen hätten«, erwiderte Shandy. »Zweifellos versucht gerade eine neue Menschenmenge, die Beerdigung als Vorwand zu benutzen, um über Horsefalls Grundstück herzufallen. Wir treffen uns also später bei den Horsefalls, wenn ich vom Krankenhaus zurück bin.«

Er ging nach draußen, holte seinen Wagen und fuhr zum Krankenhaus. Dank Helens Scharfsinn war er in Swopes Zimmer, bevor man ihn daran hindern konnte. Der Patient befand sich unter diversen Pflastern und Verbänden und sah ihn aus verschwollenen Augen überrascht an. Wo seine Haut noch zu sehen war, waren die Abschürfungen mit Jodtinktur beschmiert, doch der Reporter war wach und schien relativ guter Dinge.

»Hi, Professor. Wirklich nett, jemanden zu sehen, der einem keine Nadel in den Körper stechen will.«

»Wie geht's Ihnen denn, Swope?«

»Angeblich habe ich Gehirnerschütterung, Schürfwunden, Quetschungen, ein kaputtes Schlüsselbein, eine Sehnenzerrung im hinteren Sprunggelenk, außerdem ist die brandneue Polaroidkamera vom *All-woechentlichen Gemeinde- und Sprengel-Anzeyger* völlig zum Teufel, was mich bestimmt einen Wochenlohn kosten wird. Vom Motorrad ist leider auch nicht mehr viel übrig, hat man mir gesagt.«

»Wie es aussieht, haben Sie noch Glück gehabt, daß von Ihnen noch etwas übrig ist. Was ist denn eigentlich passiert?«

»Keine Ahnung. Das letzte, an das ich mich erinnern kann, ist, daß ich nach Hause zockelte, nicht besonders schnell, weil ich schon ziemlich fix und foxy war. Außerdem hatte ich meinen Helm nicht auf.«

»Warum denn nicht?«

Shandy konnte sich noch genau erinnern, daß Swope eine Kombination aus Schutzbrille, Kinnschützer und einem türkisfarbenen Kopfpanzer getragen hatte, als er die Rasenden Rüpel auf seinem Motorrad angeführt hatte.

»Ich konnte ihn nicht mehr finden. Ich wußte, daß ich ihn vorher bei mir hatte, aber als ich losfahren wollte, war er nicht mehr am Motorrad befestigt, wo ich ihn sonst immer aufhänge, wenn ich ihn nicht trage. Ich weiß nicht, ob ich den Helm vielleicht irgendwo anders hingelegt und dann vergessen habe oder ob irgendein Idiot ihn als Souvenir mitgenommen hat. Jedenfalls habe ich ein bißchen gesucht, aber ohne Erfolg, und da dachte ich, was soll's, und bin ohne das Ding losgefahren. Da fällt mir ein, wenn Sie zufällig ein Mädchen vom College kennen, das eine Fechtmaske, Knieschützer und eine gepolsterte Footballjacke trägt und Augen hat, die aussehen wie tiefe dunkle Seen, wenn Sie wissen, was ich meine, würden Sie bitte so nett sein, sie für mich zu küssen?«

»Eh, aus irgendeinem besonderen Grund?«

»Weil sie höchstwahrscheinlich mein Leben gerettet hat, wenn das für Sie Grund genug ist. Wissen Sie, außerdem trug sie auch noch eine dieser Reitkappen aus Samt, die innen hart sind. Als sie sah, daß ich keinen Schutzhelm trug, sagte sie, daß jeder, der ohne Helm Motorrad fährt, total verrückt sei, und setzte mir ihre Kappe auf. Ich hatte nicht mal genug Zeit, mich bei ihr zu bedanken, weil gerade der Bus losfuhr und sie rennen mußte, um ihn nicht zu verpassen. Der Arzt nimmt an, daß ich in hohem Bogen über das Lenkrad geflogen bin, und wenn ich diese Reitkappe nicht gehabt hätte, hätten sie meinen Schädel höchstens noch mit Sekundenkleber zusammenbekommen.«

»Gütiger Herrgott! Ich werde unter allen Umständen feststellen, wie diese junge Dame heißt und, eh, Ihren Dank auf passende Art und Weise ausrichten, wenn meine Frau nicht allzuviel dagegen hat. Aber, um noch einmal auf den Unfall zurückzukommen, wenn es Ihnen nichts ausmacht, darüber zu sprechen, Sie sagten, daß Sie nach Hause zockelten und schon ziemlich, eh, fix und foxy waren. Sind Sie vielleicht eingenickt?«

»Das bezweifle ich sehr. Ich war kein bißchen müde, nur total kaputt. Ich meine, Menschenskind, es war die aufregendste Nacht, die ich je erlebt habe, noch besser als die Überschwemmung in der Seifenfabrik. Ich war geistig noch voll da, malte mir aus, wie ich die Story am besten bringen sollte, und versuchte, mich an alle Einzelheiten zu erinnern, weil ich keine Zeit hatte, Notizen zu machen. Außerdem mußte ich aufpassen, weil mit dem Scheinwerfer irgend etwas nicht stimmte. Was es genau war, weiß ich auch nicht, aber es flackerte dauernd so komisch.«

»Hatte sich ein Kabel gelockert?«

»Das nehme ich an. Ich hätte eigentlich anhalten müssen und mir ansehen sollen, ob die Birne richtig festgeschraubt war, aber es war so verdammt spät, daß ich Angst hatte, das Licht würde ganz ausgehen, wenn ich erst einmal daran herumgefummelt hätte. Außerdem wollte ich sowieso nicht weit fahren. Ich wohne bei meiner Familie drüben in Lumpkinton Upper Corner. Also dachte ich, am besten fahre ich weiter und hoffe das Beste, hau' mich später in die Falle und überprüfe alles am nächsten Morgen, wenn ich genug Licht habe. Aber dann bin ich –«

Cronkite schüttelte den Kopf. Diese Bewegung mußte ihm wohl Schmerzen verursacht haben, denn er stöhnte und schloß die Augen. »Ich weiß nicht, was passiert ist. Das Motorrad hat einfach verrückt gespielt.«

»Und Sie haben keine Ahnung, wieso?«

»Orm. Das ist alles, was ich –«

»Es tut mir leid, aber Sie müssen dieses Zimmer sofort verlassen.« Eine zornige Krankenschwester stand plötzlich in der Tür. »Dieser Patient braucht absolute Ruhe.«

»Warum haben Sie denn kein Schild ›Besucher nicht erlaubt‹ an die Tür gehängt?«

»Wir haben der Rezeption entsprechende Instruktionen gegeben. Natürlich haben wir angenommen, daß Besucher genug Verstand hätten, sich zuerst dort zu erkundigen, bevor sie hier heraufkommen.«

Das war also Helens bombensichere Methode. Shandy schlich beschämt von dannen.

Kapitel 12

Außer daß es etwas seine Würde verletzte, störte es Shandy nicht, aus dem Krankenhaus geworfen zu werden. Er hatte die Information erhalten, auf die es ihm angekommen war, und Swope schien nicht in Lebensgefahr zu schweben. Das war der jungen Dame mit der Reitkappe zu verdanken. Bestimmt konnte ihm Thorkjeld Svenson sagen, wer sie war.

Wie es zu Swopes Hechtsprung vom Motorrad gekommen war, würde der Präsident zwar auch nicht wissen, aber Shandy konnte sich inzwischen schon einiges zusammenreimen. Der Zeitpunkt, der Ort, die Umstände, der defekte Scheinwerfer und der fehlende Helm konnten einfach keine bloßen Zufälle sein.

Zwar hatte es tatsächlich in der letzten Nacht ein beträchtliches Maß an Vandalismus gegeben, und Shandy selbst war nicht ohne Schuld, wenn er daran dachte, an wie vielen Scheinwerfern er herumgebastelt hatte, aber Swopes Motorrad war nicht übermäßig gefährdet gewesen. Cronkite war fast immer in dessen unmittelbarer Nähe geblieben, mit Ausnahme der Zeit, die er fotografierend auf dem Traktor verbracht hatte. Das war irgendwann am Nachmittag gewesen, als es noch nicht dunkel war. Lange danach war er noch hin und her geschossen, hatte die Rasenden Rüpel zusammengetrommelt, die besten strategischen Stützpunkte für sie und ihre Pferde zu erkunden versucht, Eindringlinge verjagt, die sich besonders ungebührlich verhielten, war zum Runenstein gesaust, um dort nach dem Rechten zu sehen, und wieder zurück zur Farm gefahren, um telefonisch die letzten Entwicklungen an seine Zeitung weiterzugeben, da der *All-woechentliche Gemeinde- und Sprengel-Anzeyger* offenbar erstmalig in seiner Geschichte eine zweite Sonderausgabe innerhalb einer Woche plante. Er hatte natürlich das Motorrad nicht mit ins Haus nehmen können, aber wahrscheinlich war es von den Gänsen bewacht worden.

Ein bemerkenswerter Gedanke. Unter den Gänsehirtinnen befanden sich nicht nur Marie und Jolene, sondern auch jene Mrs. Lewis, deren Sohn Henny ursprünglich verdächtigt hatte, die Anschläge auf die Farm verübt zu haben, und eine bunte Mischung aus alten und jungen Horsefalls, zu denen unter anderem auch die unglaublich gut erhaltene, wenn auch etwas merkwürdige Miss Hilda gehörte. Sie alle hatten theoretisch ständig Gelegenheit gehabt, sich an Cronkites Motorrad zu schaffen zu machen.

Natürlich bedeutete das nicht, daß eine von ihnen diese niederträchtige Tat begangen hatte. Jedem beliebigen Menschen wäre es sicher irgendwie möglich gewesen, den Arm auszustrecken und den Scheinwerfer im Vorbeigehen kurz zu verdrehen, gerade so viel, daß die Birne oder das Kabel sich genug gelockert hätten, um später das rätselhafte Flackern zu verursachen, das Swope so irritiert hatte. Was den Helm betraf, so konnte dieser nur zu einem sehr späten Zeitpunkt weggenommen worden sein, sonst hätte Swope ihn schon vermißt, bevor er sich auf den Heimweg machte. Zum Schluß war Swope genauso geschafft gewesen wie die restliche Verteidigungstruppe, auch wenn er selbst das Gegenteil behauptete. Diese Helme waren in warmen Nächten sehr unangenehm zu tragen. Vielleicht hatte der junge Reporter das Ding abgenommen, um sich den Kopf ein wenig zu kühlen oder um eine Mücke totzuschlagen, die sich ins Innere verirrt hatte, oder einfach, weil er das Gewicht auf seinem Kopf nicht länger ertragen konnte. Den Helm zu entwenden und die Lampe zu verdrehen war vielleicht irgendeinem Menschen als eine günstige Gelegenheit erschienen, die er dann sofort in die Tat umgesetzt hatte. Um den Unfall vorzubereiten, war dann nichts weiter nötig, als etwas früher als Swope die Straße hinunterzugehen, die der junge Reporter später nehmen würde, und sie mit irgend etwas schlüpfrig zu machen.

Als Shandy langsam die Straße zur Horsefall-Farm hinauffuhr, fand er sofort die Stelle, an der sich der Unfall ereignet hatte. Kleine Glasstücke und Metallteilchen glitzerten noch auf der Straße, wo man sie nach der Rettung des Unfallopfers zusammengefegt hatte. Shandy parkte und stieg aus.

Als er sich bückte und den Schotter etwas genauer ansah, entdeckte er Reste von Ölschlieren. Man konnte natürlich vermuten, daß das Öl aus dem Motorrad stammte, und zweifellos hatte der Unbekannte, der das Öl dort hingeschüttet hatte, genau diesen Eindruck erwecken wollen. Shandy hatte im Laufe seines Lebens genug Fahrzeuge gefahren, um zu wissen, was es für ein Zweirad bedeutete, plötzlich auf eine spiegelglatte Fahrbahn zu geraten. Die Stelle war geradezu ideal, denn es handelte sich um eine tückische Kurve am Ende eines kleinen Abhangs. Durch das Gefälle hatte Swope wahrscheinlich eine höhere Geschwindigkeit erreicht, als ihm selbst bewußt war. Er hatte das Lenkrad in der Erwartung herumgerissen, elegant die Kurve zu nehmen, und war kopfüber nach vorne geschleudert worden, wie er selbst beschrieben hatte, genau in dem Moment, als sein Vorderrad auf die Öllache traf.

Dutzende, vielleicht sogar mehr als hundert Autos mußten seit dem Unfall hier vorbeigefahren sein. Inzwischen war nicht mehr genug Öl da, um eine Probe zu nehmen und festzustellen, ob hier in der vergangenen Nacht zwei Sorten Öl ausgelaufen waren. Und selbst wenn man es hätte beweisen können, wie konnte man feststellen, ob das Öl, das nicht von Swopes Motorrad stammte, nicht zufällig während des langen Staus aus dem Kurbelgehäuse irgendeines Wagens geflossen war? Swope selbst würde sich wahrscheinlich weigern zu glauben, daß er das Opfer eines geplanten Anschlags gewesen war, der ihn schwer verletzen oder sogar töten sollte. Wenn der junge Mann nicht überlebt und den Scheinwerfer und den Helm erwähnt hätte, wäre Shandy auch nicht auf diese Idee gekommen.

Er stieg zurück in seinen Wagen und fuhr langsam weiter. Als er sich dem Holzfällerweg näherte, war er keineswegs überrascht, daß der Straßenrand mit Autos völlig zugeparkt war und der Polizeichef persönlich mit dem Charme eines preußischen Generals, dessen Stiefel ihm auf die Hühneraugen drücken, für Ordnung sorgte. Shandy reihte sich hinter einen verrosteten Blechhaufen ein, der so klapprig und verwahrlost aussah, daß er Präsident Svenson gehören mußte, und konnte schließlich nach längeren Diskussionen den Arm des Gesetzes überzeugen, daß er in der Tat Professor Shandy war und zum Archäologenteam gehörte, was natürlich nicht stimmte, so daß er schließlich tatsächlich durchgelassen wurde.

Wie erwartet traf er dort Präsident Svenson und dessen Onkel Sven nebst einer studentischen Leibgarde sowie ein paar aufgeregte Fremde, bei denen es sich offenbar um leibhaftige Archäologen handelte, die man zu Rate gezogen hatte.

»Was zum Teufel tun Sie denn hier?« empfing ihn Svenson mit der für ihn typischen Herzlichkeit.

»Ich bin auf der Suche nach ganz bestimmten Informationen.«

»Urrgh?«

»Wer war die junge Dame mit der Fechtmaske, den Beinschützern und dem Footballdings, die gestern nacht in Ihrer Truppe gekämpft hat?«

»Wieso?«

»Sie hat Cronkite Swope das Leben gerettet.«

»Wie?«

»Indem sie ihm ihre Reitkappe aufgesetzt hat, nachdem jemand zuerst seinen Motorradhelm gestohlen und sich dann an seinem Motorrad zu schaffen gemacht hat.«

»Wer?«

»Swope scheint unter der Wahnvorstellung zu leiden, daß es Orm war.«

»Arrgh!«

»Zweifellos.«

Shandy wußte aus Erfahrung, wie gefährlich es war, den Präsidenten zu irgend etwas zu drängen, und wartete, bis Svenson schließlich wieder zu reden anfing.

»Wo?«

»Etwa eine halbe Meile von hier, wo die Straße nach Lumpkin Upper –«

»Das Wo meine ich nicht«, schnappte Svenson. »Wo ist Swope?«

»Oh. Im Allgemeinen Krankenhaus in Hoddersville. Mit einem gebrochenen Schlüsselbein, einer Sehnenzerrung und einem verdammt schmerzenden Kopf. Er hätte bestimmt eine Schädelfraktur davongetragen, wenn die junge Frau nicht derart geistesgegenwärtig gewesen wäre und ihm ihre Reitkappe gegeben hätte. Um noch einmal auf meine Eingangsfrage zurückzukommen, wer ist diese junge Dame? Swope will, daß ich sie als Dank für ihn küsse.«

»Schicken Sie sie ins Krankenhaus. Soll sie selber küssen. Kann er viel besser als Sie. Jennie, Julie, irgend so ein verdammter Name. Jessie. Jessica Tate. Hübsch. Mrs. Mouzouka. Und jetzt gehen Sie.«

Shandy ging. Jetzt wußte er alles, was er hatte herausfinden wollen. Jessica Tate besuchte entweder einen Sonderkurs in Nahrungsmittelzubereitung oder in Farmproduktverarbeitung. Mrs. Mouzouka, die Hohepriesterin des Fachbereichs Diätetik, würde sie für ihn finden. Was den Dankeskuß betraf, so war Svensons Vorschlag, Miss Tate ins Krankenhaus zu schicken und Cronkite die Sache selbst erledigen zu lassen, ganz sicher die bessere Lösung, auch wenn Helen freundlicherweise immer behauptete, Peter küsse ganz gut. Miss Tate mußte ein echter Augenschmaus sein, wenn sogar Svenson sie als hübsch bezeichnete. Sieglinde zur Frau zu haben und stolzer Vater von sieben hübschen Töchtern zu sein, die auf ihre Mutter kamen, machte ihn, was weibliche Schönheit betraf, besonders anspruchsvoll.

Nachdem er seine beiden Pflichtbesuche abgestattet hatte, fuhr Shandy zur Horsefall-Farm, um Miss Hilda und Henny seine Aufwartung zu machen. Wie er erwartet hatte, wimmelte es von sechs Generationen Horsefalls aller Verwandtschaftsgrade und Freunden, Nachbarn und Vertreterinnen des Frauenvereins, die sorgsam darauf achteten, daß Miss Hilda sich nicht überanstrengte und die große Geburtstagsfeier gefährdete, indem sie einen Herzinfarkt bekam.

Fergy war ebenfalls anwesend, hatte sein Haar mit Pomade gebändigt und seinen Bart in eine gelungene Nachahmung der Barttracht von Joseph Smith, dem Gründer der Mormonen-Gemeinschaft, verwandelt. Er trug einen leuchtendgelben Anzug mit Pepitamuster und sah diesmal alles in allem weniger wie ein als Hinterwäldler verkleideter Statist in einer Fernsehsendung über Country-Musik aus, sondern eher wie ein Grundstücksmakler, der Baugrundstücke inmitten von Mangrovensümpfen verkauft. Vielleicht fühlte er sich inmitten der riesigen, lärmenden Horsefall-Verwandtschaft fehl am Platz, jedenfalls begrüßte er Shandy wie einen verlorengeglaubten Bruder.

»Professor, was bin ich froh, Sie zu sehen. Was is' denn passiert?«

»Ich komme gerade vom Krankenhaus zurück, wo ich den jungen Swope besucht habe.«

»Wen, Cronk? Was macht der denn im Krankenhaus?«

»Sich erholen, hoffe ich. Haben Sie noch nichts von seinem Unfall gehört?«

»Nein, wann is' es denn passiert?«

»Irgendwann nach Mitternacht, mehr weiß ich auch nicht. Kurz nachdem ich selbst mit dem Bus und der, eh, Balaclava-Truppe weggefahren bin. Er hatte den Unfall direkt hinter Ihrem Haus.«

»Ich will verdammt sein, wenn das nich' das erste is', was ich drüber höre!«

»Sie haben überhaupt nichts mitbekommen? Ich nehme an, es ist auch ein Krankenwagen gekommen.«

»Zu mir hätt' man den Erzengel Gabriel mit 'ner ganzen Blaskapelle schicken können, ich hätt' trotzdem wie 'n Stein weitergepennt, nach allem, was gestern passiert is'. Vielleicht ham Sie es nich' mitgekriegt, aber ich hab' auch 'nen ganz schön anstrengenden Tag gehabt. Die Leute sind in meine Scheune geströmt, als hing' ihr Leben davon ab. Drum bin ich auch nich' dazu gekommen, hier 'n bißchen mitanzupacken. Hab' mich nich' getraut, die Leute auch nur 'n Moment aus'n Augen zu lassen, un' als endlich alle weg waren, war ich so geschlaucht, daß ich mich nich' mehr rühren konnte. Außerdem hab' ich im Moment lieben Besuch.« Fergy zwinkerte Shandy zu. »'ne wirklich nette kleine Lady, die ich in Florida getroffen hab'.«

Das mußte die Frau sein, die Shandy gestern an der Kasse gesehen hatte. »Ist Ihre Bekannte jetzt auch hier?«

»Nee, die paßt aufs Geschäft auf. Die platzt nich' gern so bei Fremden rein, besonders nich' bei 'nem Familientreffen wie hier. Jessas! Von wegen reinplatzen!«

Ein lilafarbener Wagen, der von einer großen Frau in einem lila Kleid mit lila Hut gefahren wurde, war gerade an ihnen vorbeigebraust und blieb quietschend in der Auffahrt stehen. Mrs. Fescue stieg aus, die Freundlichkeit in Person, und schlängelte sich durch die Menge.

»Was mag die denn schon wieder wollen?« murmelte Fergy. »Was ich übrigens noch fragen wollte, hat's den armen Cronk schwer erwischt?«

»Er hat einiges abbekommen, ein gebrochenes Schlüsselbein und eine leichte Gehirnerschütterung unter anderem.«

»Gehirnerschütterung? Is' er denn bei Bewußtsein? Und wieso darf er schon Besuch empfangen?«

»Darf er eigentlich nicht. Ich, eh, habe mich an der Rezeption vorbeigeschmuggelt und bin dann aus dem Zimmer geworfen worden, als man mich bemerkte. Falls Sie vorhaben, ins Krankenhaus zu gehen, würde ich vorschlagen, Sie warten ein paar Tage damit. Er hat eine Menge Verwandte, glaube ich, und sie erwarten sicherlich, ihn als erste zu sehen.«

»Die un' dann noch alle seine Freundinnen«, sagte Fergy ziemlich zerstreut und beobachtete dabei Loretta Fescue. »Hat Cronk Ihnen sagen können, wie's passiert is'?«

»Das scheint er selbst nicht so genau zu wissen.«

»Ach wirklich? Na, überraschen tut mich das nich'. Gefährliche Dinger, die leichten kleinen Motorräder. Ich würd' mich nich' mal auf eins draufsetzen, wenn der Sattel breit genug für mich wär'. Kommen Sie, wir schleichen uns mal rüber un' gucken, was die Fescue vorhat. Ich trau' ihr nich' weiter, als ich sie schmeißen könnt', was ich, ganz unter uns, liebend gern tun würd'. Man brauch' kein Studierter zu sein, um zu wissen, warum der alte Jim Fescue sich zu Tode gesoffen hat.«

Sie gingen langsam in Richtung Veranda, wo Mrs. Fescue inzwischen Henny in eine Ecke gedrängt hatte. Ihre laute, nasale Stimme war auch im allgemeinen Stimmengewirr noch leicht auszumachen.

»Es ist also nur eine Frage der Zeit, bevor man die ganze Gegend hier unter Denkmalschutz stellen wird. Das Klügste wäre, wenn Sie jetzt sofort verkaufen würden, bevor die Regierung Ihnen das Land, wenn Sie Glück haben, für zehn Dollar pro Morgen wegnimmt.«

Henny sah verängstigt und verunsichert aus. Inzwischen waren außer Shandy und Fergy auch noch andere aufmerksam geworden. Allgemeines Räuspern und Fußscharren war zu hören, dann begannen die Horsefalls miteinander zu flüstern.

»Hab' ich ja gleich gesagt, daß dieser verdammte Runenstein –«

»Man weiß nie, was die Regierung als nächstes –«

»Man soll zugreifen, solange es geht.«

»Es ist sowieso viel zuviel Arbeit für ihn, jetzt wo Spurge nicht mehr –«

»Für den Preis, den sie anbietet, kann sie –«

»Nein!«

Die Stimme des jungen Ralphie Horsefall übertönte sowohl die schrille Stimme von Loretta Fescue als auch das Geraune der erwachsenen Horsefalls. »Glaub ihr bloß nicht, Onkel Henny! Sie lügt dich an, das mit dem Denkmalschutz ist überhaupt nicht wahr!«

»Also hör mal, Ralphie«, begann einer der Erwachsenen, »halt du dich lieber da raus –«

»Warum zum Teufel soll ich mich raushalten? Ich bin doch genausogut ein Mitglied der Familie wie jeder hier, oder etwa nicht? Wenn's um ein dickes Geschäft geht, seid ihr alle da, aber wer von euch hat schon Lust, mal Samstag morgens herzukommen und 'ne Mistgabel in die Hand zu nehmen? Ich seh' hier immer nur Onkel Eddie und seine Kinder und meinen Vater, meine Brüder und manchmal meine Schwester Hilly, wenn sie es schafft, sich mal vom Telefon loszureißen, weil sie immer wartet, daß irgendein Junge sie anrufen könnte. Und natürlich Mutter und Tante Jolene«, fügte er nachträglich hinzu. Mütter arbeiteten schließlich sowieso immer. Ein junges Mädchen, das selbst Thorkjeld Svenson passabel gefunden hätte, warf Ralphie zwar einen wütenden Blick zu, ergriff aber trotzdem seine Partei.

»Ralphie hat recht, Onkel Henny. Glaub ja nicht, daß die Regierung tatsächlich hier einfach so hereinspazieren würde und bloß wegen dem Runenstein deine ganzen Felder übernehmen würde. Und was wäre schon, wenn sie tatsächlich das kleine Stückchen wollten, auf dem der Runenstein steht? Dann hätten die ihn am Hals und müßten sich damit herumschlagen. Es würden viele Menschen an der Farm vorbeikommen, und du könntest wieder deinen Gemüsestand aufstellen wie früher. Und vielleicht bekäm' ich ein Stipendium für Balaclava und könnte diesen Kurs in Farm-Restaurant-Management belegen. Tante Hilda und ich könnten eine Imbißstube aufmachen. Wir könnten Sandwiches und heißen Kaffee verkaufen –«

»Und alle möglichen Trunkenbolde würden hier hereintorkeln auf ihrem Weg zurück von New Hampshire«, spottete ein sauertöpfisch dreinblickender Cousin dritten Grades, der wußte, daß er auf keinen Fall eine Chance hatte, ein Stück vom Familienkuchen abzubekommen, aber nicht widerstehen konnte, seinen Standpunkt, was allgemeine Prinzipien betraf, zu äußern.

»Und wenn schon«, rief Hilly zurück, »deren Geld ist genauso viel wert wie deins, oder etwa nicht?«

»Und sie trennen sich verdammt viel leichter davon als du«, höhnte jemand, der den Cousin dritten Grades noch nie hatte ausstehen können.

»Ich muß sagen, es ist eine Wohltat, zur Abwechslung mal kluge Köpfe auf jungen Schultern zu sehen«, meinte eine gewichtige angeheiratete Tante, die sich mit dem Pfarrbrief vom letzten Sonntag, den sie bei der Totenmesse mitgenommen hatte, Luft zufächelte, da sie stark unter der Hitze litt. »Hör bloß auf diese Kinder, Henny. Laß dich nicht in irgendeine Sache hineindrängen. Das tue ich auch nie. Hilly, Liebes, da du so gerne als Kellnerin arbeiten würdest, wie wär's, wenn du deiner armen, müden alten Tante ein Glas Wasser bringen würdest?«

»Für die, die's wollen, gibt's Limonade«, klärte sie Miss Hilda auf, die gerade mit einem Krug und einem Tablett Gläser aus dem Haus kam. »Womit aber niemand gemeint is', der nich' mal Manieren hat un' einfach bei 'nem Trauerfall in'n Familientreffen reinplatzt. Um dämlich rumzuschwafeln«, fügte sie mit einem wütenden Blick hinzu, den nicht einmal Mrs. Fescue ignorieren konnte.

»Natürlich nicht, Miss Horsefall«, erwiderte die Maklerin mit honigsüßer Stimme. »Ich muß mich jetzt sowieso auf den Weg machen. Ich wollte Ihnen nur einen Gefallen tun und Sie wissen lassen, woher der Wind weht, bevor es zu spät ist. Sie haben meine Geschäftsnummer, Mr. Horsefall, für den Fall, daß Sie meine Hilfe noch brauchen.«

Kapitel 13

»Wenn man bedenkt, wie's dem armen Teufel ergangen is', der als letzter von Loretta Hilfe bekommen hat, würd' ich's mir an deiner Stelle noch mal durch'n Kopf gehn lassen, Henny«, kicherte Fergy, während er dankend sein Glas Limonade in Empfang nahm. »Danke vielmals, Miss Hilda, aber ich möcht' mich der Familie wirklich nich' aufdrängen.«

»Zum Henker, du bis' doch kein Fremder! Gehörs' doch auch zur Familie«, versicherte Miss Hilda. »Hilly, hol mal 'n Stück Schichttorte für Fergy. Jolene hat sie gebacken, is' aber trotzdem ganz gut geworden. Professor, woll'n Sie auch noch 'n Stück?«

»Vielen Dank, aber meine Frau hat mich bereits mit einem Riesenmittagessen versorgt, bevor ich weggefahren bin«, erwiderte Shandy.

»Der is' ers' seit Januar verheiratet un' is' noch nich' wieder normal geworden«, erklärte Miss Hilda lautstark der Tante, die unter der Hitze litt. »Na, wer kommt denn da noch? Ah, der Postbote. Sicher wieder 'n Haufen Beileidskarten von Leuten, die zu faul sind, 'n ordentlichen Brief zu schreiben. Hol sie mal her, Ralphie.«

Ralphie gehorchte. Die alte Dame überflog die Handvoll Briefe, wobei ihre Brille unten auf der Nasenspitze saß und sie die Umschläge auf Armlänge weghielt, um sie lesen zu können.

»Hier is' auch einer für dich, Henny. Wahrscheinlich 'n Einberufungsbefehl von General Pershing. Wie die Regierung heutzutage arbeitet, is' 'ne echte Schande. Früher ham wir zwei Cent für'n Brief bezahlt un' 'nen Penny für'ne Postkarte, un' die Post kam zweimal am Tag. Jetz' geht man schon bald bankrott, wenn man sich 'ne Briefmarke leisten will, un' Gott weiß, wann das Zeugs überhaupt ankommt. Na, mach 'n schon auf, zum Donnerwetter. Was steht 'n drin?«

»Nu spring doch nich' gleich für jeden Mist aus'm Korsett, Tante Hilda. 'n alter Mann is' doch kein D-Zug. Was issen das? Also, da will ich doch glatt inner Hölle braten!«

»Wirs' du todsicher sowieso, brauchs' gar nich' auch noch damit zu strunzen in'nem Trauerhaus. Jetz' mach schon 'n Mund auf, un' erzähl.«

»Moment, hetz mich doch nich' so.« Henny reichte Shandy den Brief. »Lesen Sie's auch mal, Professor, ich will sicher sein, daß ich's auch richtig verstanden hab'. Ich hoff' bloß, daß er bekloppt is' un' nich' ich.«

Shandy überflog die Seite, wobei seine Wut von Zeile zu Zeile zunahm. »Ja, da soll mich doch! Dieses verdammte A...! Verzeihung, Miss Horsefall, aber das kann er doch nicht machen!«

»Sieht aber ganz so aus, als ob er's schon gemacht hätt', oder nich'?« fragte Henny.

»Was denn nu?« schrie Miss Hilda.

»Canute Lumpkin hat offenbar Anzeige erstattet gegen Mr. Hengist Horsefall und Miss Hilda Horsefall, die gesetzlichen Vormünder seines Vetters Spurgeon, und zwar wegen grober Fahrlässigkeit, was zum Tode des besagten Spurgeon geführt habe, da man ihn mit einer gefährlichen Substanz habe arbeiten lassen, ohne daß Sicherheitsmaßnahmen getroffen wurden oder er vorher angemessen instruiert wurde. Lumpkin verlangt eine Million Dollar Schadenersatz.«

»'ne Million Dollar?« schnaubte Miss Hilda. »Soll er doch zur Hölle fahren! Wie kommt Nutie denn auf die verdammte Schnapsidee, daß wir soviel Geld haben?«

»Eine Million Dollar?« Von allen Seiten ertönten ungläubige Schreie. »Der ist wohl total übergeschnappt!«

Im folgenden Wortschwall wurde Nutie der Schleimer mit den verschiedensten Bezeichnungen bedacht, von denen man die meisten am besten nicht wiederholen sollte. Zerreißen, vierteilen, in siedendem Öl kochen, ihm die lausigen, verfaulten Eingeweide einzeln herausreißen und mit Nagelschuhen plattstampfen wurden als angemessene Bestrafung für seine unverschämte Forderung vorgeschlagen. Viele Stimmen gaben außerdem dem Gefühl Ausdruck, man könne ihm genauso gut die Gurgel durchschneiden und das Ganze wäre ausgestanden. Nur der bereits bekannte sauertöpfische Cousin dritten Grades schien dem Brief gewisse positive Aspekte abzugewinnen.

»Jetzt kannst du nur noch eins tun, Henny. Hol schnellstens die Fescue her, mach das Geschäft perfekt, stopf dir das Geld in deinen Sparstrumpf und fahr nach Paraguay.«

»Paraguay? Un' was zum Teufel soll ich da?«

»Dieser Lumpkin schmeißt dir doch 'n Bombengeschäft direkt vor die Füße! Der erwartet natürlich gar keine ganze Million. Der wird sich mit dem zufrieden geben, was er von eurem Besitz kriegen kann, was bestimmt 'n ganz schönes Stück ist, wenn Gunder Gaffson schon so scharf drauf ist, wie Mrs. Fescue behauptet. Du wärst verrückt, wenn du nicht abspringen würdest, solange du noch alle Eisen im Feuer hast, Onkel Henny. Das dauert bestimmt noch Jahre, bis das Gericht dazu kommt, sich den Fall vorzuknöpfen. Bis dahin seid ihr beiden sowieso schon längst unter der Erde –«

»Du willst wohl ein paar aufs Maul, Adalbert?« fragten die Großneffen Ralph und Eddie wie aus einem Mund.

»Was regt ihr euch denn so auf? Ich versuch' bloß, etwas gesunden Menschenverstand in diesen alten –«

Miss Hilda verschwendete nicht einmal ein einziges Wort, sondern reichte Jolene kurzerhand den Limonadenkrug und Marie die Gläser und ließ dann das schwere Metalltablett krachend auf Adalberts Schädel heruntersausen.

»Meinen Neffen beschimpf' ich schon selbs', wenn's nötig is', vielen Dank auch. Du wars' schon immer 'n scheußliches, gerissenes kleines Saunickel, Adalbert. Wieso deine Eltern dich überhaupt großgezogen ham, hab' ich sowieso nie kapiert. Un' wenn ich dich jetz' so seh', kann ich nich' sagen, daß sich ihre Müh' gelohnt hat. Wennste nich' mein eigen Fleisch un' Blut wärs', wenn auch 'n verdammt mickriges Exemplar um drei Ecken, würd' ich Henny sagen, er sollt' dich mit der Mistgabel vom Hof jagen. Wir ham schon genug Probleme am Hals ohne dein verdammtes Mundwerk un' all den Quatsch mit Paraguay. Was bin ich froh, daß ich nich' deine richtige Tante bin, Gott sei's gedankt, dein Großvater war bloß mein Vetter, un' näher will ich mit dir auch gar nich' verwandt sein. Also fang bloß nich' an, 's Maul aufzureißen, wo's dir gar nich' zusteht!«

»Ich bitte vielmals um Entschuldigung«, erwiderte Adalbert mit den Resten von Würde, die er noch zusammenkratzen konnte. »Da ich hier unerwünscht zu sein scheine, verschwinde ich lieber wieder. Sagt aber später bloß nicht, ich hätt' euch nicht gewarnt, wenn ihr auf der Straße steht und kein Dach mehr über dem Kopf habt.«

»Das müßt' schon 'n verdammt kalter Tag inner Hölle sein, wenn wir unsre Füße in dein Haus setzen würden«, erwiderte Henny. »Tante Hilda un' ich haben hier so lang ausgehalten, daß ich glaub', wir schaffen den Rest auch noch irgendwie, da wir ja sowieso nich' mehr lang haben, wieste grad' so nett gesagt hast.«

Hilly schlang beide Arme um den dürren Hals des alten Mannes. »Hör nicht auf den blöden alten Bertie, Onkel Henny. Du lebst noch so lange, daß du später meinen Enkeln noch all die schrecklichen Lügengeschichten erzählen kannst, die du uns immer erzählt hast, und Tante Hilda wird ihnen Lebkuchenmännchen backen wie früher für uns. Ich rechne mit euch!«

»Marie, ich möchte dir nur sagen«, überraschte Jolene plötzlich die ganze Gesellschaft, »daß ich so stolz auf Hilly bin, als wär' sie meine eigene Tochter. Und auf Ralphie auch, nachdem er so für seine Familie eingetreten ist!«

»Und auch für eure Familie, denn ihr verdient es wirklich. Ich hoffe, eure Kinder wissen ihre Eltern zu schätzen«, antwortete Marie.

»Lieber Herrgott«, wunderte sich Miss Hilda, »wenn das nötig is', damit ihr endlich mal ordentlich mit'nander redet, dann holen wir Adalbert man besser sofort wieder her, un' ich hau' ihm noch eins übern Schädel.«

Henny lachte herzlich, und Shandy freute sich darüber, denn er hatte das ungute Gefühl, daß dies möglicherweise für die nächste Zeit das letzte Mal sein würde, daß der alte Mann Grund hatte, aus vollem Halse zu lachen.

Inzwischen war es Shandy gelungen, seine Freunde zu orten. Laurie und Roy standen mit ein paar kleinen Kindern am Hühnerstall und betrieben Verhaltensforschung an den geliehenen Gänsen. Tim demonstrierte offenbar einigen halbwüchsigen Eddies und Ralphs, wie man Erdproben entnahm und auswertete. Allem Anschein nach ging es ihnen allen gut, daher ließ Shandy es dabei bewenden, ihnen lediglich zuzuzwinkern, um sie wissen zu lassen, daß er in der Nähe war, und ging allein weiter, um über die neueste Entwicklung nachzudenken.

Jeder, der es fertigbrachte, zu einem derartigen Zeitpunkt einen solchen Schlag auszuteilen, würde vor nichts zurückschrekken. Shandy war nicht nur bereit zu glauben, sondern inzwischen sogar davon überzeugt, daß Nutie der Schleimer seinen Vetter ermordet hatte und dasselbe Schicksal auch Cronkite Swope zugedacht hatte, was jedoch die freundliche Geste der jungen Frau vereitelt hatte. Aber wie hatte er seine Pläne in die Tat umsetzen können? War er in der letzten Nacht hier gewesen? Es war sicher nicht schwierig gewesen, im Schutz der wilden Horden auf den Hof zu kommen. Vielleicht hatte er sich einen falschen Bart angeklebt, eine Frauenperücke aufgesetzt oder sich sonst irgendwie verkleidet und sich an den jungen Swope herangepirscht, bis er den richtigen Moment für einen neuen Anschlag gekommen sah.

Aber warum ausgerechnet Swope? Vielleicht hatte Lumpkin eine alte Rechnung mit dem jungen Reporter zu begleichen? Möglicherweise war es besonders einfach, auf einen jungen Mann, der auf einem leichten Motorrad hin und her preschte, einen Anschlag zu verüben. Ein zweiter Mord war vielleicht Teil der Kampagne gegen die Horsefall-Farm. Vielleicht sollte damit der Tod von Spurge nur ins rechte Licht gerückt werden, so daß jeder sehen konnte, daß er Teil eines Plans war, oder um glauben zu machen, daß alles eine direkte Folge des Wikingerfluches war, so daß die Polizei sich nicht zu viele Gedanken darüber machte, warum ausgerechnet das Haupthindernis, das zwischen Nute und dem Erbe stand, bequemerweise beseitigt worden war. Vielleicht hatte Nute außerdem herausgefunden, daß das angeblich große Vermögen viel kleiner war, als er zunächst angenommen hatte, und hoffte, diesen Nachteil durch die unverschämte Anzeige gegen die Horsefalls wieder wettzumachen.

Dummerweise hatte Nute tatsächlich gute Chancen, mit der Klage durchzukommen. Es war offiziell bekannt, daß er versucht hatte, Hennys und Hildas Vormundschaft über seinen Vetter zu verhindern, mit dem Argument, daß sie nicht in der Lage seien, sich angemessen um Spurge zu kümmern. Er könnte sich jetzt entrüstet über den damaligen Gerichtsbeschluß zeigen und behaupten, das habe er ja gleich gesagt, und würde höchstwahrscheinlich einen beträchtlichen Teil der Öffentlichkeit auf seiner Seite haben, was auch immer das bedeutete.

Mrs. Lomax hatte gemeint, Miss Hilda Horsefall habe es fertiggebracht, sich während ihres langen und offenbar skandalreichen Lebens eine Menge Feinde zu machen. Und Henny war nicht gerade jemand, den man als faszinierende Persönlichkeit bezeichnen konnte, und vielleicht würden nicht viele Menschen seine Partei ergreifen. Zweifellos hegten zahlreiche seiner Nachbarn die Ansicht, daß seine Haltung, was die Trennung von seinem Land betraf, für dessen Bewirtschaftung er sowieso schon viel zu alt sei, mehr als lächerlich sei, vor allem natürlich diejenigen, die anfällig gewesen waren für die Verlockung, schnell Geld zu machen, und es nicht verwinden konnten, daß Henny mehr Standhaftigkeit zeigte als sie selbst.

Timothy Ames und möglicherweise noch ein paar andere konnten besser einschätzen, welche großartigen Leistungen Henny tatsächlich vollbracht hatte. Für die meisten jedoch galt Nutie der Schleimer, der reiche Leute dazu brachte, sich für viel Geld Dinge zuzulegen, die sie sowieso nicht brauchten, als der Erfolgreiche. Aus irgendeinem Grund neigte die Öffentlichkeit generell dazu, sich auf die Seite derer zu stellen, die zu gewinnen schienen.

Shandy erinnerte sich, daß er vorgehabt hatte herauszufinden, wie groß genau das Lumpkin-Erbe war, dies aber noch nicht getan hatte. Er könnte jetzt eigentlich zum Rathaus gehen und den Rest des Tages damit verbringen, Testamentsabschriften und Nachlässe durchzusehen. Oder er konnte ganz einfach Mrs. Lomax anrufen.

Einen Moment lang stand er ganz gedankenverloren da. Mrs. Lomax war gestern bei den Shandys gewesen, vorgestern bei den Ames' und am Tag zuvor, wenn Montag nicht ausgerechnet ihr Clubtag war, könnte sie möglicherweise bei den Enderbles gewesen sein. Normalerweise wäre sie heute bei den Stotts, aber Professor Daniel Stott, Leiter des Fachbereichs Haustierhaltung, war noch abwesend, da er gemeinsam mit seiner ihm seit zwei Wochen angetrauten Gattin, der ehemaligen Iduna Bjorklund, noch Besuche bei einigen ihrer frischgebackenen acht Stiefkinder und deren Familien machte. Daher war es durchaus möglich, daß Mrs. Lomax sich momentan in ihrer eigenen Wohnung über dem Kurzwarengeschäft aufhielt, mit ihrer Katze plauderte und ihre Wandschränke aufräumte, Freizeitbeschäftigungen, die ihr sehr am Herzen lagen. Er würde sie anrufen.

Aber wo war das nächste Telefon? Es war keine gute Idee, jetzt von der Horsefall-Farm anzurufen, wenn so viele Verwandte und Mitglieder des Frauenvereins mit gespitzten Ohren herumliefen. Aber es war andererseits auch nicht besonders höflich, sich jetzt schon zu verabschieden, wo er doch gerade erst angekommen war und es noch genügend Dinge für ihn zu tun gab. Fergy hatte in seiner Schnäppchen-Scheune bestimmt ein Telefon. Da sie sich urplötzlich so fabelhaft verstanden, hatte Fergy sicher nichts dagegen einzuwenden, daß Shandy sich kurz dorthin begab und sich der netten kleinen Lady aus Florida vorstellte.

Die Dame selbst hätte kaum erfreuter sein können. Shandy traf sie allein inmitten von angeschlagenen Türgriffen aus Porzellan und emaillierten Nachttöpfen an, wo sie mit einem Staubtuch herumwerkelte, obwohl der angesammelte Staub wohl eher einen anständigen Tornado als ein Staubtuch nötig hatte. Shandy war vielleicht nicht ganz so gutaussehend und attraktiv, wie Helen dachte, aber verglichen mit Fergy schnitt er sicherlich hervorragend ab. Die Dame versteckte schnell das Staubtuch, setzte eine geschäftliche Miene auf und kam auf ihn zu.

»Mein Name ist Shandy«, erklärte er ihr. »Fergy hat mich geschickt, um nachzusehen, ob Sie allein zurechtkommen«, schwindelte er, »im Moment hängt er bei den Horsefalls ein wenig fest, Sie wissen ja sicherlich, wie das so ist bei derartigen Anlässen.«

Sie stellte sich als Millicent Peavey vor und sagte, sie wisse es nur zu gut. »Es ist immer fast so wie Zähneziehen, wenn man sich losreißen muß. Fergy wollte schon seit Jahren, daß ich mal herkomme und ihn besuche, aber Sie kennen das ja bestimmt. Immer kommt irgend etwas dazwischen.

Schließlich habe ich dann jemanden gefunden, der mir den Kanarienvogel füttert, und konnte endlich weg, und sehen Sie selbst, wo ich jetzt gelandet bin. Nicht, daß ich hier so einfach hereingeplatzt wäre, überhaupt nicht, ich hasse es nämlich, mich anderen Leuten aufzudrängen, wie Fergy Ihnen sicher schon erzählt hat.«

»Ja, Fergy hat erwähnt, eh, daß Sie sich nicht gerne aufdrängen. Die Horsefalls hoffen natürlich, Sie, eh, bald auch persönlich kennenzulernen, sobald die ganze, eh, Aufregung erst einmal abgeklungen ist.«

Höchstwahrscheinlich hofften die Horsefalls genau das Gegenteil, aber das konnte man ihr schließlich schlecht sagen. Millicent Peavey sah ganz so aus, als habe sie nahe am Wasser gebaut.

»Wann sind Sie denn hier angekommen, Mrs. Peavey? Oder soll ich Miss Peavey sagen?«

»Oh, Mrs. ist schon in Ordnung. Joe Peavey war eigentlich nur mein zweiter Mann. Nach ihm war ich noch zweimal verheiratet, aber ich habe irgendwie eine Schwäche für den Namen Peavey, darum nenne ich mich zwischendurch immer wieder so. Ich sage immer, wenn man einen guten Namen gefunden hat, sollte man auch dabei bleiben. Sind Sie denn verheiratet, Mr. Shandy?«

»Ja, eh, und zwar sehr glücklich«, erwiderte er etwas nervös. »Ich, eh, hoffe sehr, daß meine Frau Ihre Ansicht über Namen teilt«, fügte er schnell hinzu, für den Fall, daß Mrs. Peavey den Gedanken hegte, sich einen fünften Mr. Peavey zuzulegen. »Hatten Sie einen guten Flug?«

»Flug? Ich würde nicht einmal ein Flugzeug betreten, wenn man mich dafür bezahlen würde. Fergy hat mir eine Busfahrkarte geschickt. Busfahren macht mir nämlich nichts aus, und die Fahrer sind immer so nett, die meisten jedenfalls, und inzwischen gibt es in den Bussen auch richtige kleine Toiletten.«

»Sie sind also gerade in dem Moment gekommen, in dem die ganze Geschichte losging«, bohrte Shandy weiter und fragte sich, warum diese Frau nicht in der Lage zu sein schien, klipp und klar auf eine einfache Frage zu antworten, anstatt sämtliche ehemaligen Ehemänner und diverse Busfahrer mit einzubeziehen. »Waren Sie schon hier, als Spurge Lumpkin getötet wurde?«

»War das nicht eine furchtbare Geschichte? Ich habe stundenlang geweint, als Fergy es mir erzählt hat.«

»Dann haben Sie Spurge gekannt?«

»Nicht direkt, aber ich bin so schrecklich gefühlvoll. Ich wette, daß Fergy Ihnen das auch schon erzählt hat.«

»Er hat es, eh, noch nicht erwähnt, aber ich kann es mir gut vorstellen«, erwiderte Shandy und wich ein paar Schritte zurück, denn er hatte während seiner Junggesellenzeit mehrfach den gleichen gefühlvollen Ausdruck in Frauenaugen gesehen. »Können Sie sich zufällig noch erinnern, mit welchem Bus Sie gekommen sind, Mrs. Peavey? Es interessiert mich nämlich, weil ein, eh, Freund von mir auch mit dem Bus von Florida gekommen ist. Ein großer, dunkelhaariger, gutaussehender Mann mit einem kleinen Schnurrbart«, improvisierte er weiter und versuchte verzweifelt, Mrs. Peaveys ungeteilte Aufmerksamkeit auf seine Frage zu lenken. »Meine Frau sagt immer, er erinnere sie an diesen, eh, wie heißt dieser Schauspieler noch?«

»Sie meinen Clark Gable? Er ist zwar schon tot, aber ich habe ihn immer ganz besonders –«

»Eh, genau den meine ich. War jemand, der so ähnlich aussieht, in Ihrem Bus?«

Mrs. Peavey schüttelte ihr nicht sehr gut gefärbtes blondes Haar. »Das glaube ich kaum. Mit welchem Bus ist er denn gekommen?«

»Mit welchem Bus sind Sie denn gekommen?« fragte Shandy und kehrte somit endlich wieder zu seiner Ausgangsfrage zurück. »Gestern oder vorgestern?«

»Gestern«, gab Mrs. Peavey endlich zu.

»Morgens oder nachmittags?«

»Gegen Mittag, denn Fergy hat mich mit dem Lieferwagen abgeholt, und wir haben zusammen Hamburger gegessen, bevor wir herkamen. Ich hatte, ehrlich gesagt, irgendwie gehofft, daß wir außer Hamburgern noch etwas anderes essen würden, aber ich habe Fergy nichts davon gesagt, weil ich es nicht ertragen könnte, daß er mich für undankbar halten könnte. Ich wußte ja, daß er unbedingt zurück mußte, weil er sein Geschäft nicht so lange allein lassen kann. Wenn man selbständig ist, muß man natürlich auch jede freie Minute opfern, nicht wahr? Fergy hat wirklich einen schönen Lastwagen. Er macht ein ganz gutes Geschäft hier, glaube ich. Gestern abend sind die Leute regelrecht über uns hergefallen, ich konnt' kaum Schritt halten, und dabei habe ich eine Menge Verkaufserfahrung. Ich habe früher fast 15 Jahre lang als Kassiererin in einem Supermarkt gearbeitet, und jetzt stehe ich in einem wirklich netten kleinen Restaurant in Vero Beach an der Kasse, da habe ich auch Fergy kennengelernt. Er kommt immer bei uns essen, wenn er unten in Vero Beach ist. Wegen mir, sagt er, aber das sagen sie ja alle.« Mrs. Peavey kicherte und legte kokett den Kopf schief. »Heute ist allerdings nicht viel los, muß ich sagen. Ich vermute, daß er in einer Woche ziemlich viel einkassiert, hab' ich recht?«

Shandy versuchte, möglichst fachmännisch auszusehen. »Die meisten Leute hier, eh, nehmen an, daß er am Ende der Woche ziemlich viel, eh, einkassiert hat. Es kann sich schließlich auch nicht jeder leisten, sich den ganzen Winter, eh, freizunehmen, wie er es immer zu tun pflegt.«

»Eben. Und man braucht nicht die Ketchup-Flaschen aufzufüllen, wenn sich an der Kasse nicht soviel tut.«

So war das also! Mrs. Peavey war aus geschäftlichem Interesse hier. Irgendwo in ihrem hohlen Kopf mußte wohl doch ein rudimentäres Gehirn verborgen sein. Shandy nahm den schweren Kampf um Information wieder auf.

»Fergy schien noch nichts von dem Unfall letzte Nacht gehört zu haben.«

»Was für ein Unfall? Das wundert mich gar nicht, wenn ich daran denke, wie sie gestern alle Stoßstange an Stoßstange diese winzigkleine Straße rauf und runter gefahren sind, aber –«

»Der Unfall ist später passiert, nachdem sich der Stau mehr oder weniger aufgelöst hatte. Es war ein junger Mann auf einem Motorrad.«

»Ist er tot?«

»Nein, nur leicht verletzt. Knochenbrüche und dergleichen.«

»Oh!« Millicent klang enttäuscht, da sie die gute Gelegenheit, ihre gefühlvolle Ader unter Beweis zu stellen, nicht nutzen konnte. »Nein, wir haben nichts gehört. Als Fergy und ich ins Bett gingen – ich meine, als wir – nun ja, Sie wissen schon, was ich meine. Ich war jedenfalls so erschöpft, daß mich überhaupt nichts mehr aufgeweckt hätte. Sicher ist dann auch ein Krankenwagen oder die Feuerwehr gekommen?«

»Ganz bestimmt.«

»Und wir haben alles verpaßt. Na ja, so ist das Leben. Jedenfalls haben Fergy und ich meinen Besuch mit einem kleinen Drink gefeiert. Sie verstehen schon. Wir hatten den ganzen Abend soviel zu tun, wissen Sie, daß wir dazu überhaupt keine Zeit hatten. Wir wollten schön zu Abend essen, Fergy hat Fertiggerichte in der Tiefkühltruhe, und ich wollte uns Truthahn Tetrazzini machen, aber zum Schluß haben wir dann doch nur Pizzas aufgetaut, weil man die während der Arbeit essen kann. Und daher hatte ich auch nicht viel im Magen, aber er hat trotzdem darauf bestanden, daß ich einen Highball trinke oder auch zwei, weil es mein erster Abend hier war, obwohl wir in Florida meistens nur Burger und Bier holen. Wir tranken also ein paar Gläser, obwohl er genau weiß, daß mich das starke Zeug immer müde macht. Sie verstehen schon.«

Shandy sagte, er verstehe das sehr gut und ob es Mrs. Peavey etwas ausmachen würde, wenn er kurz das Telefon benutze?

Glücklicherweise kam gerade ein Kunde, als Mrs. Peavey ihm das Telefon zeigte. Es stand in einer Art Büro, das Fergy sich eingerichtet hatte, indem er eine ehemalige Pferdebox mit einer dünnen Mauer umgeben hatte, so daß Shandy den Anruf ohne Publikum machen konnte. Mrs. Lomax war tatsächlich zu Hause und sehr beunruhigt darüber, daß sie im Fell ihrer Katze Flöhe gefunden hatte. Shandy sagte, das könne er sehr gut nachempfinden, und kam schnell auf das Lumpkin-Erbe zu sprechen, bevor sich Mrs. Lomax über die Vor- und Nachteile von Flohhalsbändern auslassen konnte. Er kannte ihre Ansicht ohnehin schon sehr genau, da ihre Katze seit Jahren regelmäßig Ende Juni von Flöhen heimgesucht wurde.

Mrs. Lomax hatte ein hervorragendes Zahlengedächtnis. Sie wußte bis auf den letzten Cent, wieviel jeder einzelne Prozeß gekostet hatte und was dies in bezug auf die Ausgangssumme, die Zinsen und die prozeßführenden Parteien ausmachte. Ihre Berechnungen dauerten etwas länger, aber Shandy konnte dafür auch sicher sein, daß sie völlig korrekt waren. Das Ergebnis war, wobei der momentane Zinssatz, die gesunkenen Gerichtskosten und Erbschaftssteuern mit berücksichtigt waren, daß Canute Lumpkin im Begriff war, eine Summe zwischen 727 341,16 Dollar und 727 341,29 Dollar zu erben. Mrs. Lomax entschuldigte sich, daß sie die Summe nicht genauer angeben konnte.

Shandy erwiderte, die Berechnung sei für den Hausgebrauch doch sehr akurat, dankte ihr überschwenglich, sprach sein Mitgefühl für die Katze aus und sagte, er könne leider die Leitung nicht länger blockieren, da er das Telefon fremder Leute benutze, was immerhin ein Argument war, dem sich auch Mrs. Lomax nicht verschließen konnte, und beendete das Gespräch.

Nute Lumpkin würde zwar kein Millionär werden, aber er würde trotzdem immer noch sehr viel reicher sein als die meisten anderen Bewohner von Balaclava County, selbst wenn er nie mehr einen Kunden schröpfte. Henny Horsefall mochte zwar 45 Morgen Land besitzen, eine im Vergleich zu den Nachbarn große Farm, doch man konnte das Land teilweise weder zur Bebauung noch zur Bepflanzung nutzen. Der gängige Preis für diese Art von Land lag momentan bei etwa 500 Dollar pro Morgen.

Mrs. Fescue behauptete, Gunder Gaffson sei bereit, sogar bis 1 100 zu bezahlen. Wenn sie tatsächlich die Wahrheit sagte, würde das einen neuen Rekord für die Bodenpreise in Lumpkin

Corners bedeuten. In einem modernen Vorort wäre es natürlich lächerlich wenig, und für den Mann, der das Lumpkinsche Erbe einkassierte, ebenfalls.

Angenommen, Nutie der Schleimer würde den Fall gewinnen und Henny zwingen, den Besitz zu verkaufen, um den von Nutie eingeklagten Schadensersatz teilweise zahlen zu können. Nachdem die Gerichtskosten und die Maklerprovision beglichen waren, würde Nutie noch etwa 35 000 Dollar kassieren, wenn er Glück hatte. Aber was bedeutete eine solche Summe noch für ihn, und was in Teufels Namen sollte die unverschämte Anzeige gegen die Horsefalls?

Kapitel 14

Gold! Sie haben Gold gefunden!«

»Wer? Wo?« riefen Shandy und Mrs. Peavey wie aus einem Munde, als Fergy seinen massigen Körper in die Schnäppchen-Scheune wälzte, wobei sein Bauch wie Götterspeise zitterte.

»Bei Orm«, keuchte er und ließ sich auf eine Rolle verrosteten Maschendraht fallen. »Hol mir 'n Bier rüber, Millie. Ich bin total erschossen, puh!«

Mrs. Peavey brachte ihm sofort das Stärkungsmittel. Fergy nahm ein paar belebende Schlucke aus der Bierdose, keuchte noch ein wenig und war bald wieder Herr seiner Stimme.

»Mensch! 'n Mann wie ich is' nich' zum Rennen geboren. Aber ich wollt' es unbedingt Millie sagen. Habt ihr zwei beiden euch schon mit'nander bekannt gemacht?«

»Oh, Mr. Shandy und ich sind inzwischen schon alte Freunde«, kicherte Mrs. Peavey. »Wer ist denn dieser Orm? Komischer Name. Ich kenne einen Oscar und einen Orville, aber einen Orm habe ich noch nie getroffen. Wo wohnt er denn?«

»Und ist er verheiratet«, ergänzte Shandy im Geiste Mrs. Peaveys Frage. Das interessierte Millie sicher brennend.

»Er is' tot«, sagte Fergy und nahm noch einen kräftigen Schluck Bier zu sich. »Denk' ich jedenfalls, daß der inzwischen wohl tot is'. Oder nich', Professor?«

»Ich, eh, nehme es schwer an«, erwiderte Shandy. »Meinen Sie damit, man hat so etwas wie ein, eh, goldenes Relikt in der Nähe des Runensteins gefunden?«

»Genau klatsch davor, noch weniger als 'n Fuß tief im Boden. Und wenn ich mir vorstelle, daß ich all die Jahre praktisch nur 'n Katzensprung davon entfernt gelebt hab'!«

Fergy beugte sein Haupt über die Bierdose, in einer Pose, die zweifellos tiefste Trauer ausdrücken sollte, und stieß einen herzzerreißenden Seufzer aus. »Wie zum Teufel hätt' ich das auch wissen können?« fragte er, ohne eine Antwort zu erwarten. »Mir hat noch nie jemand was von'nem Runenstein gesagt.«

»Verrate mir doch bitte endlich, was ein Runenstein überhaupt ist!« rief Millicent Peavey ungeduldig aus. »Und was für Gold? Wieviel hat man denn gefunden?«

»Der Runenstein ist dieser Felsblock im Wald, wegen dem sie gestern so 'n Aufstand gemacht haben. Und das Gold is' 'ne kleine Münze, ungefähr so groß wie 'n Nickel, aber mit 'nem abgefressenen Rand. Man würde nich' mal denken, daß sie überhaupt was wert is', aber die Professors ham das Ding total verzückt angestarrt un' sich angestellt, als wär's 'n Kronjuwel oder sonstwas. Wenn man allerdings bedenkt, was so 'n Ding heute wert is' –«

»Ich nehme an, der historische und numismatische Wert wird den tatsächlichen Geldwert um ein Vielfaches übersteigen«, meinte Shandy. »War es denn tatsächlich eine Wikingermünze?«

»Diese Professors glauben's schon. Die wollten mich nich' näher ranlassen. Ham mich schneller weggeschickt, als ich gukken konnte. Sagen Sie mal, Professor, nich' daß ich persönlich werden will oder so was, aber is' euer Präsident vielleicht 'n bißchen weggetreten oder so?«

»Diese Fehleinschätzung haben schon viele begangen. Ich nehme an, er war lediglich ein wenig, eh, enthusiastisch über den Fund. Und Doktor Svenson gehört nicht gerade zu den Menschen, die ihre Gefühle unterdrücken.«

»Kann man wohl sagen! Jesus, seit King Kong hab' ich so was nich' mehr gesehen!«

»Auf eine mögliche Ähnlichkeit haben auch schon andere, eh, hingewiesen.« In Wirklichkeit wurde Präsident Svenson auf dem Campus fast nur so genannt. Allerdings verständlicherweise nur dann, wenn er selbst nicht in der Nähe war. »Wie ist es Ihnen denn überhaupt gelungen, so nahe an den Runenstein heranzukommen? Ich dachte, die Polizei sei dort, um Besucher zurückzuhalten?«

»Ach, ich hab' mir den Weg freigehackt, der hinter Horsefalls Farm anfängt, un' mich von hinten an sie rangepirscht. Gerade rechtzeitig für die große Show. Die Regierung verschwendet wohl auch keine Zeit, was? Die ham schon Männer zum Vermessen hergeschickt.«

»Das kann ich mir nicht vorstellen.«

»Ja, wenn's keine Landvermesser sind, dann tun sie jedenfalls so als ob. Die ham freien Zugang un' schleppen Karten und so was mit sich rum. Ich nehm' an, diese Mrs. Fescue hatte schon ganz recht, als sie gesagt hat, daß die Hennys Land unter Denkmalschutz stellen, auch wenn ich sonst nich' mit ihr einer Meinung bin. Henny soll besser auf sie hören und nehmen, was er kriegen kann, solang das Angebot noch günstig is'. Nich', daß es mich was angeht, und ich tät's ihm auch nich' ins Gesicht sagen. Wird ja wohl auch nich' nötig sein.«

Fergy zerdrückte die Bierdose mit seiner breiten, fetten Tatze und warf das Ergebnis mehr oder weniger zielsicher in Richtung Papierkorb. »Sie haben ja gehört, wie die Verwandten geflüstert und gemeckert ham. Bloß weil ein oder zwei von denen sich auf diesen komischen Adoniram oder Athelstane oder wie der heißt gestürzt haben, heißt das noch lange nich', daß die andern nich' über das nachdenken, was er gesagt hat. Und jetzt, wo die schon mit dem Vermessen angefangen haben ...«

Shandy schüttelte den Kopf. »Die Regierung kann es nicht sein. Sie kann nicht so schnell reagieren, besonders dann nicht, wenn noch nicht einmal sicher ist, ob der Runenstein überhaupt echt ist. Vielleicht waren es die Wasserwerke. Möglicherweise hatten sie die geniale Idee, die Rohre auszugraben, um den Verkehr auf der Straße etwas einzudämmen, was für die derzeitige Lage natürlich hervorragend wäre.«

»Hervorragend für wen, Professor?«

»Eh, natürlich. Verzeihung, für Sie wäre es wohl kaum sehr günstig, wenn man es recht bedenkt. Eh, gestatten Sie mir die neugierige Frage, wo verläuft eigentlich die Grenze der Horsefall-Farm, und wer besitzt das Land daneben?«

»Ich will verdammt sein, wenn ich das weiß. Wie wär's mit 'nem neuen Bier, Millie? Wollen Sie auch eins, Professor?«

»Nein, vielen Dank. Ich muß weiter. Übrigens, ich habe Ihr Telefon benutzt.«

Fergys Schweinsäuglein verengten sich. »Wen ham Sie denn angerufen?«

»Nur meine Haushälterin in Balaclava Junction. Das ist doch sicher kein Ferngespräch, nicht wahr?«

»Das geht schon in Ordnung. Ihre Haushälterin? Soso! Ich dachte, Sie wären verheiratet?«

»Das bin ich auch. Mrs. Lomax, eh, hilft nur manchmal ein wenig im Haushalt.«

»Ach so. Is' Ihre Frau denn auch berufstätig?«

»Ganz richtig.«

»Nich' schlecht. Die eine macht die Arbeit, die andre bezahlt die Rechnungen. Wieso hab' ich da selbs' noch nie dran gedacht?«

»Sie können es sich ja noch überlegen«, sagte Shandy, der allmählich genug von Fergy und dessen netter Damenbekanntschaft hatte. »Übrigens, es wäre besser, wenn Sie niemandem von dieser Goldmünze erzählen würden. Sie können sich sicher vorstellen, was passiert, wenn die Leute davon erfahren.«

»Ja. Ich weiß schon. Keine Sorge, Professor. Ich bin ja nich' von gestern. Wir sehn uns sicher noch.«

»Woran ich nicht zweifle. Ich wünsche Ihnen noch einen angenehmen Aufenthalt, Mrs. Peavey.«

Shandy verließ die Schnäppchen-Scheune tief in Gedanken. Er blieb stehen, blickte zum Holzfällerweg hinüber und machte tatsächlich zwei Männer aus, die Helme und fluoreszierende Jacken wie Landvermesser trugen. Sie mußten irgendwo im Wald gewesen sein, als er vorhin vorbeigekommen war. Jetzt standen sie auf der Straße; der eine sah sich die Durchfahrt an, der andere war mit dem Senkblei beschäftigt.

Shandy überlegte, ob er hingehen und nach dem Grund ihrer Anwesenheit fragen sollte, aber er würde ihn zweifellos auch so bald erfahren. Die andere Neuigkeit, die Fergy mitgeteilt hatte, erschien ihm bedeutend ernster. Wenn man tatsächlich etwas gefunden hatte, das sich als echte Wikingermünze herausstellen sollte, würde die Hölle losbrechen, sobald sich die Nachricht verbreitete. In Fergys Fähigkeit, den Mund zu halten, setzte er wenig Vertrauen. Und an Millicent Peaveys Verschwiegenheit glaubte er schon gar nicht. Wenn die Horsefalls noch nichts davon wußten, wäre es sicher das beste, sie auf dem schnellsten Wege aufzusuchen und in Gefechtsbereitschaft zu versetzen, damit sie auf alles gefaßt waren.

Wenigstens war die Verwandtschaft inzwischen abgezogen. Nur der neue Wagen der Ames' stand noch im Hof, und Shandy fand Miss Hilda am Küchentisch sitzend, wo sie gemütlich mit Roy und Laurie Tee trank. Auch Sven Svenson war bei ihnen und trug einen dicken Verband um den Kopf.

»Mein Gott, was ist denn mit Ihnen passiert?« fragte Shandy.

»Den hat Orm auch erwischt«, antwortete Miss Hilda für den offenbar angeschlagenen Schweden. »Hab' ihm schon gesagt, das kommt davon, wenn man an geweihten Stätten rumstochert.«

»Aber der Runenstein ist doch gar keine geweihte Stätte, oder?« fragte Roy Ames. »Ich hatte den Eindruck, daß er alles andere ist als das.«

»Hm. Wie kommt er denn bloß da drauf?« Miss Hilda schüttelte den Kopf, als sei sie sehr ungehalten, aber ihre Lippen zuckten dabei verräterisch.

»Na ja, die Inschrift handelt doch bloß von Schnaps und bösen Frauen«, beharrte Roy. »Und was soll daran erhaben sein? Und Orm kann sowieso nicht unter diesem Stein liegen, glaube ich jedenfalls, denn wenn er dort gestorben wäre, hätte er sich ja wohl kaum beklagen können, oder?« Roy vertrat offenbar den wissenschaftlichen Ansatz.

»Wie kam es zu Ihrer Verletzung, Doktor Svenson?« wiederholte Shandy seine Frage. Offenbar war es heute schwierig, auf einfache Fragen klare Antworten zu bekommen.

Diesmal erbot sich Laurie, die Frage zu beantworten. »Er hat sich den Kopf aufgeschlagen, als er aus einem Baum fiel.«

»Was machte er denn auf einem Baum?«

»Hochklettern, nehme ich an.«

Der alte Herr schüttelte seinen bandagierten Kopf. »Nisst klettern. Hoch!«

»Sie meinen, Sie waren schon hochgeklettert und saßen bereits auf dem Baum, und dann ist ein Ast abgebrochen oder so etwas?«

»Nein. Nisst klettern. Hoch!«

»Es tut mir leid«, sagte Laurie, »aber ich verstehe nicht, was Sie meinen.«

»Laß den armen Mann doch in Ruh'«, unterbrach Miss Hilda sie. »Hier, alter Knabe, ich schmeiß dir noch was Zucker in' Tee, un' dann solls' du mal sehen. Zucker is' gut gegen alle Krankheiten.«

»Es sei denn, die Krankheit heißt Diabetes«, murmelte Roy.

Laurie hatte inzwischen bereits die geheime Kunst der Ehefrauen erlernt, den Gatten mit einem einzigen Blick zum Schweigen zu bringen. »Miss Hilda meint damit nur, daß Zucker ein gutes Mittel gegen Schock ist, und damit hat sie völlig recht. Es ist ein Wunder, daß er sich nicht den Hals gebrochen hat.«

»Ich würde trotzdem gern wissen, warum er auf dem Baum war«, drängte Shandy.

»Das scheint keiner zu wissen. Der Präsident hat ihn hier eben hereingeschleppt und uns gebeten, uns um ihn zu kümmern. Vielleicht sollten wir ihn in ein Krankenhaus bringen, aber andererseits ist es vielleicht besser, wenn er nicht zu sehr durchgeschüttelt wird. Gebrochen hat er sich offenbar nichts. Er hat sich zwar den Kopf aufgeschlagen, aber es ist nichts Schlimmes. Miss Horsefall hat ihm einen Verband angelegt, um die Blutung zu stoppen.«

»Das sehe ich.«

»Ich nehme an, er ist nicht sehr schwer gestürzt, weil er so klein und leicht ist. Aber in seinem Alter sind die Knochen oft brüchig, und es hätte durchaus sein können, daß er sich alle Knochen gebrochen hätte.«

»Allerdings«, erwiderte Shandy. »Am besten lassen wir ihn für eine Weile in Ruhe. Er scheint schon auf die Behandlung anzusprechen.«

Tatsächlich war Sven Svenson gerade dabei, etwas zu tun, was man gelinde gesagt als massiven Annäherungsversuch bezeichnen konnte. Miss Hilda leistete nur geringen Widerstand, wahrscheinlich aus Mitgefühl wegen seiner Verletzung.

»Wo ist Ihr Vater, Roy?« fragte Shandy, um seine Verlegenheit angesichts der neuesten dramatischen Entwicklung zu überdekken. »Und Mr. Horsefall?«

»Henny ist oben und ruht sich aus. Die Beerdigung hat ihn ziemlich mitgenommen. Dad ist draußen und unterhält sich mit Bashan von Balaclava. Die Jungens von der Viehwirtschaft haben den alten Bash heute morgen in einem Pferdeanhänger hergebracht und ihn draußen auf dem Hügel gelassen, für den Fall, daß wieder irgend jemand Lust verspürt, die Abkürzung zu nehmen, um zum Runenstein zu kommen.«

»Um wieviel Uhr genau war das?« erwiderte Shandy.

»Irgendwann während der Beerdigung, nehme ich an. Der Bulle war schon hier, als ich Laurie hergebracht habe, denn wir sind zu ihm hingegangen und haben ihn begrüßt.«

»Man hat ihn einfach dort gelassen?«

»Nein, sie haben Pfosten aufgestellt und einen richtigen Elektrozaun aufgebaut, um für ihn einen großen Platz einzuzäunen, was eine verdammt gute Idee ist. Der Draht sieht nämlich so schwach aus, daß bestimmt keiner auf die Idee kommt, sich näher heranzutrauen, vor allem, wenn Bashan anfängt zu stampfen und zu schnauben und sich für seinen großen Auftritt fertig macht.«

Roy, der auf dem Campus groß geworden war, sprach so, als fände er die Tobsuchtsausbrüche des riesigen Bullen richtig niedlich. »Aber Sie kennen ja Dad. Mit Bullen ist er immer prima ausgekommen. Nachdem er so lange mit Mutter gelebt hat, empfindet er sie wohl als angenehme und relativ unproblematische Gesellschaft.«

»Huh! Du sprichst aber nett von deiner armen Mutter!« schnaubte Miss Horsefall und rückte dabei etwas näher an Doktor Svenson senior heran. »Na, komm schon, du alter Teufel, am besten, du legs' dich jetzt ein bißchen hin.«

»Ssön, Mädssen. Dann wir sslafen wass, ja?«

»Verflixter Kerl, so hab' ich das doch nich' gemeint, un' das Grabschen laß man auch lieber sein. Komm mal mit, ich leg' dich aufs Sofa.«

Während sie ihn wegführte, schlug draußen jemand heftig mit dem Türklopfer gegen die Türe.

»Was zum Henker soll 'n das nu schon wieder?« rief die alte Dame zornig. »Noch mehr Probleme, nehm' ich an. Laurie, übernimm mal diesen Teufelsbraten hier, un' leg 'n flach. Kanns' 'n mit der Wolldecke zudecken, un' ich guck' mal nach, wer draußen is'. Un' du benimms' dich zur Abwechslung man besser ordentlich, Sven Svenson. Sie is' 'ne verheiratete Frau, auch wenn man's ihr nich' ansieht.«

»Und wie sollte eine verheiratete Frau aussehen?« fragte Laurie etwas spitz, da sie sich immerhin nach besten Kräften bemühte, ihre antarktische Vergangenheit hinter sich zu lassen, bis sie gelernt hatte, eine vorbildliche Gattin zu sein.

»So als ob's ihr verdammt leid täte, daß sie's nich' hat bleiben lassen. Hör schon auf zu hämmern, du da draußen. Ich komm' ja, so schnell es geht. Ach, du bis' das.« Miss Horsefall klang, als ob es ihr verdammt leid tat, daß sie die Tür überhaupt geöffnet hatte. »Was wills' du dir denn untern Nagel reißen? Wills' du unsre letzten Backenzähne? Tut mir leid, aber die ham wir beide nich' mehr, weder ich noch Henny.«

»Ich möchte die persönliche Habe meines verstorbenen Vetters abholen.«

Diese gezierte Stimme konnte nur Canute Lumpkin gehören. Shandy dachte, er solle Miss Horsefall jetzt besser zu Hilfe kommen.

Momentan schaffte es die alte Dame allerdings auch ganz gut ohne Hilfe. »Was für 'ne Habe? Wenn du Spurges Extrapaar Socken meins', warum kannste das dann nich' klipp un' klar sagen? Du bis' schon immer 'n lästiger kleiner Scheißer gewesen un' bis' weiß Gott nich' viel besser geworden, jetz', woste älter un' fetter geworden bis'.«

»Beleidigungen sind in Ihrem Fall völlig fehl am Platze, Miss Horsefall«, erwiderte Nute mit zuckersüßer Stimme. »Wären Sie jetzt wohl so freundlich, mir das Zimmer meines verstorbenen Vetters zu zeigen?«

»Wennste versuchs', 'n Fuß über meine Schwelle zu setzen, hau' ich dich mit'm Schirmständer hier so platt wie 'n Pfannkuchen. Has' dir nie die Mühe gemacht herzukommen, als Spurge noch am Leben war, un' deshalb brauchs' du jetzt auch nich' reinkommen, nich' solang wie ich noch 'n Fünkchen Leben in meinen alten Knochen hab'. Bleib draußen, woste die Luft nich' verpesten kanns', un' ich bring dir alles, was da is', vor die Tür. Zu dumm für dich, daß man heut keine Centstücke mehr auf die Augen von Toten legt, sons' würds' du die sicher auch noch haben wolln.«

Lumpkin schaute nur über Miss Hildas Schulter und sagte langsam und bedächtig: »Ah, Professor Shandy. Wie geht es Ihnen denn? Ich bin froh, daß Sie diese Beleidigungen mitangehört haben. Jetzt können Sie bezeugen, daß ich von dieser Frau hier bedroht worden bin, nur weil ich versucht habe, meiner Pflicht als nächster Verwandter eines Verstorbenen nachzukommen.«

»Ganz bestimmt, Lumpkin. Wenn Sie sich noch nicht genügend beleidigt fühlen, könnte ich Ihnen vielleicht auch in dieser Hinsicht helfen. Pech mit den zwei Centstücken. Wenn Sie allerdings hier warten, wie Miss Horsefall vorgeschlagen hat, könnte ich ihr schnell helfen, die, eh, Habe Ihres Vetters herauszutragen.«

Canute Lumpkin breitete ein malvenfarbenes Seidentaschentuch über den Sitz des am besten erhaltenen Schaukelstuhls, strich sich sehr sorgfältig die Falten seiner beige-rosa Hose über den Knien glatt und pflanzte sein schwammiges Hinterteil auf das Taschentuch.

»Wie freundlich von Ihnen, Professor Shandy. Einen Mann Ihrer Reputation betreue ich natürlich gern mit dieser Aufgabe. Es wird doch hoffentlich nicht zu lange dauern? Ich würde es nämlich außerordentlich bedauern, hier irgendwelche Unannehmlichkeiten zu verursachen, indem ich die heilige Schwelle von Miss Horsefall entweihe, wenn man mich zu lange warten lassen sollte.«

Es bestand kein Grund, Zeit zu verlieren. Die persönliche Habe von Spurge Lumpkin bestand aus zwei abgetragenen, aber sauberen und mehrfach geflickten Garnituren Unterwäsche für den Winter, einigen oft geflickten Socken, mehreren Flanellhemden mit gewendeten Kragen und Flicken an den Ellbogen, einer Arbeitshose, einem kurzen Plaidmantel, der so ähnlich aussah wie der, den Shandy immer getragen hatte, bis Helen ihn unter Androhung körperlicher Gewalt gezwungen hatte, sich etwas Ansehnlicheres zuzulegen, einem Paar schwerer Stiefel mit abgelaufenen Absätzen, einer Mütze und einem Paar gestrickter Fäustlinge aus bunten Wollresten.

Beim Anblick der Fäustlinge stiegen Miss Horsefall die Tränen in die Augen, während sie sie oben auf das ärmliche Häufchen legte. »Die hab' ich Spurge mal Weihnachten geschenkt, als meine Hände noch nich' so schlimm waren. Wie der sich gefreut hat. War so 'n schönes Weihnachtsfest das Jahr. Da warn die Zeiten noch besser. Ja, ja, so Gott will, bin ich auch selbs' bald an'nem beßren Ort als diesem.«

»Unsinn. Das dürfen Sie nicht sagen«, erwiderte Shandy barsch. »Ist das alles? Keine Pyjamas oder Pantoffeln?«

»Teufel auch, nein. Spurge hat immer in seinen Socken un' der langen Unterhose geschlafen. 's war schon 'n Wunder, wenn ich 'n dazu gekriegt hab', sich einmal die Woche zu baden un' sich 'n saubres Paar anzuziehen. Spurge hat zwar 'n guten Anzug un' 'n weißes Hemd gehabt, das früher mal Henny gehört hat, aber damit ham wir 'n begraben. Bleiben dann bloß noch die Tabaksdosen.«

»Gütiger Himmel«, sagte Shandy und betrachtete die aufgestapelten Kartons, die in einer Ecke des spärlich möblierten kleinen Zimmers standen. »Was hat er denn darin aufbewahrt?«

»Nix. 's hat ihm bloß Spaß gemacht, sie zu sammeln.«

Offenbar gab es Hunderte dieser kleinen Blech- und Pappbehälter, die sorgfältig in den staubigen Kartons, die aus Lebensmittelgeschäften stammten, verstaut worden waren. Shandy hätte am liebsten überprüft, ob sie tatsächlich leer waren, aber es hätte eine Ewigkeit gedauert, sie alle zu öffnen, und er wußte, daß Nutie der Schleimer sehr wohl fähig war, die angedrohte Szene zu machen, wenn er nicht sofort das Verlangte bekam. Die Staubschicht war wohl Beweis genug, daß sich keiner daran zu schaffen gemacht hatte, angenommen, daß sich wirklich irgend etwas Wertvolles darin befand. Wahrscheinlich war dies nicht der Fall, soweit man aus dem Gewicht der Kartons schließen konnte, es sei denn, Spurge hatte sich auf das Sammeln von Hühnerfedern spezialisiert. Shandy hob einen Teil der wackligen Ladung hoch und jonglierte seine leichte Last zur Veranda.

»Am besten, Sie verstauen das schon in Ihrem Wagen, Lumpkin. Es kommt noch einiges mehr.«

»Ach du liebe Zeit. Vielleicht sollte ich doch lieber vorher die Kartons durchsehen und das, was ich nicht brauche, hier zurück –«

»Kommt nicht in Frage. Sie sind gekommen, um die persönliche Habe Ihres verstorbenen Vetters zu holen, und genau die werden Sie jetzt auch mitnehmen.«

Lumpkin zuckte mit den Schultern und begann, die wertlosen Kartons in sein nagelneues, blitzendes Auto zu verladen. Schließlich seufzte er: »Ist das alles?«

»Das ist verdammt alles, bloß kein Stäubchen davon is' von dir gekommen«, sagte Miss Horsefall scharf. »Als er noch lebte, has' du Spurge nich' mal 'n Kaugummi angeboten. Hätts' ihn ins Altersheim gesteckt mit nix als 'm Hemd am Leib, wenn ich un' Henny 'n nich' aufgenommen hätten. Un' von euren Leuten ham wir weiß der Teufel nix an Dank gekriegt, aber nich', daß es uns was macht. Spurge war unser –« Sie zog geräuschvoll die Nase auf, fuhr mit dem Ärmel über ihre nassen Augen und fuhr dann mit barscher Stimme fort: »Jetz' haste ja gekriegt, waste wolltest. Nimm's, un' verzieh dich endlich.«

Nute Lumpkin nahm sein malvenfarbenes Taschentuch vom Schaukelstuhlsitz und faltete es sorgfältig zusammen, steckte es in seine Brusttasche, so daß genau die richtige Ecke herausschaute, verbeugte sich vor Miss Horsefall und verzog sich.

Kapitel 15

Warum er das wohl getan hat?« murmelte die alte Dame, als Lumpkin mit seiner wertlosen Ladung davongefahren war. »Da kann er doch gar nix mit anfangen.«

»Wahrscheinlich wieder eine seiner kleinen Gemeinheiten«, erwiderte Shandy.

»Hm. Gemein sein is' alles, was der kann. Wird 'n komisches Gefühl sein, auf einmal nix mehr von Spurge im Haus zu haben. Henny wird's noch mehr ausmachen als mir, er un' Spurge ham sich immer gut verstanden.«

»Hey, Mädssen!« erklang es lautstark aus dem Wohnzimmer. »Wo du bleibss?«

»Mundhalten, altes Haus«, schrie Miss Hilda zurück. »Ich komm', so schnell mich mein altes Gestell trägt. Kaum is' ein verflixtes Mannsbild weg, das was von einem will, das 'm nich' zusteht, schon kommt das nächste.«

»Am besten machen wir uns jetzt still und heimlich davon«, flüsterte Shandy den beiden jungen Leuten zu, die bisher versucht hatten, den betagten Schweden zu bändigen. »Wir können ja mal nachsehen, was euer Vater noch macht.«

Während sie das Haus verließen, bemerkte er: »Ich wundere mich allerdings, daß keiner von euch das Gold erwähnt hat.«

»Welches Gold?« fragte Laurie.

»Fergy hat mir erzählt, die Archäologen hätten eine Goldmünze gefunden. Genau an der Stelle, wo Cronkite Swope das Stück vom Wikingerhelm gefunden hat, mit dem der ganze Schlamassel angefangen hat.«

»Sie machen wohl Witze!«

»Fergy hat es angeblich gesehen, obwohl ich es kaum glauben kann. Er sagt, daß am Stein eine alte Münze vergraben war. Er behauptet weiterhin, die Wissenschaftler seien ganz außer sich gewesen, obwohl er selbst keinen Grund dafür sehen konnte. Ich nehme an, daß es möglich, wenn auch höchst unwahrscheinlich ist, daß Doktor Svenson vor lauter Begeisterung einen Baum bestiegen hat und es so zu seiner Verletzung gekommen ist. Jedenfalls hätte man trotzdem erwarten können, daß er den Fund irgendwie erwähnt hätte, was aber offenbar nicht der Fall ist. Er scheint sich momentan auch auf, eh, andere Dinge zu konzentrieren.«

»Vielleicht hat er durch den Schlag auf den Kopf Amnesie bekommen«, meinte Laurie.

»Oder vielleicht haben die Archäologen beschlossen, mit niemandem über die Münze zu sprechen, damit es nicht noch zu einer weiteren Stampede kommt«, sagte Roy. »Aber woher wußte Fergy davon? Als wir vorbeikamen, standen überall Polizisten und ließen niemanden durch.«

»Die Polizisten sind immer noch da«, versicherte Shandy. »Ich hatte Mühe, die Wachposten davon zu überzeugen, daß ich ebenfalls zum Archäologenteam gehörte. Was wiederum verständlich ist, denn es entspricht ja auch nicht der Wahrheit. Präsident Svenson hat mich sofort weggejagt, als ich in die Nähe des Steins kam. Ich hätte mir also die ganze Mühe sparen können. Jedenfalls behauptet Fergy, er hätte heimlich den Weg genommen, den Cronkite durch das Dornengestrüpp geschlagen hat und der, wie ihr sagtet, von Bashan bewacht wird.«

»Wie hat er das denn geschafft?« Roy kratzte sich genauso am Ohr, wie es Tim getan hätte. »Dad und Bashan müssen sich wohl gerade über Politik oder so was unterhalten haben und haben ihn deshalb nicht bemerkt.«

»Ist Fergy nicht dieser fette Kerl mit dem feuerroten Bart und dem schreiendbunten Anzug?« fragte Laurie. »Ich würde sagen, daß es ganz schön schwierig sein muß, ihn zu übersehen.«

»Wenn er es wirklich wollte, hat Dad vielleicht Bashan so lange unter Kontrolle halten können, bis Fergy vorbei war, ohne daß er aufgespießt wurde. Kann er den Burschen gut leiden, Professor?«

»Er weiß zumindest, daß Fergy den Horsefalls ein guter Nachbar ist.«

»Und auf den Präsidenten ist er momentan etwas sauer, weil er so viel Zeit für diese Orm-Sache verschwendet, wo sie doch eigentlich an einer Rede für das internationale Düngemittel-Symposium arbeiten sollten. Das Thema heißt ›Phosphate in meinem Leben‹. Dad sollte die Rede halten, aber er haßt öffentliche Auftritte, also hat er den Präsidenten gebeten, für ihn einzuspringen. Doktor Svenson sagte, er sei bereit, den Vortrag zu halten, aber Dad solle ihm beim Schreiben helfen. Sie wissen ja, wie beeindruckend er auf der Rednertribüne sein kann. Dad hat also stundenlang dagesessen und Stichwörter zu Papier gebracht, und bisher hat sich der Präsident nicht mal die Mühe gemacht, sie auch nur anzusehen, obwohl er versprochen hat, es direkt nach der Hochzeit zu tun, weil das Symposium doch schon nächstes Wochenende stattfindet.«

»Nun ja, ich bin ganz sicher, daß der Präsident trotzdem mit seinem Phosphatvortrag alle übertreffen wird. Aber ich kann verstehen, daß euer Vater sich ärgert«, sagte Shandy, der selbst ein oder zweimal mit einem ähnlichen Dilemma konfrontiert gewesen war. »Vielleicht könnt ihr Tim dazu bringen, nach Hause zu gehen und sich ein bißchen aufs Ohr zu legen. Er hatte gestern immerhin einen fürchterlich anstrengenden und langen Tag. Der Tod von Spurge hat ihm einen schlimmen Schock versetzt. Übrigens, da niemand über das Goldstück zu reden scheint, schlage ich vor, eh, daß ihr dem guten Beispiel folgt. Ich habe Fergy und seine Bekannte schon gebeten, den Mund zu halten, obwohl ich fast schon befürchte, daß ich sozusagen den Stall zugeschlossen habe, nachdem der Bulle schon draußen war. Habt ihr etwas dagegen, wenn ich vorgehe und kurz mit eurem Vater rede? Danach kann ich dann zum Stein gehen und den Löwen in seiner Höhle aufsuchen. Ich muß unbedingt herausfinden, was zum Kuckuck Doktor Svenson oben in dem Baum zu suchen hatte.«

Er ging den Hang hoch, wo man zwischen hastig aufgestellten Pfosten glänzenden neuen Elektrodraht gespannt hatte. Es schien wirklich eine dürftige Schutzvorrichtung zu sein, aber das mächtige Tier in der Einzäunung wußte aus Erfahrung, daß es einen unangenehmen Nasenstüber davontrug, wenn es den Zaun berührte. Bashan stand friedlich mitten in seinem Feld. Neben ihm, auf einem großen Findling, der halb aus dem Boden ragte, hockte ein Kobold, der fast einer Illustration von Arthur Rackham entsprungen sein konnte, mit angezogenen Beinen und einem Bart, der ihm über die Knie floß. Tim und Bashan schienen sich miteinander wunschlos glücklich zu fühlen. Shandy störte ihre harmonische Zweisamkeit nur widerwillig, aber der Tag neigte sich bereits dem Ende zu, und er wollte unbedingt zu Helen zurück.

Da er Bashan ziemlich gut kannte, verspürte Shandy keinerlei Bedenken, unter dem Zaun durchzuschlüpfen. Bashan stieß ein Brüllen aus, das jedem anderen Eindringling das Herz in die Hose gejagt hätte, und raste auf ihn zu. Shandy trat zur Seite, denn er wußte, daß es nicht Bashans Absicht war, ihn zu Tode zu trampeln, und klopfte dem Bullen die riesige Flanke.

Das Brüllen mußte selbst Tims defektes Trommelfell erreicht haben, denn er knipste sein Hörgerät an und sah sich suchend um. »Hi, Pete. Irgend etwas vorgefallen?«

»Der Onkel von Präsident Svenson. Er ist vom Baum gefallen.«

»Und warum zum Teufel?«

»Gute Frage. Entweder hat ihn sein Gedächtnis oder seine Sprachgewandtheit im Stich gelassen, denn er kann es selbst nicht sagen. Ich dachte, am besten gehe ich los und frage den Präsidenten persönlich.«

»Bleib lieber hier bei Bashan. Dann bist du wenigstens in netter Gesellschaft.«

»Da gebe ich dir gerne recht, aber die Pflicht ruft. Ich weiß nicht, ob es dir schon aufgefallen ist, Tim, aber es ist verdammt viel los auf der Farm.«

»Ich habe mir schon so was gedacht«, erwiderte sein Freund trocken, »zum Henker, Pete, ich mag zwar taub sein, aber ich bin noch lang nicht dämlich. Was hat der alte Teufelsbraten denn eigentlich oben auf dem Baum gemacht? Ist er vielleicht einer Waldnymphe nachgestiegen?«

»Das würde mich nicht einmal wundern. Hast du übrigens vor einer Weile Fergy vorbeigelassen?«

»Welchen Fergy?«

»Hennys Nachbarn, den Burschen, der die Schnäppchen-Scheune besitzt.«

»Ach, du meinst den Fettsack. Ich dachte immer, der hieß' Percy. Sag mal, gibt es was Neues drüben am Runenstein? Außer daß der alte Trottel sich vom Baum gestürzt hat?«

»Sie haben ein Goldstück aus Wikingerzeiten gefunden, sagt Fergy jedenfalls.«

»Woher zum Teufel will der das wissen? War bestimmt bloß ein abgesprungener Kragenknopf.« Ames krempelte sich das Hosenbein hoch und kratzte sich das haarige Schienbein. »Jesus Christus, Pete, wenn es wirklich Gold ist, was sie da gefunden haben, dann steht Henny aber noch was Schlimmeres bevor als diese Geschichte gestern nacht. Das hält der bestimmt nicht durch.«

»Du sagst mir nichts Neues, Tim. Alle haben versucht, darüber nichts verlauten zu lassen, sogar Miss Hilda weiß noch nichts davon, und sie verarztet Doktor Svenson.«

»Der Ärmste. Gott steh ihm bei.«

Mit diesem frommen Ausspruch trennten sich die beiden Freunde. Shandy arbeitete sich so weit durch die Dornen vor, bis er Thorkjeld Svenson und die Archäologen erreicht hatte. Sie waren gerade dabei, vorsichtig die Erde um den Runenstein zu untersuchen, und begutachteten jedes einzelne Staubkorn. Shandy konnte sich nichts Eintönigeres vorstellen, doch keiner der drei Männer machte einen gelangweilten Eindruck.

»Präsident Svenson«, sagte er.

»Arrgh!« erwiderte dieser, ohne die Augen auch nur von der Erde zu lösen.

»Was ist mit Ihrem Onkel Sven passiert?«

»Levitation.«

»Wie bitte?«

»Unten, oben, unten. Kopflandung. Das Beste für ihn. In seinem Alter. Hätte sich glatt die Hüfte brechen können.«

»Könnten Sie mir das bitte etwas genauer erklären, wenn es Ihnen nichts ausmacht? Ihr Onkel war hier bei Ihnen am Runenstein, richtig?«

»Ur.«

»Was machte er denn gerade?«

»Doktor Svenson untersuchte eine Münze, die wir gefunden hatten«, sagte der jüngere und enthusiastischere der beiden Archäologen. »Ein wunderbares Stück. Norwegisch. Zwölftes Jahrhundert.«

»Vielleicht sogar zehntes«, sagte der ältere Archäologe. »Vielleicht ist es nicht einmal norwegisch.«

»Aber da muß er sich doch noch auf dem Boden befunden haben, oder nicht?« fragte Shandy, der sich bemühte, auch alles richtig zu verstehen.

»Richtig«, sagte der Präsident.

»Und was geschah dann?«

»Auf einmal war er oben in dem Baum da vorne«, antwortete der jüngere Archäologe.

»Oder in dem Baum direkt daneben«, ergänzte der ältere Archäologe.

»Und dann?« fragte Shandy.

»Dann war er schon wieder unten, mit dem Kopf zuerst. Hat sich fast den Schädel auf dem Runenstein aufgebrochen«, antwortete der jüngere Archäologe.

»Den Stein hat er um mindestens 20 Zentimeter verfehlt«, sagte der ältere Archäologe.

»Wollen Sie damit sagen, daß sich all das sozusagen in, eh, einem Moment zugetragen hat?«

»Ganz genau«, sagte der jüngere Archäologe.

»Oder genauer gesagt, in mehreren Momenten«, widersprach der ältere Archäologe. »Ich würde meinerseits den Zwischenfall in drei Hauptphasen unterteilen.«

»Hab' ich ja schon gesagt«, knurrte Svenson, »unten, oben, unten.«

»Ich verstehe«, sagte Shandy, »und wie hoch oben war er?«

»Mindestens vier oder fünf Meter«, sagte der jüngere Archäologe.

»Keinen Zentimeter höher als dreieinhalb Meter«, sagte der ältere Archäologe.

»In jedem Fall eine beträchtliche Fallhöhe für einen Mann in seinem Alter, darin stimmen Sie doch hoffentlich überein?«

»Können wir dazu das genaue Alter von Doktor Svenson erfahren?« fragte der ältere Archäologe.

»Letzten November 102«, knurrte Thorkjeld Svenson. »Wollen Sie eine Kopie der Geburtsurkunde?«

Der ältere Archäologe sah Thorkjeld mißtrauisch an, als ob er jeden Moment einen weiteren Levitationsversuch erwartete, akzeptierte aber schließlich die Angaben des Präsidenten.

»Ich glaube, wir können unter diesen Umständen getrost mit Professor Shandys Theorie übereinstimmen, daß es für einen Mann in Doktor Svensons Alter eine ganz beträchtliche Fallhöhe war. Noch erstaunlicher ist allerdings die Tatsache, daß ein beinahe 103jähriger in der Lage ist, so schnell eine so große Höhe zu erreichen.«

»Dem stimme ich voll bei«, sagte Shandy. »Haben Sie zufällig gesehen, wie er den Baum hochstieg?«

»Teufel nein«, grollte Thorkjeld Svenson, »sonst hätte ich ihn doch aufgehalten.«

»Hat er denn nicht erzählt, wie es passiert ist?«

»Er sagte, Orm habe ihn durch die Luft geschleudert.«

»Unwissenschaftlich«, fauchte der ältere Archäologe.

»Er ist ordentlich mit dem Kopf aufgeschlagen«, sagte der jüngere Archäologe.

Shandy räusperte sich. »Hat einer der Herren hier zufällig Robert Frost gelesen?«

»Urgh«, sagte Thorkjeld Svenson.

»Wieso?« fragte der ältere Archäologe.

»Ich habe mal damit angefangen«, gestand der jüngere Archäologe, »aber ich bin nur bis zu der Stelle ›Es gibt etwas, das keine Mauern liebt‹ gekommen, und das ist mir wie eine Beleidigung meiner Zunft erschienen. Ich brachte es einfach nicht übers Herz, weiterzulesen.«

»Hm, das ist verständlich. Worauf ich hinauswill, ist, daß Frost in einem seiner Gedichte erwähnt, wie kleine Jungen an Birkenschößlingen schaukeln. Das haben wir früher auch gemacht, als ich noch jünger und sehr viel leichter war. Junge Birken sind extrem biegsam und elastisch. Wenn man sie herunterbiegt und ganz plötzlich losläßt, aber den Stamm oben an der Baumspitze noch festhält, wird man hoch in die Luft geschleudert. Wenn man sich weiter festhält, zieht das Körpergewicht den Baum wieder nach unten. Wenn man losläßt, fliegt man in hohem Bogen durch die Luft. Im Winter, wenn der Boden schneebedeckt ist, tut man sich dabei nicht weh, und es macht einen Riesenspaß. Jedenfalls haben wir es als Kinder sehr gern gemacht. Wenn allerdings kein Schnee liegt, hält man sich besser fest und klettert wieder herunter.«

»Vielen Dank für den Vortrag, Professor«, grinste der ältere Archäologe höhnisch. »Ihrer Theorie nach hat Doktor Svenson also urplötzlich den Drang verspürt, die Spielereien seiner Jugend wiederaufzunehmen.«

»In Schweden gibt es vermutlich viele Birken?« erkundigte sich der jüngere Archäologe.

»Urgh«, sagte Thorkjeld Svenson und umfaßte mit seiner linken Pranke einen hellen jungen Baum, der in der Nähe des Runensteins stand.

»Birke.«

»Genau das meine ich«, sagte Shandy. »Würden Sie bitte einen Moment zur Seite gehen?«

Er stöberte zwischen dem Laub und den Kaninchenlöchern am Boden herum und hob schließlich einen gegabelten Stock auf. »Ich glaube, das hier erklärt Doktor Svensons Höhenflug. Jemand hat diese hübsche kleine Birke heruntergezogen und die Spitze festgehalten, indem er sie mit diesem gegabelten Stock am Boden befestigt hat. Der Boden hier ist tief und humushaltig, so daß es relativ einfach war. Sie werden an beiden Gabeln Spuren von verrotteten Blättern finden.«

Der ältere Archäologe zuckte hochmütig die Achseln. »Birken gehören nicht in meinen Fachbereich.«

»Natürlich hat keiner etwas bemerkt«, fuhr Shandy fort, »weil Sie Ihre ganze Aufmerksamkeit verständlicherweise auf den Runenstein konzentriert hatten oder vielmehr auf die Münze, auf die Sie gerade gestoßen waren. Wie Sie sehen, ist dies keine Weißbirke, sondern eine eher graue Sandbirke, so daß sie Ihnen noch weniger aufgefallen ist. Ich nehme an, daß Doktor Svenson sich zufällig gegen den herabgebogenen Stamm gelehnt hat, vielleicht, um sich ein wenig auszuruhen. Vielleicht hat er sich sogar am Stamm festgehalten. Hielt er eigentlich die Münze noch in der Hand?«

»Nein, die hatte ich in der Hand«, antwortete der jüngere Archäologe. »Er war ein wenig zurückgetreten, um besser sehen zu können. Er ist, glaube ich, ziemlich weitsichtig.«

»Da Presbyopie mit zunehmendem Alter immer stärker wird, ist das ganz natürlich«, stimmte Shandy zu. »Jedenfalls hat sein Körpergewicht oder vielleicht sogar der Ruck bei der Berührung des Baumes wohl bereits genügt, um den gegabelten Stock aus seiner Verankerung zu reißen, und Doktor Svenson wurde in die Luft katapultiert, wie Sie es eben beschrieben haben. Da er nicht darauf vorbereitet war, hat er entweder den Baum nicht festgehalten oder nur so schwach, daß er trotzdem heruntergeschleudert wurde. Da Sie sich nicht einigen können, aus welchem Baum er gefallen ist, nehme ich an, daß er in keinem von beiden war, sondern lediglich die Blätter gestreift hat und sofort wieder auf die Erde gefallen ist. Deshalb liegen hier auch keine frisch abgebrochenen Zweige.«

»Und er hat beim Fallen auch keine Blätter heruntergeschlagen«, rief der jüngere Archäologe, »weil sie noch so saftig sind.«

»Genau«, sagte der ältere Archäologe und warf seinem Kollegen einen analytischen Blick zu.

»Ur«, sagte Thorkjeld Svenson. »Wer?«

»Wer war denn außer Ihnen noch hier?«

»Sie.«

»Haben Sie denn gesehen, daß ich mich mit den jungen Birken abgegeben habe?«

»Nein.«

»Dann bin ich ja wohl aus dem Schneider. Und wer noch?«

»Fettsack. Feuerrot.«

»Das war Fergy von ›Fergys Schnäppchen-Scheune‹. Er hat mir bereits gesagt, daß er hier war. Er ist leider genau in dem Moment gekommen, als Sie sich alle lautstark über die Goldmünze freuten. Was hat er denn gemacht?«

»Sofort wieder abgerauscht.«

»Ich verstehe. Er hat nicht zufällig so ganz nebenbei eine Birke umgebogen?«

»Das hätte er nicht tun können«, sagte der jüngere Archäologe. »Dazu war er nicht lange genug hier. Er kam auf die Lichtung, und Präsident Svenson schrie ihn – ich meine, bat ihn, sich wieder zu entfernen. Und dann ist er gegangen.«

»Daran zweifle ich nicht«, sagte Shandy. »Sonst noch jemand?«

»Nur die Landvermesser.«

»Ach ja, die Landvermesser. Haben sie zufällig erwähnt, warum sie das Land vermessen haben?«

»Nein. Ich glaube nicht, daß sie irgend etwas gesagt haben außer ›Entschuldigen Sie bitte‹. Was wir natürlich akzeptiert haben. Sie haben uns nicht gestört.«

»Aber sie stören mich«, knurrte Shandy. »Ist es Ihnen nicht merkwürdig vorgekommen, Präsident, daß die Landvermesser hier ausgerechnet an dem Tag auftauchen, an dem Nute Lumpkin gegen Henny Horsefall eine Anzeige erstattet?«

»Nein«, sagte der Präsident.

»Wenn ich es mir richtig überlege, haben Sie vollkommen recht. Ich muß mal hingehen und mich mit den Leuten unterhalten. Haben sie wohl gesehen, wie Sie das Gold gefunden haben?«

»Mit Gold meinen Sie sicherlich das Artefakt?« erkundigte sich der ältere Archäologe.

»So ist es. Um noch einmal auf meine Frage zurückzukommen, waren die Landvermesser hier, als es entdeckt wurde?«

»Wer weiß?« meinte der jüngere Archäologe. »Wir waren alle so aufgeregt, daß der Assyrer über uns hätte herfallen können wie ein Wolf über eine Schafherde, und wir hätten nichts gemerkt.«

»Auf welchen Assyrer beziehen Sie sich?« fragte der ältere Archäologe.

»Arrgh!« knurrte Thorkjeld Svenson drohend und schaffte damit die Angelegenheit ein für allemal aus der Welt. »Gehen Sie, und fragen Sie, Shandy.«

»Das werde ich auch, Präsident. Aber zuerst möchte ich noch wissen, wie lange Sie schon hier sind. Sie sind doch sicher nicht die ganze Nacht hier gewesen, nehme ich an?«

»Wollte Sieglinde nicht«, gestand der Herrscher des Balaclava College. »War mit im Bus. Mußte Sie hochhieven. Völlig weggetreten. Schlechtes Beispiel für die Studenten. Dachten alle, Sie wären betrunken.«

»Ich war erschöpft, verflixt nochmal! War denn jemand hier, um den Runenstein zu bewachen?«

»Will ich doch verdammt nochmal hoffen! Kopflose Reiter.«

Der ältere Archäologe zog höhnisch grinsend die Oberlippe hoch, aber bevor er irgendeine abschätzige Bemerkung machen konnte, erklärte Shandy bereits, um was es sich handelte.

»Damit sind die Kopflosen Reiter von Hoddersville gemeint, ein örtlicher Verein zur Pflege des Arbeitspferdes. Die Mitglieder dieses Vereins haben uns freiwillig geholfen, genauso wie die Rasenden Rüpel von Lumpkin Corners und zahlreiche andere Personen.«

»Wenn wir jemanden hätten, der mit ihnen fertig würde, könnten wir auch die Balaclava Blacks holen«, meinte der Präsident sehnsuchtsvoll. »Schlechter Zeitpunkt im Moment. Keiner auf dem Campus, der 'ne Mähne von'ner Kruppe unterscheiden kann.«

»Ich bin früher ein wenig geritten«, sagte der jüngere Archäologe.

»Leider reicht ein wenig für die Balaclava Blacks aber nicht aus«, erklärte Shandy. »Ursprünglich hat man sie als Zugpferde gezüchtet, aber darüber hinaus sind sie außerordentlich schnell und, eh, relativ eigenwillig. Für gewöhnlich haben wir immer ein paar Studenten, die mit ihnen umgehen können, aber die meisten Reiter der diesjährigen Kavalleriegruppe sind mit dem Studium fertig oder haben irgendwo einen Sommerjob angenommen. Vorige Nacht haben wir die, eh, Bürgerwehr gerufen, und ich bin stolz, sagen zu können, daß unsere Leute sich hervorragend geschlagen haben. Höchstwahrscheinlich rüsten sie sich gerade für die nächste Nacht. Der Reporter, der die Sache mit dem Runenstein ausgeplaudert hat, liegt im Krankenhaus, aber die Neuigkeit über das, eh, Artefakt wird sicherlich trotzdem irgendwie durchsickern. Waren Sie eigentlich nicht überrascht, es so nahe an der Oberfläche zu finden?«

»Doch, schon«, erwiderte der jüngere Archäologe. »Noch merkwürdiger ist allerdings, daß dieser junge Reporter gestern dieses Helmfragment so einfach vom Boden aufheben konnte. Selbst wenn die Artefakte von Orm Tokesson und seinen Männern so einfach fallengelassen worden wären, hätten sie sich inzwischen tief unter einer Schicht aus Humus oder dergleichen befinden müssen.«

»Wären Sie vielleicht so freundlich, uns die chemische Zusammensetzung von ›dergleichen‹ zu beschreiben?« fragte der ältere Archäologe.

»Fragen Sie Ames«, zischte Svenson, dem der ältere Archäologe inzwischen genauso auf die Nerven ging wie Shandy. »Passiert eben manchmal. Baumwurzeln. Frostaufbrüche. Grabende Tiere. Kinder spielen Schatzsuche. Hab' ich auch früher.«

Die Vorstellung von Thorkjeld Svenson als unbeschwert spielendem Kind ging über Shandys Vorstellungskraft. Er fand noch heraus, daß die Archäologen morgens gegen halb acht Uhr eingetroffen waren und daß die Kopflosen Reiter zu diesem Zeitpunkt noch auf ihrem Posten gewesen waren, wünschte weiterhin Waidmannsheil und ging zurück zur Straße.

Kapitel 16

Einer der Landvermesser, der mit einem Zollstock beschäftigt war und mit Kreide Markierungen auf der Straße anbrachte, kam Shandy irgendwie bekannt vor. Es war ein sonnenverbrannter junger Mann, etwa 19 oder 20 Jahre alt, der sich bei seinem Anblick aufrichtete und den Professor mit einem breiten Lächeln, das seine vorstehenden Zähne freilegte, freundlich begrüßte. »Hi, Professor. Jeff Lewis, falls Sie sich nicht mehr an mich erinnern. War 'ne ganz schön wilde Nacht gestern, nicht? Meinen Sie, heute wird's genauso schlimm?«

»Ich würde sagen, die Gänse müssen weiterhin auf dem Quivive sein. Die Tiere gehören, eh, Ihrer Familie, nicht wahr? Ich habe Sie am College gesehen, aber ich wußte nicht, daß Sie ein Lewis sind.«

»Klar. Geboren und aufgewachsen hier in Lumpkin Corners. Ich habe Miss Hilda erzählt, was Sie uns letztes Jahr im Unterricht beigebracht haben, das mit den Gänsen und der Rettung von Rom, und gestern ist es ihr wieder eingefallen. Im Grunde war es also Ihre Idee.«

»Wie interessant. Ich frage mich, was damals wohl mein eigentliches Thema gewesen sein mag. Jedenfalls hoffe ich, daß dieser Zwischenfall Sie inspiriert, ab und zu einmal wieder ein wenig Geschichtslektüre zu betreiben. Werden Sie in diesem Jahr meinen Unterricht besuchen?«

»Das hoffe ich. Ich habe mich für den Fortgeschrittenenkurs in Agrologie eingeschrieben, aber der Kurs ist so voll, daß ich nicht weiß, ob es auch klappt.«

»Wir werden die Sache einmal, eh, untersuchen. Sagen Sie, Lewis, was haben Sie denn eigentlich hier bei dieser Landvermessung zu tun?«

»Das ist mein Sommerjob. Ich muß irgendwie meine Studiengebühr zusammenbekommen.«

»Natürlich. Vielleicht hätte ich die Frage anders formulieren sollen. Warum vermessen Sie ausgerechnet dieses Stück Land und warum ausgerechnet heute?«

»Weil mein Chef es mir aufgetragen hat. Ach so, jetzt verstehe ich Sie, Professor. Sie meinen, warum Nutie der Schleimer so viel Einfluß auf die Abteilung für Landvermessung hat? Hey, stellen Sie etwa wieder Nachforschungen an wie damals, als Belinda gekidnappt wurde?«

»Man hat mich gebeten, mich ein wenig umzuhören. Inoffiziell und sub rosa, was Lateinisch ist und ›unter dem Siegel der Verschwiegenheit‹ bedeutet, da Sie sich ja für das alte Rom sehr zu interessieren scheinen.«

»Schon kapiert. Aber, wissen Sie, Bill und ich haben uns selbst schon gewundert. Das ist mein Freund Bill Swope. Professor Shandy.«

»Zweifellos ein Verwandter von Cronkite Swope«, bemerkte Shandy, als er die Hand des anderen sonnenverbrannten jungen Mannes schüttelte.

»Hey, Sie kennen Cronk?« fragte Bill. »Hat man Ihnen schon erzählt, daß er vorige Nacht mit dem Motorrad gestürzt ist? Er ist jetzt bestimmt stinksauer, daß er im Krankenhaus liegen muß, wo hier so viel los ist.«

»Das kann gut sein. Als ich ihn besucht habe, war er noch ein wenig, eh, weggetreten.«

»Man hat Sie reingelassen? Mensch, Sie müssen aber gute Beziehungen haben. Mein Vater wollte heute mittag direkt von der Seifenfabrik hingehen, aber als er anrief und fragte, hat man ihm gesagt, Cronk dürfe keinen Besuch empfangen.«

»Ja, das hat man mir auch gesagt. Aber erst, als man mich in seinem Zimmer erwischt hat. Ich bekam das, was man ordinär ausgedrückt als Tritt in den Hintern bezeichnet.«

Die Vorstellung, daß der berühmte Professor Shandy aus dem Hoddersville-Krankenhaus geflogen war, machte ihn zu einem von ihnen. Die beiden jungen Landvermesser amüsierten sich köstlich und begannen ein langes Gespräch auf Kosten der Stadt, erkundigten sich genauer nach Cronkites Unfall und stimmten mit Shandy überein, daß die Öllache auf der nächtlichen Straße den Unfall verursacht haben könnte. Den fehlenden Helm und den defekten Scheinwerfer erwähnte er lieber nicht, da man ja nie genau wissen konnte.

»Jetzt noch einmal zurück zu Ihrem Landvermessungsauftrag. Was hat Nute Lumpkin damit zu tun?«

»Na ja, das ist jetzt sein Land, nehm' ich an. Jedenfalls gehört es zum Lumpkin-Besitz, das ganze Stück von der Grenze der Horsefall-Farm bis hinunter zur Kurve, wo Cronk seine Kopflandung hatte. Wir sollen sicherstellen, daß Henny genau weiß, wo seine Grenze verläuft. Lumpkin behauptet nämlich, daß der Holzfällerweg, wo Cronkite den Runenstein gefunden hat, ihm gehört.«

»Will er auch die letzten Backenzähne von Henny haben?« fragte Shandy. »Eh, wenn es Ihnen nicht unangenehm ist zu antworten, Lewis, darf ich Sie fragen, wie Ihre Familie über das Angebot von Gunder Gaffson denkt, den Horsefall-Besitz aufzukaufen?«

»Paßt uns überhaupt nicht. Wir befürchten, daß er, wenn er erst einmal Hennys Land hat, versuchen wird, uns auch aufzukaufen.«

»Und das wollen Sie nicht?«

»Warum zum Kuckuck denken Sie, bin ich wohl hier draußen, mit der Nase im Staub und Blasen auf dem Rücken, und versuche, mich durch Balaclava zu messen? Dad hat gesagt, daß er mich zu seinem Teilhaber auf der Farm macht, sobald ich mit dem Studium fertig bin. Auf keinen Fall will ich in der Seifenfabrik enden wie meine Brüder, die von der Stechuhr kontrolliert werden und sich verdammt nochmal wünschen, sie wären alt genug für den Ruhestand. Ich werde meinen Abschluß in Obstanbau machen. Ich habe immer gehofft, ich könnte eines Tages Henny ein paar Hektar abkaufen, aber ich weiß, daß ich den Preis von Gaffson nie bezahlen kann. Wir haben im Moment nur 20 Hektar. Aber Sie sagen ja selbst immer, daß man mit der richtigen Fruchtfolge auch aus einem kleinen Feld eine Menge herauswirtschaften kann. Ich weiß allerdings nicht, wie man das mit Apfelbäumen machen soll.«

»Das geht auch nicht so einfach. Man muß sorgfältig die richtige Sorte auswählen, so pflanzen, daß der Raum bestmöglich genutzt wird, und regelmäßig zurückschneiden. Den Agrologiekurs können Sie für dieses Jahr getrost vergessen. Gehen Sie am besten sofort zu Professor Ames' Seminar über Baumzucht. Schreiben Sie bei Professor Ames eine Arbeit über Bodenbeschaffenheit und Dünger. Im nächsten Frühjahr wissen Sie dann genug, um mit dem Pflanzen anzufangen. Bis Sie Ihr Studium beendet haben, besitzen Sie schon einen kleinen Obstgarten.«

»Hey, toll! Das klingt sinnvoll!«

»Na fein. Jetzt könnten Sie mir helfen, Sinn in eine andere Sache zu bekommen. Ist es möglich, daß das plötzliche Interesse von Nute Lumpkin an der Festsetzung der genauen Grenze bedeutet, daß er plant, mit Gunder Gaffson ins Geschäft zu kommen?«

Der junge Lewis kratzte ein Stückchen lose Haut von seiner sonnenverbrannten Nase. »Klar. Warum nicht? Dann würde ihm der ganze Hügel gehören, bis hin zu unserem Grundstück.«

»Und warum sollte er ein so großes Baugrundstück haben wollen?«

»Vielleicht wegen der Seifenfabrik?«

»Wie bitte?«

»Mein Bruder hat mir erzählt, daß die Seifenfabrik eine Computergesellschaft gekauft hat und plant, sie hier nach Lumpkinton zu holen.«

»Was will denn eine Seifenfabrik mit so vielen Computern?«

»Weiß nicht. Das machen doch alle großen Firmen, andere Firmen aufkaufen, mit denen sie dann nichts anfangen können. Ich nehme an, das nennt man Fortschritt oder so was. Das haben sie jedenfalls gemacht. Deshalb werden bald Scharen von Ingenieuren, Managern und Vizepräsidenten hierherziehen. Und die wollen alle vornehme Häuser haben. Deshalb will Gaffson auch diese aufgemotzte Siedlung bauen. Und ich denke, Nutie der Schleimer hat sich ausgerechnet, daß er denen massenweise Antiquitäten verkaufen kann.«

»Dann sollte Nutie der Schleimer lieber noch einmal nachrechnen. Jeder, der sich eine von Gaffsons Nobelherbergen an den Hals hängt, kann bei den heutigen Hypothekensätzen froh sein, wenn er genug Geld übrig hat, um sich ein anständiges Essen leisten zu können, von einem Bow-Teeservice ganz zu schweigen. Ich glaube allerdings, daß Sie den Nagel auf den Kopf getroffen haben, Lewis. Das könnte vielleicht erklären, warum Lumpkin gegen die Horsefalls Anzeige erstattet hat. Ihr Besitz liegt auf dem Hügel, und man hat von dort einen ganz besonders schönen Ausblick. Und das Risiko, durch Abwässer von den anderen Häusern, für die es nicht genug Sickergruben gibt, verseucht zu werden, ist dort viel geringer. Daher ist er besonders attraktiv, und Lumpkin würde das restliche Land besser an den Mann bringen, wenn er ein Pauschalangebot machen könnte. Vielen Dank. Es war sehr nett, Sie zu treffen, Swope. Vielleicht sehen wir uns später noch auf den, eh, Barrikaden.«

»Ich werde da sein. Wir haben schon einen Haufen Neugierige weggejagt. Hey, soll ich später meine Hundemeute mitbringen?«

»Sie meinen diese, eh, ausgehungerten Eskimohunde?«

»Genau. Die lungern im Moment doch nur herum, weil die Hundeschlittensaison vorbei ist. Vielleicht können wir den Leuten vormachen, daß es echte wilde Wölfe sind.«

»Eine hervorragende Idee. Vielleicht können Sie mir auch noch einen persönlichen Gefallen tun und sie an dem Älteren der beiden Archäologen, die mit Präsident Svenson am Stein sind, vorbeitreiben. Wäre es Ihnen möglich, sich dabei als Assyrer zu verkleiden?«

»Was?«

»Schon gut. Nur so ein Gedanke. Ich will Sie nicht von Ihrer Arbeit abhalten, meine Herren.«

Shandy summte leise »Auf leisen Katzenpfoten pirschen wir uns an die Beute« und machte sich auf den Weg zu »Fergys Schnäppchen-Scheune«. Der Besitzer war gerade dabei, einer Dame, die etwas Niedliches suchte, um darin ihre Geranien einzupflanzen, einen verrosteten Schubkarren zu verkaufen. Was ihn wiederum an Loretta Fescue erinnerte, an die er nur ungern erinnert wurde.

Millicent war hocherfreut, ihn zu sehen. Die arme Frau langweilte sich sicher zu Tode. Er mußte vorsichtig sein, damit Helen nichts davon erfuhr, sonst brachte sie es noch fertig, Millicent zum Essen einzuladen. Helens Milch der frommen Denkungsart tendierte dazu, gelegentlich überzufließen. Jedenfalls mußte die Riesensumme, die Fergy kassierte, als er die irregeführte Geranienliebhaberin zu guter Letzt noch mit einem großen Stück völlig nutzlosen Maschendraht beglückte, um damit den Schubkarren auszulegen, damit die Erde nicht durch das Loch im Boden fiel, ein Trost für Millicent sein, wenn sie tatsächlich erwog, sich auf Dauer als Geschäftsfrau hier einzunisten. Wahrscheinlich gab es auch zwischen den Ketchup-Flaschen langweilige Phasen.

Nachdem der Schubkarren im Wagen der Frau verstaut war und der Kofferraum mit einem abgenutzten Stück Seil, das Fergy als weiteren Beweis seiner Großzügigkeit gestiftet hatte, zugebunden worden war, stellte Shandy die Frage, die ihm am Herzen lag.

»Fergy, als Sie drüben am Runenstein waren, haben Sie dort vielleicht einen jungen Baum gesehen, der wie ein Bogen gekrümmt war?«

»Was?« Fergy kratzte sich den Bart, der sich inzwischen wieder seinem Normalzustand angenähert hatte. »Scheint mir ganz so, als – ja, hab' ich. Hat mich nämlich an die Hamburger von McDonald's erinnert, drum bin ich auch zurück, um Millie auf dem laufenden zu halten. Sagen Sie mal, könnte sie nich' doch mal 'nen kurzen Blick auf das Gold werfen, das man da gefunden hat? Ausnahmsweise?«

»Es tut mir leid, aber das ist nicht möglich. Das ganze Gebiet ist abgesperrt, und die Polizei hat alles umstellt. Wie sind Sie übrigens an Bashan vorbeigekommen?«

»Och, ich hab' ihn eben ordentlich angestiert.«

Er lachte schallend über seinen eigenen Witz und ging sich ein frisches Bier holen.

Kapitel 17

Dies war genau der richtige Moment für einen Abgang, und Shandy wäre liebend gern verschwunden, aber es gab noch eine Frage zu klären, und Fergy, der seinen unstillbaren Durst sicher auch in die benachbarten Lokale trug, würde ihm möglicherweise helfen können. Er wartete, bis der nächste Schluck halbwegs seinen Weg durch den Schlund seines fetten Gegenübers gemacht hatte, und erkundigte sich dann: »Kennen Sie zufällig den Sohn von Mrs. Fescue, der für Gunder Gaffson arbeitet?«

»Sie meinen wohl Fesky. 'n dünner Bursche mit schwarzen Haaren un' 'nem abgebrochenen Schneidezahn?«

»Gut möglich. Ich habe ihn selbst noch nicht gesehen. Ich dachte nur, daß Sie vielleicht irgendwann schon einmal mit ihm, eh, einen gehoben haben.«

»Stimmt. Wir nehmen ab und zu in Billys Braustube mal einen zur Brust. Gehn Sie da auch schon mal hin?«

»Nein, bisher noch nicht.«

»Ich nehm' an, ihr feinen Leute müßt 'n bißchen vorsichtiger sein als unsereins«, meinte Fergy mit einer gewissen Verachtung in der Stimme, die Shandy recht amüsant fand. »Na ja, wir zwei ham uns schon immer zusammengetan, weil unsre Namen so ähnlich sind. Dabei sehn wir uns total nich' ähnlich, wenn Sie wissen, was ich meine. So 'n magres Bürschchen wie der kann ganz schön was wegstecken«, fügte er mit einer Spur von Neid hinzu.

»Aber er hat doch sicher auch noch ganz andere Talente?«

»Weiß ich nich'. Er hat mal abends die Musikbox repariert, als 'ne Johnny-Cash-Platte hängengeblieben is'. Ich glaub', er is' einer von denen, die von Natur aus geschickt mit'n Händen sind. Hat auch mal erwähnt, daß er manchmal kleine Arbeiten für seine Mutter erledigt, wenn die zum Beispiel 'n Haus mit 'nem

Riesenloch inner Decke verkloppen will. Er kann es so deichseln, daß es o. k. aussieht, bis sie 'nen Dummen findet, der sich das Ding andrehen läßt. Natürlich is' beim nächsten Regenguß der Teufel los. Wir ham Witze drüber gemacht bei Billy, als die Musikbox wieder ging. 'ne Familie zieht ein, jemand niest, Feskys ganzes Gedöns knallt zusammen, un' die Familie hockt unter 'nem Haufen Latten un' Gips.«

Fergy hielt dies offensichtlich für äußerst witzig. Millicent ebenfalls. Shandy fand es nicht besonders komisch.

»Wie hat, eh, Fesky Ihre Späße aufgenommen?«

»Och, der hat bloß gelacht. Is' schon 'n patenter Kerl. Macht selbst immer Witze drüber. Sagt, daß er darum auch mit Gunder Gaffson auskommt. Weil sie beide gut andern Leuten was vortäuschen können. Ich glaub', das is' das, was Fesky meistens macht, Löcher in Wänden flicken, Türen reparieren, so daß sie drei oder viermal ordentlich schließen un' dann rausfallen. Sagt er jedenfalls. Kommt wohl ganz gut zurecht. Hat jedenfalls immer genug Knete. Aber du brauchs' gar nich' erst dran zu denken, ihn kennenzulernen, Millie. Der is' viel zu jung für dich. Un' für Frauen is' der sowieso nich'. Alles, woran dieser komische Vogel denkt, is' Bier. Un' er is' scharf auf Hunde.«

»Meinen Sie das jetzt wörtlich oder im übertragenen Sinn?«

»Wie? Ah so, jetz' versteh ich, was Sie meinen, Professor. Sie reden immer so verdammt geschwollen, daß ich manchmal 'ne Zeit brauch', bis ich kapiert hab', was Sie meinen. Er geht zu Hunderennen. Da verbringt er jedenfalls viele Abende, wenn er nich' grad bei Billy is'. Ich komm' selbs' nur selten hin, so daß ich's nich' hundertprozentig weiß, aber immer, wenn ich Fesky treffe, gibt er an, daß er wieder 40 : 1 mit irgend'nem Schlachterhund gewonnen hat.«

»Ich habe gehört, daß diese Windhunde mit richtigen süßen kleinen Häschen abgerichtet werden«, schüttelte sich Millicent Peavey kokett.

»Na und? Müssen ja irgendwie zum Laufen gekriegt werden. Ich wette, du würdest nich' so zimperlich sein, wenn du selbs' grad 'n nettes kleines Sümmchen gewonnen hättest. Wolltest du uns nich' diesen Truthahn Tetrazzini zum Abendessen machen?«

»Lassen Sie sich bitte durch mich nicht aufhalten, Mrs. Peavey. Ich muß sowieso nach Hause«, sagte Shandy, der Fergys Stichwort dankbar aufnahm. Er verspürte keinerlei Lust, noch mehr über lebendige süße kleine Häschen zu hören, und über Fesky Fescue hatte er offenbar alles herausgefunden, was Fergy wußte. Wenn Lorettas Sohn, das Reparaturgenie, seine Talente bei den Horsefalls genutzt hatte, würde Fesky es jetzt besonders vermeiden, mit Fergy zusammenzutreffen. Er wandte sich zur Tür, blieb aber plötzlich noch einmal stehen.

»Übrigens, Fergy, haben Sie schon gehört, daß Präsident Svensons Onkel unten am Runenstein verletzt wurde, kurz nachdem Sie da waren?«

»Nein! Was is' denn passiert?«

»Er ist gestürzt und hat sich den Kopf aufgeschlagen.«

»Is' es schlimm?«

»Ich glaube nicht, daß er schwer verletzt ist. Miss Hilda leistet erste Hilfe und, eh, umsorgt ihn liebevoll.«

»Hilda? Die Frau is' genauso liebevoll wie 'n Gummistiefel. Hey, aber das dürfen Sie ihr nich' sagen, in Wirklichkeit is' sie nämlich 'n tolles altes Mädchen. Aber, Jessas, von der würd' ich mir nie im Leben meine fiebernde Stirn kühlen lassen.«

»Das würdest du eher mich machen lassen, nicht, Fergy?« schmeichelte Millicent, die sich offenbar etwas vernachlässigt fühlte.

»'türlich, dich immer. Hey, ich dachte, du machs' jetzt Abendessen? Mein Schmerbauch hat's bitter nötig.«

»Ist er nicht süß?« Millicent schüttelte ihre unordentliche Lokkenpracht und machte den mutigen Versuch, verführerisch die Hüften zu schwenken, als sie sich in die provisorisch eingerichtete Küche begab.

Fergy sah ihr nach, bis sie gänzlich entschwunden war, und drehte sich dann zu Shandy um.

»Mal ganz im Ernst, Professor«, fragte er mit Verschwörerstimme, »was is' denn dem alten Knaben wirklich passiert?«

Shandy sah ihn überrascht an. »Das kann ich Ihnen leider auch nicht genau sagen.«

»Ich wußte es ja! Das war wieder der Runenstein, nich'? Sie können ruhig über mich lachen, wenn Sie wollen, aber ich bin nich' so blöd, wie ich ausseh'. Wie Spurge Lumpkin gestorben is', können Sie mir auch nich' genau sagen, oder? Angeblich soll's ja 'n Unfall gewesen sein. Ha! Der Stein steht auf seinem ehemaligen Land, nich'?«

»Sie haben wohl mit Nute Lumpkin gesprochen?«

»Ich? Heute nich', aber vor kurzem war so 'n Mensch hier, der hat erzählt, all das Land, nach dem Sie sich erkundigt haben, wär' im Besitz der Lumpkins, und das bedeutet, daß es Spurge genauso gehörte wie jetzt Nute, oder? Mann, mir wär's lieber, wenn Spurge noch am Leben wär'. Wenn ich gewußt hätte, daß der so 'n Riesenerbe hatte, hätt' ich ihn mal angepumpt.«

Fergy versuchte zu grinsen, aber es gelang ihm nicht sehr überzeugend. »Armer Kerl. Bei der Beerdigung war mir hundeelend, das können Sie ruhig glauben. Und im Moment fühl' ich mich auch nich' besonders, wenn Sie's interessiert. Denken Sie ruhig mal drüber nach, Professor. Spurge hat's schon erwischt, Cronk auch beinah, nach dem ekligen Unfall. Jetzt liegt auch noch der alte Knabe, der die Runen über den Fluch entziffert hat, mit 'nem kaputten Kopp da, und Henny steht's Wasser bis zum Hals. Und hier leb' ich, genau mitten auf dem Weg von diesem – was es auch is'. Oh. Ich mach' mir selbs' vor, daß ich keine Angst hab', aber ich wär' kein normaler Mensch, wenn's nich' so wär'.«

Shandy kratzte sich das Kinn. »Dann war es aber außerordentlich mutig von Ihnen, daß Sie in die Einzäunung gegangen sind, in der Bashan sich befindet, um zum Stein zu kommen.«

»Ach, Sie wissen ja, wie das so is'. Man will nich' als Feigling dastehn, also macht man irgend'ne Dummheit, um 's Gegenteil zu beweisen. Hey, Sie glauben doch wohl nich', daß es irgendwie ansteckend is', wenn man zu nah rangeht oder so was? Hat dieser Riesenkerl deswegen so gebrüllt? Er schrie, ich sollte mich zum Teufel scheren.«

»Mit Riesenkerl meinen Sie wahrscheinlich Professor Svenson, nehme ich an. Ich glaube wirklich, daß Sie besser daran täten, sich vor seinem Fluch zu fürchten, wenn Sie nochmal dort auftauchen sollten, was Sie, wenn ich mich nicht täusche, eh, offenbar inzwischen nicht mehr vorhaben?«

»Ja, ich hab' mir schon gedacht, daß Sie denken, all das wär' ein prima Scherz, aber ihr gescheiten Vögel habt auch nich' immer recht. Ich hab' ja gesagt, daß Cronk aufpassen soll. Und wer liegt jetzt im Hoddersville-Krankenhaus? Sagen Sie's ruhig!«

»Das kann ich leider nicht beantworten.«

Shandy hatte gerade den Wagen einer Fernsehgesellschaft erblickt, der langsam den Weg zur Horsefall-Farm hochkroch. Darin befanden sich der Fahrer, ein Berichterstatter, ein Techniker und ein arg mitgenommener, bandagierter, aber immer noch relativ gutaussehender junger Mann mit einem inzwischen vertrauten Gesicht. Cronkite Swope hatte wieder einmal zugeschlagen.

»Am besten verspeisen Sie jetzt Ihren Truthahn Tetrazzini, Fergy«, schlug Shandy vor. »Irgendwie habe ich so eine Ahnung, daß uns wieder eine lange Nacht bevorsteht.«

Er verspürte jetzt selbst ein verzweifeltes Bedürfnis nach Nahrung und ehelicher Geborgenheit. Der Haken war, daß er seinen Wagen im Hof der Horsefall-Farm hatte stehen lassen. Wenn er ihn jetzt holte, riskierte er, daß ihn der junge Swope möglicherweise für ein Interview festnagelte. Aber zum Teufel mit seinen Bedenken! Er war zu erschöpft, um noch einen Fußmarsch von acht Meilen zurückzulegen, und er wollte lieber verdammt sein, als per Anhalter zu fahren. Er begab sich zurück zur Farm, wo Cronkite, wie erwartet, prompt über ihn herfiel.

»Hey, Professor Shandy! Warten Sie einen Moment, wir wollen –«

»Sie heißt Jessica Tate«, brüllte er zurück und trat mit aller Kraft auf das Gaspedal.

Helen stand wartend am Fenster, als er zu Hause ankam. Nach der Erleichterung in ihrem Gesicht zu urteilen, als sie die Tür aufschloß und die Stufen herunterlief, um ihn zu begrüßen, mußte sie sich sehr gesorgt haben.

»Was hast du denn?« brummte er in ihr Haar, wobei ihm deutlich bewußt war, daß ihre nächste Nachbarin Mireille Feldster bereits hinter den Wohnzimmergardinen stand und interessiert beobachtete, wie er in aller Öffentlichkeit seine Frau umarmte und sich keinen Deut darum scherte, was Mireille über diese Zurschaustellung ehelicher Zügellosigkeit dachte. »Hast du etwa geglaubt, Orm hätte mich erwischt?«

»Na ja, nach all dem, was ich über den armen Swope-Jungen gehört habe, die Arme und Beine abgerissen und praktisch gerade noch dem Tod entronnen, wie die Leute sagen –«

»Wer sagt denn so etwas?«

»Die Leute, die in die Bibliothek gekommen sind.«

»Hochinteressant. Na, dann kannst du ihnen ausrichten, daß der arme Swope-Junge, als ich ihn das letzte Mal sah, und das war vor exakt 15 Minuten, gerade im Begriff war, Henny Horsefalls Hühnerstall mit einem Filmteam vom Fernsehen zu überfallen.«

»Gütiger Sternenhimmel! Laß uns schnell die Nachrichten anstellen!«

»Ich bin mir nicht sicher, ob ich die jetzt sehen will.«

Peters Protest verhallte ungehört. Helen führte ihn in sein trautes Heim, plazierte ihn in seinen Sessel, legte ihm die Füße hoch und drückte ihm ein Glas Gin-Tonic in die Hand, genau vor dem eingeschalteten Fernseher, und das alles mehr oder weniger mit einer einzigen Bewegung.

Sie hatten den ersten Teil der Berichterstattung verpaßt, aber sie kamen noch rechtzeitig, um Henny Horsefall und Miss Hilda wie verirrte Figuren aus einem Grant-Wood-Gemälde dastehen zu sehen, während der Sprecher die Worte hervorstieß: »Ist der Fluch des Runensteins nun Wirklichkeit oder nicht? Ist der absonderliche Tod von Spurgeon Lumpkin auf böse Mächte aus dem unheimlichen Eichenhain am alten Holzfällerweg zurückzuführen? Warum ist der junge Reporter, der dem Zorn der Wikinger mutig die Stirn bot, so knapp einem plötzlichen Tode entronnen? Wurde der berühmte schwedische Archäologe Doktor Sven Svenson das neue Opfer des Runensteins? Nehmen Sie teil an der nächsten aufregenden Folge von – ich meine, Channel Zweieinhalb wird Sie weiterhin über die neuesten Entwicklungen der Ereignisse informieren. Mr. Swope, was können Sie unseren Zuschauern zum Abschluß mit auf den Weg geben?«

Cronkite, der so weiß aussah wie sein Verband und höchstwahrscheinlich aus dem Krankenhaus ausgerückt war, als die Ärzte gerade nicht aufgepaßt hatten, griff nach dem Mikrophon. »Ja. Ich möchte Sie alle bitten, hier verdammt nochmal wegzubleiben. Die Horsefalls haben schon genug durchmachen müssen, und es war allein meine Schuld, weil ich die Story publik gemacht habe. Und Sie können ja sehen, wohin das geführt hat. Ich weiß nicht, was hier vor sich geht, aber alles, was ich sagen kann, ist –«

Was es auch war, Swope hatte nicht mehr die Zeit, es zu sagen. Sein Körper klappte kunstgerecht zusammen und ging zu Boden. Als Miss Hilda sich über ihn beugte, war ihre Stimme für das riesige Fernsehpublikum deutlich zu hören.

»Von wegen Wikingerfluch. Himmel, Arsch und Zwirn! Ich hab' seit 105 Jahr' direkt neben'm Runenstein gelebt, un' er hat mir nie was beschert, was ich nich' auch gewollt hab'. Schmeißt mal seinen Kadaver aufs Feldbett inner Küche, un' ich werd' ihm 'n schönen Schluck selbs'gebrannten Schnaps reinkippen. Wenn das 'n nich' wieder auf die Beine kriegt, dann macht er's sowieso nich' mehr lang.«

»Gütiger Gott! Man darf doch einem Menschen mit Gehirnerschütterung keinen Alkohol geben!«

Shandy rannte zum Telefon, aber die Nummer der Horsefalls war schon besetzt.

Entweder war Cronkites Mutter ihm zuvorgekommen, oder der junge Swope befand sich bereits in den Händen der nordischen Götter. Er konnte nur hoffen, daß Odin, Freya und die restlichen Bewohner von Walhalla Miss Hilda gewachsen waren.

»Setz dich doch wieder, Peter«, sagte Helen. »Der Junge sieht ziemlich zäh aus. Wie ist es denn heute so gelaufen?«

»Onkel Sven hat eine Levitationsübung gemacht, und Fergy hat eine wirklich nette kleine Dame aus Florida zu Besuch, die ihm Truthahn Tetrazzini kocht.«

»Erzähl doch!«

»Ich bin ja gerade dabei, verflixt nochmal. Gib mir nur genug Zeit, meine Gedanken zu ordnen.«

»Ja, Liebling.«

Helen nippte an ihrem Glas. Kurze Zeit später begann Peter seinen Bericht, den er mit den Worten schloß: »So, das war der aktuelle Lagebericht, mehr weiß ich auch nicht. Kannst du irgend etwas damit anfangen?«

»Nein, Liebling. Ich würde sagen, es war der Landvermesser.«

»Du meinst, es war einer von unseren Balaclava-Studenten? Dieser nette, freundliche Lewis-Junge, der Obstbäume anbauen will?«

»Warum nicht? Jedenfalls ist er derjenige auf deiner Liste, der am unverdächtigsten erscheint.«

»Du vergißt die Gänse.«

»Stimmt. Vielleicht solltest du sie mal ›gans‹ genau unter die Lupe nehmen?«

»Vielen Dank für deine weisen Worte, geliebte Gattin. Und wie geht es deinen Bücherwürmern?«

»Peter, du kannst dir gar nicht vorstellen, wie aufregend es ist! Ich habe eine neue – laß das doch, Jane. Du sollst deine kleinen Krallen nicht an Mamis Beinen schärfen. Geh zu Daddy. Was ich sagen wollte, ich habe heute eine weitere tolle Entdeckung gemacht.«

»Ein pressefrischer Erstdruck von Poes *Tamerlane?*«

»Etwas viel Besseres. Ich durchwühlte gerade einen Karton mit alten Postkarten und Karten zum Valentinstag, die übrigens einen enormen Sammlerwert haben, und stieß dabei auf Belial Buggins private Tagebücher.«

»Belial? Du meinst den Buggins, der die Bibliothek gestiftet hat? Ich dachte immer, er hieß Bedivere.«

»Richtig. Belial war Bediveres Bruder. Und er war außerdem Dichter.«

»Wußte gar nicht, daß er Geschwister hatte. Helen, dieses kleine Monster frißt mir die Hemdknöpfe vom Leib.«

»Dann halt sie davon ab. Sie wird krank davon. Komm schon, Jane, wir holen dir Milch und Plätzchen.«

Sie pflückte den kleinen gestreiften Fellball vom Brustkorb ihres Mannes und trug Jane in die Küche. »Deshalb ist der Fund auch so wichtig. Jedenfalls für mich. Warte einen Moment. Jane, Schätzchen, bitte nimm die Pfoten aus der Untertasse. Was man als Mutter aber auch alles durchmachen muß!«

Helen kam mit einem Teller mit Käse und Crackern zurück. »Heute abend gibt es nur Salat und kaltes Fleisch, also bedien dich ordentlich. Peter, Belial war wirklich erstaunlich! Er hat sich selbst Finnisch beigebracht, so daß er die *Kalevala* im Original lesen konnte. Kaum zu glauben! Und das alles hier in Balaclava County.«

»Und warum bitte nicht in Balaclava County? Damals konnte schließlich jeder einfache Lehrer noch Griechisch und Latein.«

»Das ist reine akademische Überheblichkeit, und das weißt du auch. Viele Lehrer konnten wahrscheinlich kaum McGuffeys Lesebuch für die fünfte Klasse lesen. Finnisch ist eine unwahrscheinlich schwierige Sprache. Deshalb stehen die meisten Finnen auch immer einfach da, sehen attraktiv aus und machen den Mund nicht auf. Ich kannte früher mal einen göttlich aussehenden Finnen. Er hieß Paali. Ich wäre ihm damals bis ans Ende der Welt gefolgt.«

»Und warum hast du es dann nicht getan?« knurrte Peter.

»Meine Mutter hätte es nicht erlaubt. Außerdem kann ich mich nicht erinnern, daß er es mir je vorgeschlagen hat. Das einzige, was er zu mir gesagt hat, war: ›Halt den Mund, und geh sofort zurück ins Bett.‹«

»Gütiger Himmel! Und warum das?«

»Sicher, weil meine Brüder wieder Radau machten. Das haben sie meistens gemacht. Er war unser Babysitter. Ich war damals etwa acht Jahre alt.«

»Gnädige Frau, das war die Enttäuschung des Tages. Es sei denn, du wolltest mir gerade mitteilen, was Belial getan hat, nachdem er die *Kalevala* im finnischen Original gelesen hatte.«

»Das wollte ich zwar, aber wenn du weiter so gemein bist, werde ich es unterlassen.«

»Das kommt daher, daß ich so krankhaft eifersüchtig bin«, erwiderte Peter, den Mund voll Cracker. »Fahr bitte mit deinem Bericht fort. Hat er den Rest seines Lebens gutaussehend und stumm verbracht?«

»Nein, er hat eine Saga verfaßt, genau wie Longfellow, nur anders.«

»Wie anders?«

»Nun ja, leider lange nicht so poetisch. Er hat wie verrückt von Hiawatha geklaut und dann noch eine Prise Pseudo-Mystizismus hinzugefügt, mit dem Grace und ich nicht viel anfangen konnten.«

»Zum Beispiel?« Peter hatte eine Schwäche für Knittelverse.

»Ich wußte, daß du das fragen würdest, also habe ich das erste Stück abgeschrieben.« Helen fischte ein zerknülltes Stück Papier aus der Schürzentasche. »Es fängt folgendermaßen an:

›Beim klaren Bach von Balaclava,
Im geistberauschten Abendrot,
Steht Belial, der bärt'ge Barde,
Mann des Feuers, Mann des Wassers,
und Drosseln zwitschern im Wacholder –‹

Peter, du willst doch bestimmt nicht noch mehr von diesem Unsinn hören?«

»Aber natürlich will ich das, meine kleine Lotusblüte.« Shandy erhob sich und gab seiner Frau einen keuschen Kuß auf die Stirn. »Belial war kein Mystiker, sondern ein kleiner Spaßvogel. Versuch nur mal, die Worte ›klaren‹, ›Geist‹, ›berauscht‹, ›Feuer‹ und ›Wasser‹ in einen bestimmten Zusammenhang zu setzen. Und was bekommt man dann?«

»Ich nehme an, einen schrecklichen Kater«, erwiderte Helen und verfärbte sich höchst attraktiv rosenrot. »Was können Grace und ich denn dafür, daß wir so reine, unschuldige Gedanken haben? Ich hatte schon angenommen, er müßte etwas verwirrt gewesen sein, um dieses Zeug zu schreiben.«

»Kein Buggins ist jemals verwirrt gewesen, außer er wollte es sein. Auf dem Campus erzählt man sich seit Ewigkeiten, daß es ein Buggins war, der den Balaclava Bumerang* erfunden hat. Dein Fund könnte den Bumerang vom Reich der Phantasie in die historische Wirklichkeit befördern. Wir sollten diese Angelegenheit gründlichst untersuchen, mein Liebling.«

»Du kannst ja Nachforschungen anstellen. Ich muß jetzt nach unserem Abendessen forschen. Du brauchst nicht zu denken, du könntest den ganzen Abend herumsitzen und dich mit Gin volllaufen lassen.«

»Und von wem habe ich den Gin zum Vollaufen bekommen, mein hübsches Kind? Habe ich denn überhaupt darum gebeten?«

»Nein, aber das hättest du bestimmt früher oder später getan, Liebling. Du mußt doch heute abend nicht noch zurück zu den Horsefalls, oder?«

»Hoffentlich nicht. Nachdem es im Fernsehen war, nehme ich an, daß die Bundespolizei jetzt alles abriegelt, da die Polizei von Lumpkinton offenbar nichts anderes fertigbringt als – was hat das denn zu bedeuten?«

Sie hatten das Fernsehgerät noch nicht abgestellt. Vor ein paar Sekunden waren noch die Werbespots für Abführmittel und verstopfte Abflüsse gezeigt worden, mit denen verständnisvolle Programmgestalter die Zuschauer für gewöhnlich während des Abendessens beglücken. Inmitten der Abflüsse tauchte auf einmal wieder ein ängstlich aussehender Berichterstatter auf dem Bildschirm auf.

»Wir unterbrechen unsere Werbung aus aktuellem Anlaß. Auf der Horsefall-Farm hat sich inzwischen ein weiterer dramatischer Zwischenfall ereignet. Eine Explosion, deren Ursache noch nicht geklärt werden konnte, hat an der Stelle hinter der Scheune einen riesigen Krater gerissen, wo Spurge Lumpkin vor

---

* Der Balaclava Bumerang ist ein Getränk, das aus heimischem Apfelwein und heimischem Kirschbrandy besteht. Bitte schreiben Sie uns nicht wegen des Rezepts an, da die richtigen Ingredienzen außerhalb von Balaclava County unmöglich zu beschaffen sind und das gewünschte Resultat daher nicht zu erreichen ist, wie sehr Sie sich auch anstrengen.

kurzem auf grausame Weise ums Leben gekommen ist. Mehrere Gänse wurden dabei getötet, einer unserer Kameramänner verletzt, und ein bekannter Wissenschaftler, der gerade dabei war, Erdproben zu entnehmen, um –«

»Um Himmels willen! Das kann nur Tim sein!« Shandy sprang auf und hastete zur Tür.

Helen versuchte, ihn zurückzuhalten.

»Warte doch, Peter. Iß doch wenigstens noch etwas.«

Er griff schnell nach einer Scheibe Käse. »Habe ich doch schon, Helen. Ich muß sofort weg.«

»Dann komme ich mit.«

»Auf gar keinen Fall. Einer von uns muß am Leben bleiben, was soll sonst aus Jane werden? Hüte du das Herdfeuer.«

Es war zwecklos. Er konnte viel schneller laufen als sie. Helen seufzte, ging zurück in die Küche und fragte sich, warum Männer immer das Bedürfnis hatten, den Helden zu spielen, und warum Frauen diese bewundernswerten Kindsköpfe trotzdem liebten. Sie aß etwas von dem Salat und dem kalten Fleisch, ließ Jane auf ihren Schoß klettern und dachte nach. Als sie die samtigen Katzenohren streichelte, hatte sie plötzlich eine Idee. Sie plazierte Jane auf ein Kissen, holte ihre Schlüssel zur College-Bibliothek und machte sich auf zu neuen Nachforschungen.

Kapitel 18

Aber ich bin Professor Shandy.«

»Selbst wenn Sie der König von Norwegen persönlich wären, hier dürfen Sie nicht durch.«

Ausnahmsweise erfüllte der Polizeichef von Lumpkinton diesmal getreu seine Pflicht und ließ sich durch nichts davon abbringen. Das ganze Gebiet vom Holzfällerweg bis zur Farm war abgesperrt, und Männer mit voller Nahkampfausrüstung, die sie wahrscheinlich von der Nationalgarde ausgeborgt hatten, waren überall als Wachen aufgestellt. Vielleicht gehörten sie auch selbst zur Nationalgarde. Jedenfalls bildeten sie eine Mauer, die offenbar undurchdringlich war, bis schließlich Laurie Ames aus dem Haus herübergerannt kam.

»Professor Shandy, wir haben Sie schon überall gesucht. Daddy Ames ist außer sich. Er denkt, daß Sie durch die Explosion getötet worden sind. Können Sie schnell mitkommen, bevor er sich so aufregt, daß er einen Herzinfarkt bekommt?«

Shandy nahm sich nicht einmal die Zeit, den Wachen einen triumphierenden Blick zuzuwerfen, sondern durchbrach sofort die Barrikade. »Wie schlecht steht es um ihn?« keuchte er.

»Ich kann nicht feststellen, ob er unter Schock steht oder einfach unglaublich betrunken ist«, meinte Laurie. »Miss Hilda hat ihn mit ihrem selbstgebrannten Blitz behandelt.«

»Großer Gott! War schon ein Arzt da?«

»Es ist ein Krankenwagen vom Hoddersville-Krankenhaus mit zwei Sanitätern gekommen, um die Verletzten abzuholen, aber die sitzen jetzt am Küchentisch, essen Jolenes Schichttorte und spielen Karten. Vom Krankenhaus ruft man dauernd an und fragt, wo sie sind, aber sie amüsieren sich offenbar so gut, daß sie gar nicht zurückwollen.«

Shandy sagte noch einmal »Großer Gott!« und rannte ins Haus.

Jedenfalls war Timothy Ames nicht tot. Er brüllte wie Bashan, doch seine Stimme klang etwas lallend. »Wo ist Pete? Um Gottes willen, wann findet ihr ihn denn endlich?«

Shandy folgte dem Gebrüll und fand seinen alten Freund im ersten Stock ausgestreckt auf einem Bett, auf dem ihn sein Sohn Roy festzuhalten versuchte.

»Dad, du mußt unbedingt – oh, Professor Shandy! Gott sei Dank, daß Sie kommen. Könnten Sie vielleicht versuchen, ihn zu beruhigen?«

Shandy ergriff die hornige, erdfarbene Hand seines Freundes. »Tim«, schrie er, »mir ist nichts passiert. Hast du dein Gerät eingeschaltet?«

Ames gelang ein Grinsen. »Ich kann dich hören, Pete. Ich bin angeknipst, und mir geht's gut. Ich hab' mir allerdings 'nen Hexenschuß geholt, als ich versucht habe wegzukommen. Der ganze verdammte Misthaufen kam auf mich zugesaust. Es wär' ein schrecklicher Abgang gewesen. Jedenfalls braucht Henny jetzt 'ne ganze Zeit nicht mehr zu düngen. Das Zeug liegt bestimmt kniehoch überall herum. Miss Hilda hat mich gebadet. Ich glaube, sie hat mir eins ihrer Nachthemden angezogen. Ich trau' mich gar nicht hinzusehen.«

»Ich habe dich gebadet, Dad«, sagte Roy, der aussah, als ob er ein wenig geweint hätte. »Und was du da anhast, ist Hennys Ersatznachthemd. Miss Hilda hat nur Aufsicht geführt. Sie war aber leider nicht besonders beeindruckt. Sie sagte, ihr jungen Grünschnäbel hättet auch nicht mehr besonders viel vorzuweisen.«

»Man muß mit dem Wenigen zufrieden sein, was Gott einem gegeben hat. Apropos Grünschnäbel, was ist mit dem Jungen? Geht es ihm gut? Hat mir das Leben gerettet. Seine Reflexe waren besser als meine. Hat sich zwischen mich und die Flak geworfen.«

»Ihm geht es gut, Dad. Als ich ihn zuletzt sah, wurde er mit dem Gartenschlauch abgespritzt, und seine Mutter war völlig außer sich.«

»Kein Wunder. Jetzt weiß er 'ne Menge mehr über organische Düngemittel, als ihm lieb ist, wette ich. Pete, wir müssen dem Jungen ein Stipendium verschaffen, ich bezahl' die Rechnungen, und du klärst es mit Svenson.«

»Sprichst du von dem jungen Ralphie Horsefall?«

»Dem Jungen vom Großneffen. 'n magerer Frischling, der hier für Henny ausmisten kommt. Hat das richtige Zeug zu einem Farmer. Wo zum Teufel bist du denn bloß gewesen, Pete?«

»Zu meiner Schande muß ich gestehen, daß ich nach Hause gefahren bin, ohne dir Bescheid zu sagen. Helen und ich sahen uns die Nachrichten im Fernsehen an. Dieser Bengel Swope hatte ein Kamerateam hergeschleppt, wie du sicher schon weißt, und sie brachten auf einmal eine Meldung über die Explosion. Als ich hörte, daß du . . .« Aus irgendeinem Grund versagte seine Stimme plötzlich. Er räusperte sich und setzte neu an. »Was ist denn nun eigentlich passiert?«

»Hab' ich ja schon gesagt. Der Misthaufen ist in die Luft geflogen. Ich zeigte dem Jungen gerade, daß der Boden in diesem Gebiet ganz besonders fruchtbar ist wegen der vielen Spurenelemente. Das nächste, an das ich mich erinnern kann, war so etwas wie ein gurgelndes Zischen, und dann flogen uns auch schon die Pferdeäpfel um die Ohren. Das war das erste Mal, daß ich so was gesehen habe, und ich habe schon verdammt viele Misthaufen gesehen. Wenn du mich fragst, hat Orm 'nen ganz schön derben Humor.«

»Gütiger Gott! Soll das etwa auch wieder der Wikingerfluch gewesen sein?«

»Wieso nicht? Ich glaube, ich mach' noch ein bißchen die Augen zu, wenn es dir nichts ausmacht.«

Shandy klopfte unbeholfen auf die Schulter unter Hennys Ersatznachthemd und verließ den Raum auf Zehenspitzen. Roy folgte ihm und schloß die Tür.

»Er ist wieder ganz in Ordnung, Professor Shandy. Es ist hauptsächlich der Schock. Ich bin selbst noch ein bißchen wacklig auf den Beinen. Dad weiß gar nicht, wie viel Glück er und Ralphie hatten. Wenn sie ein paar Meter näher an dem Misthaufen gewesen wären und wenn Ralphie nicht so geistesgegenwärtig gewesen wäre, ich – ich will lieber nicht darüber nachdenken.«

»Ich auch nicht, Roy. Was hältst du von der Orm-Theorie?«

»Orm? Zum Teufel mit dem Quatsch. In der Antarktis mußten wir manchmal sprengen, wenn wir in den Eisschollen feststeckten, und natürlich mußte es ganz vorsichtig angestellt werden, wegen des ökologischen Gleichgewichts, ganz zu schweigen davon, daß wir ein Loch in den Schiffsrumpf hätten sprengen können. Ich glaube, daß ich die Wirkung einer gut plazierten

Sprengladung erkennen kann, wenn ich sie sehe. Sie können selbst mal einen Blick darauf werfen. Ich weiß nicht, ob die Männer vom Bombenkommando schon hier sind, wenn nicht, sollten sie besser schnellstens kommen. Ich habe da noch mehr Stunk gemacht als die Explosion, und die verbreitete schon einen ganz anständigen Gestank, kann ich Ihnen sagen.«

Shandy hatte es bereits festgestellt. Selbst oben am Haus hing der Gestank von uraltem Mist noch derart penetrant in der Luft wie das intensive Aroma schweißnasser Socken im Umkleideraum für Männer nach einem Leichtathletikwettkampf. Als sie sich der Scheune näherten, stank es sogar noch mehr, was Shandy kaum für möglich gehalten hätte.

»Passen Sie auf, wo Sie hintreten, Professor.«

Roy hätte sich die Warnung sparen können. Die freien Stellen waren so weit voneinander entfernt, daß man sie kaum nutzen konnte. Obwohl er ein Spezialist für Rübenfelder war, bewegte sich Shandy ebenso vorsichtig vorwärts wie eine Katze auf einem nassen Rasen. Er konnte jetzt die Scheune sehen, die ohne den glitschigen, braunen, matschigen Riesenhaufen dahinter merkwürdig unvollständig aussah. Ein dunkler Fleck, der sich über den Großteil der Rückwand zog, war der sichtbare Beweis dafür, daß der Misthaufen beim letzten Mal, als Shandy diese Stelle gesehen hatte, noch vorhanden gewesen war. Interessant war, daß nicht eine einzige Scheunenplanke durch die Explosion auch nur gerissen oder zersplittert war.

In den Nachrichten hatte man die Größe des Kraters stark übertrieben, doch es gab tatsächlich eine Vertiefung, die etwa einen Meter tief war und ungefähr viereinhalb Meter Durchmesser hatte. Überall lagen graue und weiße Federn herum, die das Ableben der Lewis-Gänse bezeugten. Henny Horsefall stand neben dem Loch und sah selbst wie ein gerupfter Gänserich aus.

Das Bombenkommando war weit und breit nicht zu sehen. Roy stieß einen Fluch aus. Shandy ging weiter, da sein Geruchssinn inzwischen derart abgestumpft war, daß er nun ohne Mühe einatmen konnte, und schaute in den Krater. Es gab eigentlich sehr wenig zu sehen, lediglich aufgerissenen, nährstoffreichen Boden und ein paar Federn. Er konzentrierte sich also auf die nähere Umgebung.

Im großen und ganzen schien eher ein heilloses Durcheinander zu herrschen als etwas ernsthaft beschädigt worden zu sein. Der fliegende Mist hatte das Hühnerhaus nahezu unter sich begraben und einige Zaunpflöcke umgeworfen, doch dieser Schaden konnte leicht behoben werden. Er ging zu einem der umgekippten Pfähle und stolperte über einen Draht, der beinahe völlig im Schmutz verschwunden war. Ein unangenehmes kribbelndes Gefühl schoß ihm das Bein hoch.

»Horsefall«, schrie er, »wußten Sie, daß hier ein Elektrodraht liegt?«

Der alte Farmer ließ sich mit seiner Antwort Zeit. Schließlich murmelte er: »Klar weiß ich das.«

»Aus welchem Grund?«

»Letzten Winter hab' ich hier für Bessie 'n kleinen Pferch gebaut, als ich 'n lahmes Bein hatte. Dachte, neben'm Misthaufen wär's ihr wärmer. Mußte sie ja irgendwie rauskriegen. Bessie liebt eben frische Luft. Wird launisch, wenn man sie 'n ganzen Tag im Stall läßt.«

»Und den Pferch haben Sie aus ein paar Zaunpfählen und Elektrodraht gemacht?«

»Spurge un' ich ham ihn gemacht. Er hat die Pfosten gesetzt, un' ich hab' 'n Draht gezogen, so gut wir's konnten. Irgendwas mußten wir ja tun. Bessie stromert immer gern rum.«

»Wann haben Sie das Gehege das letzte Mal benutzt?«

»Eh? Is' schon 'ne Weile her. Jetz' bring' ich sie immer auf die Weide rauf. Mag sie viel lieber.«

»Warum ist der Zaun dann geladen?«

»Will verdammt sein, wenn ich das weiß.« Henny klang nicht so, als ob ihn das Problem sehr beschäftigte.

»Halten Sie ihn normalerweise abgeschaltet, wenn Bessie nicht hier ist?«

»Klaro. Warum soll ich 'n Saft verschwenden? Die verdammten Stromrechnungen sin' 'wieso hoch genug.«

»Wo ist denn der Stromschalter?«

»Inner Scheune.«

»Könnte ich ihn mal sehen?«

Der alte Horsefall kam der Bitte offenbar nur deshalb nach, weil er keine Kraft mehr hatte, um zu widersprechen. Er führte Shandy und Roy Ames in das riesige, kühle, leere Gebäude und zeigte auf eine notdürftig zusammengebastelte Konstruktion, die jeden Feuerwehrmann in Angst und Schrecken versetzt hätte. Shandy überprüfte alles vorsichtig und entdeckte, daß der Strom eingeschaltet war. Dann ging er wieder hinaus auf den Hof, fand nach einigem unerfreulichen Stochern die anderen Drähte und stellte fest, daß alle, bis auf den Draht, über den er gestolpert war, vom Stromanschluß losgerissen worden waren. Genau das hatte er erwartet.

»Ich glaube, jetzt kennen wir die Antwort, Roy«, sagte er. »Suchen Sie jetzt bitte mal nach einem Stück Metall.«

»Was für ein Metallstück?«

»Keine Ahnung. Es könnte ein Hufeisen sein, ein alter Bolzen, ein Stück von einer Hacke, irgend etwas, das man normalerweise an einem Ort wie diesem finden würde. Außerdem muß irgendwo eine Vorrichtung herumliegen, die aus zwei verschiedenen Metallsorten und einer Feder besteht und möglicherweise an einem Stück Holz befestigt ist. Das Ding kann sehr klein sein und ist höchstwahrscheinlich durch die Explosion völlig zerstört worden, aber wir können es trotzdem versuchen. Na los, Horsefall, helfen Sie uns beim Suchen.«

Der Farmer brachte nicht einmal die Kraft auf, seinen Kopf zu schütteln. Er stand einfach da und drehte unablässig eine lange graue Feder, die aus einem Gänseflügel stammte, in seinen knochigen Händen hin und her. Shandy sah ihn besorgt an, nahm eine Mistgabel und machte sich an die Arbeit.

Es dauerte eine ganze Weile, bis Roy schließlich einen kurzen Metallstab zutage förderte, dessen Seiten abgeflacht waren und in den an beiden Enden ein Gewinde eingeschnitten war. »Könnte das Ihr Stück Metall sein, Professor?«

»Das könnte es sehr wohl und ist es wahrscheinlich sogar. Ah ja! Schauen Sie sich das nur an!«

»Sie meinen das Stück dünnen Draht, das um das Gewinde gedreht war? Was bedeutet das? Sagen Sie bloß nicht, daß es eine Bombe ist!«

»Nein, nur ein Teil des Zünders. Der Misthaufen selbst war die Bombe.«

»Meinen Sie das im Ernst?«

»Natürlich. Was versorgt den Generator an unserem College mit Energie, Roy?«

»Methangas.«

»Und wie bekommt man Methangas?«

»Hauptsächlich durch die Zersetzung von tierischen Abfallprodukten.«

»Und durch was sind wir seit ungefähr einer Stunde gewatet? Nach den Indizien zu urteilen, würde ich sagen, jemand hat sich ein kleines Dingsda zusammengebastelt, indem er zwei verschiedene Metallsorten kombiniert hat, etwa Zink und Kupfer, dann das eine Ende mit Elektrodraht verbunden und am anderen Ende dieses Stück hier, was es auch sein mag, befestigt hat. Er oder sie hat dann diese Vorrichtung in den Misthaufen gelegt und die übrigen Zaunleitungen unterbrochen, so daß später keiner bei einer zufälligen Berührung merken würde, daß der Strom eingeschaltet war.

Danach brauchte er lediglich den Strom einzuschalten, nach Hause zu gehen und ein Bad zu nehmen. Die Hitze, die im Innern des Misthaufens durch die natürliche Fermentierung freigesetzt wurde, hat allmählich die Metalle im Sprengzünder erwärmt. Die Feder sprang hoch, und es entstand ein Kontakt, was wiederum einen Funken verursachte, der das im Misthaufen vorhandene Methangas zündete. Die Stärke der Explosion konnte im voraus nicht genau berechnet werden, weil die genaue Konzentration des Methangases unbekannt war, doch es war mehr oder weniger zu erwarten, daß es zu nichts Schlimmerem kommen würde als zu einer Riesenschweinerei, und die haben wir jetzt ja wohl auch.«

»Das können Sie ruhig zweimal sagen, Professor. Wie lange braucht so ein Zünder wohl, um sich aufzuheizen?«

»Keine Ahnung. Das Metall braucht dazu nicht etwa rotglühend zu werden. Im Grunde haben wir es mit demselben Prinzip zu tun, nach dem auch die ersten Heizthermostate funktionierten.«

»Aber es dauert schon eine ganze Weile? Man könnte sich also selbst vorher in Sicherheit bringen, bevor es losginge?«

»Das nehme ich stark an. Wahrscheinlich bleibt dazu genug Zeit. Der Sprengzünder wurde wahrscheinlich sogar schon letzte Nacht gelegt, als der Mob die Farm stürmte, oder vielleicht auch erst, nachdem die Massen sich wieder etwas verzogen hatten. Man hat wohl den Haufen aufgegraben, es sei denn, es bestand die Möglichkeit, ihn von der Seite anzubohren.«

»Etwa mit Dads Erdbohrer oder etwas Ähnlichem. Vielleicht auch mit einem dieser elektrischen Schlangendinger, wie Klempner sie haben.«

»Hm ja.« Shandy fragte sich, ob der Sohn von Mrs. Fescue wohl nebenberuflich auch ein guter Klempner war. »Oder man benutzt eine Bohrmaschine für Masten oder Pfähle, möglicherweise sogar ein langes Brecheisen, wenn man genug Kraft hat. Man braucht nur ein kleines Loch zu machen und schiebt dann den Metallstab mit der Sprengvorrichtung und dem daran befestigten Elektrodraht hinein. Daher wurde wohl auch dieses spezielle Objekt ausgewählt. Die Windungen verhindern, daß der Draht abrutscht, und es hat genau die richtige Form, die sich leicht hineinschieben läßt. Lassen Sie es uns noch einmal ansehen.«

Roy reichte ihm das Fundstück, und Shandy untersuchte es erneut genau.

»Ich weiß verdammt gut, wo dieses Stück hingehört, aber es will mir im Moment einfach nicht einfallen. Früher oder später werde ich mich schon noch erinnern. Vielleicht ist es sowieso nicht wichtig. Am besten, wir versuchen, die anderen Teile des Sprengzünders zu finden. Natürlich ist es genauso hoffnungslos wie in der berühmten Geschichte von der Nadel im Heuhaufen.«

»Gegen einen Heuhaufen hätte ich auch überhaupt nichts einzuwenden.« Roy versuchte, mannhaft zu lächeln und beugte sich wieder über seine Mistgabel.

Kapitel 19

Sie wühlten noch immer im Mist, als das Bombenräumkommando der Staatspolizei schließlich eintraf. Shandy zeigte die Fundstücke, erklärte seine Theorie und sagte, er sei sicher, die Polizei wäre bestimmt zu demselben Ergebnis gekommen, wenn sie vor ihm dagewesen wäre. Die Sprengstoffexperten antworteten, da seien sie auch sicher, doch sie wollten ihm und Roy dennoch dafür danken, daß sie ihnen zuvorgekommen seien. Dann übernahmen sie widerwillig die ehrenvolle Aufgabe, nach weiteren Teilen des Sprengzünders zu suchen, die sie schließlich auch in Form von ein paar Splittern einer alten Holzschindel und einem walnußgroßen Klumpen miteinander verschmolzener Metalle fanden.

Shandy war wieder zurück ins Haus gegangen, um sich zu säubern und nachzudenken. Was Roy gesagt hatte, war völlig richtig: Keiner, mit Ausnahme des Übeltäters selbst, konnte gewußt haben, wann genau die Vorrichtung angebracht worden war, also konnte auch keiner als unschuldig gelten. Es war sogar denkbar, daß der junge Ralphie den Zünder in seinen Overalltaschen bereitgehalten hatte, er konnte die Drähte angeschlossen und Tims Erdbohrer unbemerkt genau so lange benutzt haben, wie es dauerte, die Sprengladung zu legen, während er Interesse an den Erdproben vortäuschte.

Die Sprengzündung hatte sich vielleicht schneller erwärmt, als er angenommen hatte, und ihn dem eigenen Feuerwerkskörper ausgesetzt, bevor er Zeit hatte, sich aus dem Staub zu machen. Oder er hatte sich als eine Art Mutprobe in der Nähe des Misthaufens aufgehalten, aber nicht vermutet, wie stark die Explosion sein würde, und nur nach einer Entschuldigung dafür gesucht, daß er ein wenig nach Mist roch, auch wenn ein Hauch Stallaroma an einem Jungen, der Farmarbeit verrichtete, wohl kaum zu Verdächtigungen Anlaß gab.

Im großen und ganzen konnte man Ralphie zwar eine Menge unterstellen, doch bei den Motiven tappte man im dunkeln, es sei denn, der Junge war nicht ganz klar im Kopf. Wie konnte er aber nicht ganz richtig im Kopf sein, wenn Timothy Ames so sicher war, daß er das Zeug zu einem echten Farmer hatte? Shandy war eher bereit, an Orms Fluch zu glauben als an einen derartigen Irrtum seines alten Freundes.

Als er an Orm dachte, fielen ihm wieder die beiden jungen Landvermesser ein, die angeblich herauszufinden versuchten, auf wessen Land sich der Runenstein befand. Der junge Lewis, Hennys nächster Nachbar, arbeitete schließlich in gewissem Sinne bereits für Nute Lumpkin. Vielleicht hatte er noch ganz andere Dinge für ihn erledigt?

Es war vielleicht nur ein Trick gewesen, daß er Professor Shandy von seinen Apfelbäumchen vorgeschwärmt hatte. Wenn Lewis intelligent war, und das mußte er ja sein, da er immerhin die Aufnahmeprüfung für das College geschafft hatte, wußte er, daß Professor Shandy sich automatisch für einen jungen Mann erwärmen würde, dessen Lebensziel darin bestand, sich einen eigenen Obstgarten anzulegen. Er wußte zweifellos auch von Professor Shandys detektivischem Geschick und hatte sich viel Mühe gegeben, sich seinem Professor als Musterbild an Tugend darzustellen.

Allerdings waren die Gänse, die bei der Explosion ihr Leben hatten lassen müssen, Eigentum der Lewis-Familie gewesen. Aber es war ein alter Trick aus der Mottenkiste, sich selbst oder etwas, das einem gehörte, zu opfern, um damit die eigene Unschuld zu beweisen. Die Gänse konnte man mit relativ geringem finanziellen Aufwand ersetzen. Lewis war sicher nicht dumm genug, eine derartige Arbeit für Lumpkin zu verrichten, ohne dafür ordentlich abzustauben. Außerdem wäre ein College-Student, der es sogar bis zum Landvermesser gebracht hatte, wohl sehr viel besser in der Lage, einen komplizierten Sprengzünder für einen Misthaufen zu basteln, als ein Teenager, der sich offenbar nur mit Mühe durch die höhere Schule wurstelte.

Miss Horsefall hatte gefragt, warum Nutie der Schleimer sich die Mühe gemacht hatte, das für ihn wertlose Eigentum seines toten Vetters abzuholen. Shandy hatte die Sache als unangenehmen Zwischenfall abgetan, aber vielleicht hatte der Besuch nur als Vorwand gedient, um Kontakt mit dem jungen Lewis aufzunehmen? Oder mit dem anderen jungen Mann? Oder vielleicht sogar mit beiden?

Aber warum brauchte Nutie den jungen Lewis überhaupt? Möglicherweise hatte er selbst den Misthaufen in die Luft gesprengt? War das kleine Zwischenspiel mit dem malvenfarbenen Taschentuch nicht vielleicht nur ein subtiler Hinweis auf sein ausgeprägtes Dandytum gewesen, so daß Shandy ihn mit einer derartig vulgärbukolischen Explosion unmöglich in Verbindung bringen konnte?

In Wirklichkeit konnte Lumpkin unmöglich so zimperlich sein, wie er vorgab. Zum Antiquitätengewerbe gehörte immerhin auch das Stöbern in staubigen Speichern und modrigen Kellern, ganz zu schweigen von Hühnerhäusern und Heuschobern. Außerdem mußte er selbst auf einer Farm oder in der Nähe einer Farm aufgewachsen sein, gleichgültig, was er heute zu sein vorgab. Früher hatte es hier nichts anderes als Farmen gegeben, bis dann die Seifenfabrik gebaut worden war und die Gunder Gaffsons dieser Welt hergelockt hatte. Lumpkin kannte sich zweifellos auf einem Hof genauso gut aus wie die meisten Nachbarn.

Allerdings konnte sich Shandy nicht vorstellen, daß Lumpkin den Zündsatz während seines Besuchs bei den Horsefalls montiert hatte. Zum einen hatte er diesen hellbeigen Anzug getragen, der fleckenlos sauber ausgesehen hatte, bis Lumpkin sich gezwungen sah, die Kartons mit Tabaksdosen zu seinem Wagen zu tragen und wegen des Schmutzes fast einen Anfall bekommen hatte.

Vielleicht hatte er aber auch die alten Sachen von Spurge nur mitgenommen, um seinen eigenen Anzug zu schützen? Aber wie hätte er sich umziehen, zurückschleichen und unbemerkt wieder verschwinden können? Die Horsefall-Farm war während des ganzen Tages nicht gerade unbevölkert gewesen. Selbst nachdem die Scharen von Verwandten und anderen Trauernden wieder abgezogen waren, waren immer noch die Ames' und der junge Ralphie dagewesen, Sven Svenson war durch die Bäume geflogen, und Gott allein wußte, wer sonst noch alles dagewesen war. Lumpkin hatte auch nicht die Abkürzung über den Holzfällerweg und durch das Dornengestrüpp nehmen können, weil Bashan am einen und Thorkjeld Svenson am anderen Ende Wache hielten. Außerdem hatte er bereits zweimal die Polizeikontrolle passiert, so daß er unmöglich ein drittes Mal unerkannt hätte zurückkommen können.

Aber vielleicht hatte er bereits andere Kleidung getragen? Angenommen, es wäre ihm in der letzten Nacht während des allgemeinen Tohuwabohus gelungen, sich ins Haus zu schleichen und Spurges Sachen anzuziehen? So hätte er leicht seine duftende Zeitbombe legen können.

Danach hätte er allerdings die Kleidungsstücke wieder zurückbringen müssen, so daß sie nicht vermißt worden wären, doch auch das wäre relativ einfach gewesen. Spurge hatte in dem kleinen Schlafzimmer im Erdgeschoß geschlafen, das direkt neben dem Holzschuppen lag und hier in der Gegend immer dem Knecht oder der Magd zustand. Wenn Lumpkin tatsächlich beim Kommen oder Gehen identifiziert worden wäre, hätte er irgendeinen Schwachsinn über seine Pflichten dem verstorbenen Vetter gegenüber verzapfen können, doch die Wahrscheinlichkeit, entdeckt zu werden, war nur gering, wenn er sich halbwegs vorsichtig angestellt hatte. Lumpkin besaß eines dieser ausdruckslosen, nichtssagenden Gesichter, die einen dazu verleiteten anzunehmen, daß derjenige, den man sah, jemand ganz anderer war.

Der Zweck seines heutigen Auftrittes konnte darin bestanden haben, die Kleidungsstücke aus dem Weg zu räumen, für den Fall, daß sich Haare, Öl oder sonstige verräterische Spuren daran befanden. Das wäre zwar eine unnötige Vorsichtsmaßnahme, aber Shandy fühlte, daß eine solche Vorgehensweise zu Nute Lumpkin passen würde. Vielleicht hatte er auch mehr gewollt als nur Spurges Kleidung. Angenommen, er hätte Grund zu der Annahme, daß sein Vetter beispielsweise ein kleines, aber wertvolles Familienerbstück oder ein Dokument besessen hatte, das seinen Anspruch auf den umstrittenen Lumpkin-Besitz stärkte oder gefährdete? In einem spärlich möblierten Zimmer gab es nicht viele Versteckmöglichkeiten für einen derartigen Gegenstand, außer vielleicht in der umfangreichen Tabaksdosensammlung.

Nute hätte nicht gewagt, lange genug zu bleiben, um sämtliche Kartons zu durchstöbern, aber warum sollte er auch? Er hätte genau das getan, was er schließlich auch getan hatte, nämlich am hellichten Tag einen Besuch abgestattet und sich so abscheulich benommen, daß keiner auch nur einen Blick auf die Gegenstände zu werfen wagte, bevor er sie wegschleppte. Vielleicht hatte er damit gerechnet, daß die Explosion sich gerade dann ereignen würde, wenn er sich in aller Unschuld im Haus aufhielt. Vielleicht hatte er gehofft, daß die Ablenkung ihm genug Zeit lassen würde, das zu finden, wonach er suchte, ohne den ganzen Plunder mitschleppen zu müssen. Wer zum Teufel konnte das schon wissen?

Keiner war unverdächtig, nicht einmal Tim, Roy oder Laurie. Oder Eddie, Ralph und Jolene oder Marie oder eines ihrer zahlreichen Kinder. Nicht einmal Miss Hilda oder Henny Horsefall, der sich derart merkwürdig verhielt, daß man sich wirklich fragen mußte, ob man ihn ohne Bedenken allein lassen konnte. Auch Fergy der Trödler hätte in der Nacht herwatscheln können, vorausgesetzt, es war ihm gelungen, sich aus Millicent Peaveys liebevoller Umarmung zu befreien, und er war nicht zu betrunken gewesen, um den Misthaufen zu finden, wobei allerdings beide Annahmen unwahrscheinlich waren, wenn man die bisher bekannten Tatbestände berücksichtigte.

Fergy hätte bestimmt nicht unerkannt in seinem Rennbahn-Aufzug, den er auf der Beerdigung getragen hatte, auf dem Scheunenhof herumhantieren können, und er hatte nach nichts anderem als nach Bier gestunken, als Shandy ihn danach getroffen hatte. Von den beiden war Millicent sicher die verdächtigere Person; aber sie war noch nicht lange genug in Lumpkin Corners, um zu wissen, wo sich die Horsefallsche Scheune überhaupt befand. Außerdem hatte sie kein Motiv, Henny Horsefall zu schikanieren, es sei denn, sie wäre die seit langem verschollene Tante von Gunder Gaffson. Auch das würde Shandy nicht mehr sonderlich überraschen.

Hätte Gunder Gaffson riskiert, selbst herzukommen? Der Bauunternehmer war ein kräftiger Mann. Shandy erinnerte sich daran, wie er Loretta Fescue überragt hatte, als er die beiden zusammen gesehen hatte, und Loretta war auch nicht gerade klein. Und Gaffson war ein aufbrausender Typ, wenn man danach ging, wie er Mrs. Fescue angefaucht hatte und sie weggezerrt hatte. Und er war gewohnt, alles zu bekommen, was er wollte, und genau das zu tun, wonach ihm zumute war, ohne sich um die Folgen zu kümmern, die seine Handlungen für andere nach sich zogen.

Gaffson besaß bestimmt zumindest Grundkenntnisse, was elektrische Anlagen betraf, da er im Baugeschäft tätig war. Ganz sicher war ihm bekannt, wie man einen einfachen Thermostaten herstellte. Er hatte genug Kraft und verfügte bestimmt auch über das richtige Werkzeug, um einen Misthaufen anzubohren. Wenn ihm die Arbeit zu unangenehm war, konnte er immer noch Fesky geschickt haben, um sie für ihn zu erledigen.

Oder Loretta selbst hatte Fesky geschickt. Oder Fesky hatte persönlich die glänzende Idee gehabt, die Initiative zu ergreifen, und warum um alles in der Welt war Shandy nicht heute nachmittag hingegangen und hatte Fesky Fescue ausfindig gemacht, anstatt sich Millicent Peaveys Geschnatter über das Aufwärmen von Truthahn Tetrazzini anzuhören?

War es zu spät, jetzt Fesky aufzusuchen? Wie spät war es überhaupt, zum Kuckuck? Plötzlich fiel Shandy auf, daß die Sonne schon untergegangen war, dabei war heute der längste Tag des Jahres, was ihm bisher völlig entgangen war. Das Fest der Sommersonnenwende. Ein Kribbeln, das sich so ähnlich anfühlte wie das, was er eben gespürt hatte, als er über den Elektrodraht stolperte, schoß ihm die Wirbelsäule hinauf. Die alten Nordmänner hatten diesem Tag doch immer eine besondere Bedeutung zugemessen, oder? Konnte diese bizarre Kette von Ereignissen um den Runenstein tatsächlich in Zusammenhang mit der Sommersonnenwende stehen? Oh Gott! War er etwa wieder bei Orm Tokesson angelangt?

Kapitel 20

Als Shandy aus seinen Gedanken emportauchte, bemerkte er, daß er sich geistesabwesend an Miss Hildas Küchentisch gesetzt und den Rest von Jolenes Schichttorte verzehrt hatte. Er wischte sich die Krümel vom Mund und ging hinaus auf den Hof, wo er das Verandalicht anknipste, denn es war bereits finster geworden.

Durch den sofort einsetzenden Angriff von Motten und Junikäfern hindurch konnte er im Hof einen lila Wagen erkennen. Eine große Frau, die einen lila Hut und ein lilafarbenes Kleid trug, stand daneben und sprach auf einen in sich zusammengesunkenen alten Mann in einem zerlumpten Overall ein. Loretta Fescue hatte offenbar mit Hilfe ihres Bruders, des Polizeichefs, die Postenkette durchbrochen und ging Henny auf Teufel komm raus mit ihrem berühmten Maklerschmus um den Bart. Und Henny machte offensichtlich schlapp.

Shandy lief in den Hof und packte Henny mit festem Griff bei der Schulter. Keinen Moment zu früh, denn die Grundstücksmaklerin zog gerade einen Kaufvertrag aus der übergroßen lila Handtasche.

»Sie sehen selbst, daß es sich um ein bemerkenswert günstiges Angebot handelt, Mr. Horsefall. Aber leider kann Mr. Gaffson nicht mehr länger warten. Er hat sich bereits ein Grundstück drüben in Hoddersville angesehen, das für sein Vorhaben beinahe genauso günstig ist wie Ihr Grundstück. Und dann all die fürchterlichen Unfälle, die hier während der letzten zwei Wochen stattgefunden haben, ich will gar nicht davon reden, was vielleicht sonst noch alles auf Sie zukommen könnte, jetzt, wo der Runenstein ausgegraben werden soll. Nicht, daß ich selbst abergläubisch bin, aber ich kann es Ihnen ja ruhig sagen, als ich heute mittag hörte, daß Professor Ames bei der Explosion ums Leben gekommen ist, wäre ich fast in Ohnmacht gefallen.«

»Dann wird es Sie sicherlich unendlich beruhigen zu erfahren, daß Professor Ames weder getötet noch ernsthaft verletzt wurde und daß die Explosion mit dem Runenstein nicht das geringste zu tun hatte«, klärte Shandy sie auf. »Es handelt sich vielmehr um einen neuen Anschlag auf die Horsefalls. Und diese Anschläge haben merkwürdigerweise zufällig genau in dem Moment angefangen, als Sie zum ersten Mal versucht haben, die Horsefalls zum Verkauf ihrer Farm zu überreden.«

»Wie bitte? Wollen Sie damit andeuten, daß –«

»Ich will gar nichts andeuten, Mrs. Fescue. Ich möchte nur auf einen recht merkwürdigen Zufall aufmerksam machen.«

»Eh?«

Zum ersten Mal seit der Explosion sah Henny Horsefall mehr lebendig als tot aus. »Ham Sie etwa eben gerade Anschlag gesagt?«

»Horsefall, Sie waren doch bei mir, als ich das Stück Elektrodraht gefunden habe und als Roy das Metallstück entdeckt hat, das die Bombe gezündet hat. Ist Ihnen nicht bewußt geworden, daß man den Misthaufen absichtlich so manipuliert hat, daß er explodierte?«

»Vermute, ich hab' das alles nich' so ganz mitgekriegt«, murmelte der alte Mann. »'s is' soviel passiert. Alles nach'nander. Dieser Swope-Junge –«

»Ist auf einer Öllache ausgerutscht, die jemand absichtlich drüben an der Kurve verursacht hat, und kopfüber von seinem Motorrad geflogen. Auch daran war nichts Übernatürliches.«

»Aber Orm hat den Schwedenkerl doch hochgeschmissen in'n Baum«, argumentierte Henny, »hat er doch selbs' gesagt.«

»Doktor Svenson ist ein ganzes Stück älter als Sie, Horsefall, und sein Englisch ist auch nicht gerade gut. Entweder er hat nicht begriffen, was mit ihm geschehen ist, oder er konnte nicht die richtigen Worte dafür finden.«

Shandy beschrieb das primitive, aber wirkungsvolle Katapult, für das jemand die junge Birke mißbraucht hatte. »Es war großes Glück oder auch Pech, je nachdem, wie man es betrachtet, daß jemand, der so leicht ist wie er, und nicht etwa jemand, der so groß und schwer ist wie sein Neffe, sich an die Birke gelehnt hat und in die Luft gewirbelt wurde, als sie hochschnellte.«

»Verdammt noch eins!«

Henny sah auf einmal wieder beträchtlich besser aus, und Mrs. Fescues Lächeln verkrampfte sich und wirkte zusehends gezwungener.

»Es waren also bloß wieder diese verdammten – bei allen Heiligen, was issen das?«

Aus dem Dunkel der Nacht ertönte das Stampfen von Hufen. Plötzlich tauchte auf dem Hof ein rabenschwarzes Pferd auf, das größer als jedes andere Lebewesen zu sein schien. Auf seinem Rücken thronte majestätisch eine Frauengestalt, die schöner war als jede andere Frau, und ihr langes goldenes Haar leuchtete wie eine strahlende Aureole. Ihrem Roß folgte eine andere Reiterin, die winzig klein auf einem ebenfalls pechschwarzen Riesentier thronte, auch ihr Haar war blond, jedoch kürzer und lockig. Der Ritt der Walküren!

Aber nein, bei allen nordischen Göttern, es war Sieglinde Svenson auf Odin, dem größten und schnellsten der gewaltigen Balaclava Blacks. Und ihre Begleiterin, die auf Odins Gefährtin Freya zu ihnen herübertrabte, war niemand anders als –

»Helen! Gütiger Gott, willst du dich umbringen?« brüllte ihr entsetzter Ehemann.

»Sei nicht albern, Peter. Hüh, Freya. Sie ist sanft wie ein Lamm. Selbst ein Baby könnte sie reiten. Sieglinde und ich konnten nämlich kein Auto bekommen, weil Thorkjeld ihres hat und du unseres, und wir haben nicht gewagt, Doktor Porble zu fragen, und wir mußten dir einfach alles sofort erzählen.«

»Für Thorkjeld wird es wahrlich ein harter Schlag sein«, seufzte Mrs. Svenson und brachte Odin zum Stehen wie ein Kind sein hölzernes Steckenpferd. »Bleib stehen, mein edles Roß! Peter, Sie müssen es ihm sagen. Ich bringe es nicht übers Herz.«

»Was soll ich ihm sagen? Donnerkeil, was ist denn jetzt schon wieder passiert? Ist jemand gestorben?«

»Viel schlimmer, es hat ihn nie gegeben.«

»Wen? Sie wollen doch damit nicht sagen, daß Birgit schon eine Fehlgeburt hatte?«

»Sei nicht so kindisch, Peter«, wies Helen ihn zurecht. »Sie ist doch gerade erst in den Flitterwochen. Natürlich sprechen wir von Orm. Es ist alles Schwindel.«

»Was?«

»Orm war nichts anderes als einer dieser Scherze von Belial Buggins, das ist alles. Nachdem du mir die Sache mit dem

Feuerwasser erklärt hast, habe ich nachgedacht, was ein Mensch mit einem derart merkwürdigen Sinn für Humor und einer Schwäche für die *Kalevala* sonst noch im Schilde führen könnte, und bin zur Bibliothek gegangen und habe weiter in seinen Tagebüchern nachgeforscht. Er hat alles aufgeschrieben. Sieh es dir selbst an, ich habe das Buch direkt mitgebracht, für den Fall, daß Thorkjeld uns nicht glaubt.«

Sie zog ein kleines, gebundenes Buch aus der Tasche und hielt es ihm unter die Nase. »Hier steht alles drin. Belial hatte sich auch ein bißchen Altnordisch beigebracht und kräftig Runenschrift gebüffelt. Er dachte, es wäre zum Totlachen, wenn er ein paar Zeichen in den Stein ritzen würde und Archäologen von Harvard herkämen und ein Riesentheater veranstalten würden und wenn er dann den ganzen Schwindel auffliegen lassen würde. Das war damals zur Zeit des Cardiff-Riesen und so, weißt du. Die Leute hatten damals viel übrig für intellektuelle Scherze.«

»Meine Liebe, würdest du bitte aufhören, mich mit deiner Belesenheit zu beeindrucken, und lieber von diesem Elefanten herabsteigen?«

»Aus einer Mücke soll man nicht gleich einen Elefanten machen, das hat man mir bereits in der zweiten Schulklasse beigebracht«, erwiderte Helen leichthin. »Jedenfalls wollte Belial die Sache ganz groß aufziehen. Es gelang ihm, ein paar echte Wikingerschätze von einem alten Sammler zu erstehen, den er irgendwo getroffen hatte. Das eine Stück war natürlich das Stück des Wikingerhelms, das Cronkite Swope gefunden hat. Das andere war eine Münze. Anscheinend stammten beide aus einer späten Periode und waren in schlechtem Zustand, also machte es dem Sammler nicht viel aus, sich davon zu trennen. Jedenfalls wollte Belial beides unter dem Stein vergraben. Nachdem sie die beiden angeblichen Schätze gefunden hatten, sollten die Archäologen ein bißchen weiterbuddeln, bis sie schließlich auf eine Saga – oder war es eine Edda – gestoßen wären, die angeblich von Orm selbst verfaßt worden war. Sie handelte von seinen Reisen in ein bisher unbekanntes Land, aber sie war gespickt mit saftigen Klatschgeschichten aus der Gegend, und Belial hatte geplant, sie in eine Lydia-E.-Pinkham-Flasche zu vergraben. Kurz darauf bricht das Tagebuch ab, also weiß ich nicht, wie es weitergehen sollte.«

»Höchstwahrscheinlich ist der Mistkerl von jemandem erschossen worden«, sagte ihr Ehemann erbittert. »Dieser Belial muß eine Gefahr für die Öffentlichkeit dargestellt haben. Wissen Sie etwas über Belial Buggins, Horsefall?«

»Hat 'n besten Rachenputzer in ganz Balaclava County gemacht, mehr weiß ich auch nich'. Mein Opa hat damals immer von dem Zeugs geredet, wenn Oma grad raus war. Tante Hilda kann sich bestimmt noch an'n paar seiner Verwandten erinnern. Mann! Wenn aber jetz' Belials Geist hinter uns her is', dann steht's ja noch schlimmer um uns, als ich gedacht hab'!«

Aber Henny kicherte, als er das sagte, und Mrs. Fescue gab den Versuch zu lächeln endgültig auf.

»Mr. Horsefall«, lamentierte sie, »Sie haben es mir doch so gut wie versprochen.«

»Zum Teufel, das hab' ich nich'! 'tschuldigung, Ladies, ich fluch' sons' nich' in Gegenwart von Damen, mit denen ich nich' verwandt bin, aber die Frau hier hat mich schon seit Tagen zur Weißglut getrieben. Sie haun besser wieder ab zu Ihrem Gunder Gaffson, Mrs. Fescue, un' von mir könn' Sie ihm bestellen, er soll sein Ding bauen, wo er verdammt nochmal will, solang es nich' auf unsrem Land hier is'. Das hier is' die Horsefall-Farm un' war's seit 143 Jahren, un' solang noch 'n Horsefall am Leben is', um sich drum zu kümmern, wird sie's auch bleiben. Wenn ihr mich jetz' entschuldigt, ich glaub', ich geh' rein un' kipp' mir einen. Ich glaub', ich hab's echt nötig.«

»Gehen Sie ruhig, Horsefall«, sagte Shandy und unterdrückte den Impuls, den alten Mann zu küssen. »Hilft gegen alle Leiden. Wir werden mitgehen, wenn es Ihnen nichts ausmacht. Ich würde gern noch ein paar Worte mit Ihrer Tante wechseln, bevor wir den Präsidenten in Angriff nehmen.«

»Da kommt man ruhig mit. Wie ich sie's letzte Mal gesehen hab', war sie mit Doktor Svenson im Wohnzimmer.« Henny führte sie durch das Haus, drehte sich aber plötzlich um und entschuldigte sich. »Ach du Schande, die macht mich zur Schnecke, wenn die rauskriegt, daß ich euch Ladies durch die Küche reingebracht hab'! War nich' genug Zeit, alles aufzuräumen, bei all dem Krams hier.«

Tatsächlich ließ sich eine gewisse Unordnung nicht leugnen. Die Kuchenplatte, von der Shandy gegessen hatte, stand auf dem viereckigen Kieferntisch, und ein auf einen mattroten, fleckigen Hintergrund hingekleckster grellbunter Vogel schimmerte durch die letzte Schicht aus Zuckergußresten und Krümeln. Die durchlöcherte Blechtüre, die zu einem kleinen Schränkchen gehörte, in dem Miss Hilda die Pasteten aufbewahrte, stand offen und gab den Blick auf Regalbretter frei, die von Pastetenresten überquollen, die während des großen Ansturms nach der Beerdigung nicht ganz verzehrt worden waren. Etwa fünf Generationen Teller und Tassen füllten die Steinspüle. Sieglinde und Helen sahen sich vielsagend an.

Shandy bemerkte ihre Blicke und schaute sie finster an. »Ich denke, Miss Horsefall ist ganz gut damit fertiggeworden, wenn man bedenkt, was alles passiert ist.«

»Ich glaube, sie hat alles noch besser im Griff, als sie überhaupt denkt«, sagte Sieglinde und schob vorsichtig den abgenutzten Schaukelstuhl zur Seite, um ihre imposante, elegante Gestalt durch den engen Türrahmen in den Flur zu manövrieren. »Ist sie hier in diesem Raum?«

Sie fanden sie tatsächlich. Sie hätten zwar einen schlechteren Moment erwischen können, um in das Wohnzimmer zu platzen, aber offenbar hatten sie diesen Moment nur um Haaresbreite verpaßt. Miss Hilda hatte ihre Kleidung noch nicht wieder ganz in ihren früheren Zustand versetzt, und Onkel Svens Schnurrbart befand sich in einem Zustand höchster Unordnung. Während er noch versuchte, ihn schnell mit den Fingern zu kämmen, richtete Sieglinde auf Schwedisch einige scharfklingende Worte an ihn, und die Bartenden fielen für einen Moment schlaff herab, schnellten jedoch sofort wieder hoch und kringelten sich nach oben. Shandy glaubte, nie einen glücklicheren Schnurrbart gesehen zu haben.

»Eh, laßt euch nicht stören, Leute«, sagte er. »Wir kommen gleich noch mal zurück. Mrs. Svenson wollte nur sehen, ob mit dem Onkel des Präsidenten alles in Ordnung ist, bevor wir hinüber zu den Ausgrabungen gehen.«

Sie zogen sich wieder zurück und versuchten so zu tun, als ob sie nichts von dem gesehen hatten, was sie zweifellos sehr wohl alle gesehen hatten, besorgten sich ein paar Taschenlampen und bestiegen erneut Odin und Freya, wobei Shandy hinter Helen auf Freya saß. Heute abend standen wieder viele Autos auf der Hügelstraße, doch die Polizei ging äußerst streng mit jedem um, der sich auffällig verhielt. Die Balaclava Blacks, ganz zu schweigen vom ungewohnten Anblick der Präsidentengattin mit ihrem wallenden Haar, schüchterten die Leute offenbar gewaltig ein.

Diesmal gelang es Shandy ohne Schwierigkeiten, auf den Holzfällerweg vorzudringen.

Die Archäologen waren noch immer bei der Arbeit. Shandy und seine Begleiterinnen konnten sie im Licht von ein paar Scheinwerfern, die offenbar aus dem College stammten, arbeiten sehen. Sie hatten in der Zwischenzeit allerdings nur lächerlich wenig zustande gebracht, wenn man bedachte, daß sie immerhin den ganzen Tag gegraben hatten. Thorkjeld Svenson sah immer noch frisch aus, doch seine Gefährten machten den Eindruck, als seien sie bereit, jeden Moment ihre Werkzeuge niederzulegen.

Sieglinde nickte Helen zu. Helen blinzelte zurück. Beide ließen daraufhin ihre Rösser in einen scharfen Galopp fallen und stürzten hinunter zum Runenstein, wobei sie laut den Wagnerianischen Ruf »Ho-jo-to-ho!« ausstießen.

»Mein Gott, er hat Brünhilde auf uns gehetzt!« schrie der ältere Archäologe auf und wich entsetzt zurück.

»Ich – ich bin mir nicht sicher, ob es –«

Dem jüngeren Archäologen versagte die Stimme, als er sah, wie Thorkjeld Svenson die streitbare Wikingerkönigin aus dem Sattel hob, sie heftig und lange küßte und dann zu brüllen begann wie Boreas inmitten der Kiefern Norwegens in einer Januarnacht.

»Sie – Sie k e n n e n diese – diese Göttin?«

»Hölle auch, das werde ich wohl«, röhrte der Präsident, »immerhin schlafe ich seit 34 Jahren mit ihr.«

»Als legal angetrauter Ehegatte«, fügte Sieglinde spitz hinzu. »Ich bin die Frau von Präsident Svenson. Nett, Sie kennenzulernen. Ich habe nur meine Haarnadeln verloren, weil Odin so schnell gelaufen ist.«

»Ich hoffe, Sie wissen Ihr Glück zu schätzen, meine Herren; meine Frau rapunzelt noch lange nicht für jeden.«

Svenson lachte noch immer, als er die glänzende Haarpracht in seinen großen Händen wog. »Hier sehen Sie das reinste Wikingergold, das Sie je sehen werden.«

Sieglinde rettete ihren Schopf und drehte sich einen Nackenknoten. »Thorkjeld, hättest du dir nicht wenigstens vorher den Kompost von den Händen wischen können? Doch leider hast du mit dem, was du gerade gesagt hast, völlig recht. Hier liegt kein Wikingerschatz, meine Herren, nur Belial Buggins.«

»Was?« brüllte der Präsident.

»Es tut mir unendlich leid«, sagte Helen, »aber ich habe es in seinen Tagebuchaufzeichnungen gefunden.«

»Was gefunden? Ich wußte nicht einmal, daß Belial schreiben konnte. Habe ihn immer für einen illegalen Schnapsbrenner gehalten.«

»War er auch. Aber er war noch vieles mehr, vor allem ein belesener Witzbold.« Helen holte das schlaue kleine Buch heraus, dem Buggins seine geheimen Späße anvertraut hatte. »Sehen Sie selbst, hier beschreibt er, wie er den Runenstein bearbeitet hat und wo er die Wikingerschätze gekauft hat, die er dort vergraben wollte.«

Der Präsident betrachtete die verkleckste, braungewordene Schrift zunächst mit Mißtrauen, dann mit Wut. »Also, dieser verfluchte Huren –«

»Thorkjeld!« fiel seine Frau ein.

»Aber verflucht nochmal, Sieglinde – ich – ich bin –, Helen, wollen Sie damit etwa sagen, daß es nie einen Orm Tokesson gegeben hat?«

»Jedenfalls nicht in Lumpkin Corners. Es tut mir leid.«

»Leid? Ist das alles, was Sie dazu zu sagen wissen? Leid? Zum Teufel!« Er sank auf den Runenstein wie ein besiegter Titane. »Ich m o c h t e Orm!«

Sieglinde ging zu ihm und bettete seinen riesigen Kopf an ihren ebenfalls riesigen, aber bedeutend wohlgeformteren Busen. »Laß dich trösten, mein Einziger. Du hast doch noch mich, nicht zu vergessen unsere sieben schönen Töchter, unsere fünf wohlgeratenen Schwiegersöhne, unsere neun anbetungswürdigen Enkelkinder, unsere lieben Eltern, unsere geliebten Brüder und Schwestern, unsere geschätzten Freunde, die vielen Tanten, Onkel, Nichten, Neffen, Basen und Vettern aller Grade, obwohl ich allerdings keinen Grund sehe, sie alle zur Verlobungsfeier einzuladen.«

»Welche Verlobung? Gütiger Gott, du sprichst doch nicht etwa von Frideswiede?«

»Nein, keine Angst. Ich spreche von Großonkel Sven und Miss Horsefall, deren Affäre bereits soweit fortgeschritten ist, daß man eingreifen muß, um den Anstand zu wahren. Ich sage dies in Gegenwart von Zeugen, mein geliebter Mann, weil ich überwältigt bin von deinem Schmerz und auf die Diskretion der hier Anwesenden vertraue. Allerdings vertraue ich keineswegs auf die

Diskretion von Onkel Sven und Miss Horsefall, daher dürfen wir keine Zeit verlieren. Wenigstens können wir auf diese Art die vielen Heringe verzehren, die noch von Birgits Hochzeitsfeier übrig sind.«

Während Thorkjeld noch mannhaft gegen seinen Schmerz über den Verlust von Orm Tokesson ankämpfte, wandte sich Sieglinde an die beiden Archäologen. »Gelehrte Herren, Sie haben sich den ganzen Tag umsonst angestrengt. Mein Mann wird Sie jetzt zu uns nach Hause geleiten, und unsere Töchter werden für Ihr leibliches Wohl sorgen. Ich kann nur hoffen, daß unser delikater Hering eine angemessene Entschädigung für Ihre Mühen und Entbehrungen sein wird.«

»Ich bin kein bißchen müde«, log der jüngere Archäologe galant. »Für mich war es eine besondere Ehre und Auszeichnung, mit Präsident Svenson zusammenzuarbeiten, und ich bin einfach verrückt nach Hering.«

»Ich kann Hering nicht vertragen«, sagte der ältere Archäologe. »Und ich war von Anfang an davon überzeugt, daß sich all das hier als Betrug herausstellen würde. Ich habe daher nicht umsonst gearbeitet. Das tue ich niemals. Ich schreibe an einem Buch über archäologische Fälschungen. Mrs. Shandy, falls Sie tatsächlich Mrs. Shandy sind«, fügte er mit einem kühlen Blick auf Peters Arme hinzu, die Helens wohlgeformten Körper so eng umschlungen hielten, daß es zweifellos Sieglinde eine andere Runde Hering gekostet hätte, wenn die beiden nicht bereits ehelich vereint gewesen wären und ihr daher nicht moralisch anstößig erschienen. »Ich nehme an, daß Sie mir Einblick in die Tagebücher von Belial Buggins gewähren werden?«

»Das müßte ich vorher mit dem Leiter unserer Bibliothek, Doktor Porble, klären«, erwiderte Helen zurückhaltend, »aber ich nehme an, daß er nichts dagegen einzuwenden hat, daß Sie sich die Bücher ansehen. Und ich bin wirklich Mrs. Shandy.«

»Oh. Schade. Vielleicht darf ich Ihnen meine Karte überreichen, für den Fall, daß Sie irgendwann in der nächsten Zeit eine Scheidung erwägen?«

»Vielen Dank. Ich werde sie in den Ordner mit den anderen Bewerbungen heften. Peter, Liebling, mußt du heute nacht noch weiter als Detektiv arbeiten, oder kann ich dich zur Abwechslung dazu verlocken, nach Hause zu Weib und Familie zu kommen?«

»Es bleibt immer noch das winzige Problem zu lösen, wer Spurge Lumpkin umgebracht hat, meine Liebe. Ich glaube, es wird das Beste sein, zurückzureiten und eine kleine Unterredung mit Miss Horsefall zu führen, das heißt, wenn es ihr gelingt, ihre Aufmerksamkeit von, eh, dringenderen Angelegenheiten abzuwenden.«

»Ah ja«, sagte die Gattin des Präsidenten. »Ich muß auch noch mit Miss Horsefall reden.«

»Dann laß Peter bitte den Vortritt, wenn es dir nichts ausmacht, Sieglinde«, bat Helen, »du weißt ja, wie leicht du dich von dem Thema Smörgåsbord mitreißen läßt. Was ist eigentlich mit den Ames'?«

»Roy und Laurie hielten es für besser, Tim zu Doktor Melchett ins Krankenhaus zu fahren, damit er genau untersucht werden kann«, erklärte Peter. »Er hat sich am Rücken verletzt, als er zu verhindern versuchte, bei der Explosion lebendig begraben zu werden, was ein zusätzlicher Grund dafür ist, warum ich die Angelegenheit so schnell wie möglich geklärt haben möchte.«

»Aber natürlich, mein Lieber. Heb mich nur wieder auf das nette kleine Pferdchen, und dann laß uns die Sache hinter uns bringen.«

Kapitel 21

Während sie wieder den Hügel hinaufritten, fragte Helen: »Peter, wieviel hat dieser Gaffson eigentlich Mr. Horsefall für die Farm geboten?«

»Ich bin mir nicht sicher. Grob geschätzt würde ich sagen, etwa 50 000 Dollar.«

»Für den ganzen Besitz?«

»Den Eindruck hatte ich.«

»Gütiger Himmel! Sieglinde, hast du gehört? Peter sagt, Mr. Horsefall hätte 50 000 Dollar für seinen Besitz bekommen, wenn er verkauft hätte. Kannst du dir das vorstellen?«

Beide Frauen bekamen einen etwas hysterischen Lachanfall.

»Was soll so lustig daran sein?« fragte Peter.

»Lustig ist, daß du es nicht lustig findest, du dummer alter Gelehrter. Sieglinde, Männer wissen wohl nie etwas?«

»Männer wissen alles, bloß nicht die wirklich wichtigen Dinge. Thorkjeld würde es auch überhaupt nicht lustig finden, daß Mr. Horsefall 50 000 Dollar ausgeschlagen hat. Er fände es edel und heldenhaft.«

»Nun, das ist es vielleicht sogar. Aber es ist trotzdem lustig.«

Sie schüttelten sich wieder vor Lachen. Shandy, der hinter Helen auf dem Pferd saß und seine Arme um sie gelegt hatte, drückte sie warnend.

»Madam, wenn Sie dieses unpassende Gelächter nicht unterlassen, könnte ich mich gezwungen sehen, ein Stück aus Ihrem Nacken zu beißen. Was ist also lustig daran?«

»Also Peter, ehrlich! Womit haben wir denn in den letzten Wochen unsere Freizeit verbracht?«

»Das weißt du verdammt gut. Muß ich Sieglindes sittliches Empfinden verletzen, indem ich es ausposaune?«

»Das habe ich doch nicht gemeint. Ich meinte die Seemuschel für die Etagere.«

»Du meinst, von einem Antiquitätengeschäft ins andere zu rennen? Ich nehme an, daß du das amüsant findest. Ich selbst habe mich noch nicht in jene Höhen des Amüsements erheben können. Warum Menschen freiwillig astronomische Beträge ausgeben für den alten Plunder von anderen –«

»Sie tun es eben. Das ist ja das Lustige daran. Statt jedesmal knurrend dazustehen wie ein Vielfraß in der Falle, wenn ich etwas erstehen wollte, wie zum Beispiel den süßen Briefbeschwerer aus Glas, den ich mit dem Geld kaufen wollte, das Tante Betty uns für ein Hochzeitsgeschenk geschickt hat, hättest du die Gelegenheit besser nutzen und dich umsehen sollen, dann hättest du nämlich gesehen, für welche Art von Plunder die Leute diese astronomischen Summen bezahlen. Die Horsefalls haben wahrscheinlich allein in ihrer Küche Plunder für mindestens 50 000 Dollar, und ich bin fast sicher, daß das Wohnzimmersofa ein Original von Belter ist.«

»Du meinst diesen holzgeschnitzten Alptraum mit all den Hökkern und Schnörkeln? Helen, weißt du, was du da sagst?«

»Helen weiß haargenau, was sie da sagt, Peter«, sagte Sieglinde. »Aber Thorkjeld würde einen echten Belter auch nicht erkennen.«

»Und würde Nute Lumpkin das?«

»Wenn er es nicht würde, hat er seinen Beruf verfehlt«, meinte seine Frau. »Dieses unfaßbar verzierte Möbelstück ist leicht zu identifizieren, und es ist ein sehr seltenes Stück. Belter hat natürlich nur ganz wenige davon gemacht, zu mehr hätte er auch kaum Zeit gehabt. Außerdem steigen die Preise für viktorianische Möbel buchstäblich von Minute zu Minute, vor allem jetzt, wo die alten Stücke fast alle vom Markt sind. Aber die Horsefalls haben auch echte Möbel im Kolonialstil und Möbel aus der Zeit des Bürgerkrieges. Ich möchte meinen Kopf dafür verwetten, daß der Küchentisch und dieses durchlöcherte Schränkchen mit den Pasteten mindestens 200 Jahre alt sind.«

»Gütiger Gott! Dann sitzen die Horsefalls ja schon all die Jahre, in denen sie sich so abgerackert haben, auf einer richtigen Goldmine.«

»Ja, aber diese hohen Preise zahlt man erst seit ein paar Jahren«, erklärte Sieglinde. »Wenn sie nicht darauf gesessen hätten, wäre es jetzt auch keine Goldmine. Für die Horsefalls sind es sowieso keine Antiquitäten, für sie ist es Großtante Mathildes

Hochzeitsservice. Sie denken nicht in materiellen Dimensionen, für sie haben die Stücke Erinnerungswert.«

»Mag sein«, erwiderte Shandy, »aber ich glaube, ich weiß schon, was Henny Horsefall sagen wird, wenn wir ihm das mitteilen.«

Shandy hatte vollkommen recht. Einige Minuten später standen Odin und Freya im Scheunenhof und fraßen Hafer, und Henny hörte mit offenem Mund zu, wie Helen und Sieglinde ihm ihre vorsichtigen Schätzungen über den momentanen Marktwert seiner Familienerbstücke unterbreiteten.

»Natürlich hat all das für Sie und Ihre Familie einen großen Erinnerungswert –«, schloß Helen etwas verlegen.

»Hölle auch«, unterbrach Henny, »den kann man aber verdammt nochmal nich' essen.«

Shandy nickte. »Verdammt richtig, Horsefall. Ich wußte, daß Sie das sagen würden. Finden Sie jemanden, der mehr Geld als Verstand hat, und verkaufen Sie ihm einen Teil von dem Zeug. Mit dem Geld können Sie anbauen. Lassen Sie Eddie und Ralph losen, wer welche Räume bekommt, und alles ist in Butter. Verkaufen Sie noch ein paar Sachen, und legen Sie sich ein paar anständige Arbeitspferde und einen ordentlichen Viehbestand zu, womit ich natürlich nichts gegen Bessie sagen möchte. Roden Sie das Dornengestrüpp im unteren Feld, und bauen Sie dort Mais für den Winter an. Legen Sie sich einen großen Gemüsegarten an. Wenn Ihr Vorrat an Antiquitäten zu Ende geht, trägt die Farm sich selbst, und Sie haben keine Sorgen mehr.«

»Bis die Antiquitäten weg sind, bin ich wohl selbs' auch längs' weg«, sagte Henny, aber er klang nicht so, als meinte er es ernst. Er schien plötzlich um 20 Jahre jünger zu sein und bereit, noch älter zu werden als Miss Hilda. »Wissen die beiden Ladies vielleicht zufällig, wie man's am besten anfängt, Antiquitäten zu verkaufen, ohne übers Ohr gehauen zu werden?«

»Mrs. Shandy und ich werden diese Aufgabe gern übernehmen«, versprach Sieglinde, und ihre fjordblauen Augen glänzten beim Gedanken an diese Aussicht, wie es die Augen jeder Frau eines rechtschaffenen College-Präsidenten tun würden, und Helen versprach ebenfalls hoch und heilig, ihm beizustehen, wie es jede rechtschaffene Assistentin der Sammlung Buggins tun würde.

»Ich will Ihnen aber keine Umstände machen«, wandte der alte Herr ein. »Ich hab' bloß so 'ne Ahnung, daß Nutie der Schleimer mich – Jessas, Professor, Sie glauben doch nich' etwa, daß der –«

»Darauf aus ist, mit seinen fetten Pfoten nach Ihrem alten Küchenschränkchen zu grabschen? Horsefall, ich habe bereits so viel Unangenehmes über diese Laus gedacht, daß ich ihm alles zutraue. Glauben Sie, daß es möglich ist, Ihre Tante für ein paar Minuten von Doktor Svenson fortzulocken, so daß ich Zeit genug habe, ihr ein paar Fragen zu stellen?«

»Tun Sie das bitte«, sagte Sieglinde, »und während Sie mit Miss Horsefall reden, werde ich ein paar Worte mit Onkel Sven wechseln. In der Zwischenzeit, Mr. Horsefall, könnten Sie vielleicht Mrs. Shandy nach oben führen, so daß sie eine klare Vorstellung davon bekommt, was sich in den Schlafzimmern befindet?«

»Was da drin is', is' höchs'wahrscheinlich Tante Hilda un' Onkel Sven«, kicherte Henny. »Die verstehn sich offenbar ziemlich gut.«

Aber als ihn aus Sieglindes Augen ein eisiger, durchbohrender Blick traf, murmelte er nur: »Vielleicht is' gut auch nich' das richt'ge Wort. Ich geh' sie mal suchen. Tante Hilda! Tante Hilda, Professor Shandy will mit dir reden!«

Sieglinde und Helen folgten ihm in die Diele. Shandy wartete in der Küche, bis Miss Horsefall mit knisternder gestärkter Schürze erschien, jedes Haar an seinem Platz und das Kleid makellos zugeknöpft. Sie hatte zu viel Erfahrung in diesen Dingen, um sich zweimal erwischen zu lassen.

»Sie suchen mich, Professor?«

»Richtig. Ich hätte gerne erfahren, ob Sie irgend etwas über Belial Buggins wissen.«

Sie schnaubte. »Un' ob ich verdammt was über den weiß. War doch mein eigner Großvater, hab' ich jedenfalls immer angenommen. Na egal. Ich kann mich dran erinnern, wie ich ihm auf'm Schoß gesessen hab' un' mit seiner goldnen Uhr un' der Uhrkette gespielt hab', als ich noch so klein war, daß mir die Heuschrecken bis anne Knie reichten. Hat immer Gedichte aufgesagt un' Geschichten erzählt un' gelacht, bis er fast geplatzt is', wenn meine Mutter Theater gemacht hat, daß ich zu jung wär', um so 'ne Sachen zu hören.«

»Was waren denn das für Sachen, Miss Horsefall?«

»Wie zum Teufel kann ich 'n das noch wissen? Is' doch schon 100 Jahr' her. Ich weiß bloß noch, wie er mich auf die Knie gesetzt hat un' mir die Uhr zum Spielen gegeben hat, weil er gesagt hat, hübsche Mädchen hätten immer gern Gold inne Finger, was verdammt wahr is', bloß daß ich nie viel davon gekriegt hab', das können Sie glauben.«

»Eh, vielleicht wird sich das Blatt jetzt für Sie wenden.«

»Dann muß es sich aber verdammt flott wenden.«

Darauf wußte Shandy nichts zu antworten. Er sagte nur: »Was ist mit der goldenen Uhr passiert, als Belial starb?«

»Ich nehm' an, die ham die Buggins gekriegt. Damals gab's allerdings nich' mehr viele Buggins, jedenfalls nich' in Balaclava County. Der alte Balaclava Buggins hat all sein Geld verbraucht, weil er das College gegründet hat, wo Sie jetz' arbeiten, un' die meisten andren Buggins ham sich woanders hin abgesetzt, weil sie's nich' ertragen konnten, daß er für so 'n Schulkram alles rausschmeißt, wo er's doch ihnen hätt' überlassen sollen. Belial war 'n Sohn von Balaclavas Bruder Bartleby, er un' sein Bruder Bedivere. Der Zweig hatte immer 'n komischen Hang zu Büchern un' Gedichten un' so was. Ich weiß noch, daß Bedivere sogar 'ne Schullehrerin geheiratet hat. Hatten aber nie Kinder, soweit ich weiß, jedenfalls keine, die groß geworden sind. Nehm' an, die hatte schon genug von Bälgern, als sie's geschafft hat, endlich vor Anker zu gehen. Un' daß es Kinder von Belial gab, ham die Mütter nie zugegeben.«

»Belial hat demnach nie geheiratet?«

»Hat der nich' nötig gehabt. Oh, der war 'n schönes Mannsbild! 'nen langen Schneuzer bis zum Gürtel un' 'nen schwarzen Gehrock aus Wolle. Is' bei 'nem Zugunglück umgekommen, in dem Jahr, als ich zur Schule kam. War 's einzige Mal, daß ich meine Mutter hab' weinen sehn. Ich hab' auch geheult, weil ich gewußt hab', daß ich jetz' nie mehr mit der goldnen Uhr spielen konnte.«

»Hm ja, das sind die Prüfungen, die uns vom Leben auferlegt werden, Miss Horsefall. Dann wissen Sie also nicht, was aus Belials, eh, persönlicher Habe geworden ist?«

»Ach du Schande, sin' wir jetz' wieder bei ›persönlicher Habe‹ angekommen? Wieso ham Sie das nich' gleich gesagt?«

Miss Hilda strich ihre Schürze glatt und durchforstete ihr Gedächtnis. »Ich nehm' an, Bedivere hat die Bücher un' so was gekriegt, un' der Rest is' an diese Mrs. Lomax gegangen, die ihm 'n Haushalt geführt hat. Soll auch noch 'n paar andre Sachen für ihn gemacht haben, wie ich gehört hab', aber das is' ja nun mal egal. Die war so 'ne Art angeheiratete Verwandte von Jolenes Vater. Fragen Sie mich nich', was genau die war. Ich hab' bei den Lomax' nie richtig durchgeblickt. 'ne Witwe. Ich glaub', sie hat Effie geheißen.«

»Vielen Dank, Miss Horsefall. Über die Lomax-Familie kann ich leicht alles herausfinden, was ich wissen möchte. Darf ich eben Ihr Telefon benutzen? Ich, eh, glaube, daß Mrs. Svenson auch noch mit Ihnen sprechen wollte, wenn es Ihnen, eh, im Moment paßt.«

»'s paßt mir jetzt ganz gut, glaub' ich. Telefon is' direkt neben Ihrem Ellbogen, da im Regal.«

Sie raschelte wieder mit der Schürze und ließ ihn mit dem Telefon allein.

Während Shandy die vertraute Nummer wählte, hörte er den freudigen Schrei »Mädssen!«. Mit Sieglinde als Anstandsdame war Onkel Sven wohl gezwungen, sein feuriges Temperament zu zügeln. Aber es war unwahrscheinlich, daß sie auf einer langen Verlobungszeit bestehen würde.

Die Autorität in Sachen Lomax war zu Hause und hellwach. Sie hob sofort ab.

»Guten Abend, Mrs. Lomax. Ich hoffe, ich habe Sie nicht – oh, waren Sie nicht. Hat er nicht? Vielleicht hatte er nur keinen Hunger? Dieses warme Wetter, wissen Sie. Das können sie nicht so gut vertragen. Sind seine Pfötchen feucht? Ah, dann schwitzt er. Nein, völlig normal. Katzen schwitzen immer durch die Fußsohlen. Das wußten Sie nicht? Ja, das ist der Vorteil einer akademischen Ausbildung. Fächeln Sie ihm doch ein wenig frische Luft zu, und lassen Sie ihn ordentlich ausschlafen. Morgen früh ist er wieder hungrig, da würde ich mir keine Sorgen machen. Weshalb ich eigentlich anrufe, Mrs. Lomax, ich hätte gerne gewußt, ob Sie mir zufällig sagen können, was aus einigen Gegenständen geworden ist, die Belial Buggins' Haushälterin, einer Mrs. Effie Lomax, vermacht worden sind. Das muß so kurz vor der Jahrhundertwende gewesen sein.«

Shandy wartete geduldig, denn er wußte, daß jede Einmischung seinerseits sinnlos war, während Mrs. Lomax die unzähligen Zweige ihres Familienstammbaumes durchforstete. Schließlich hatte sie die verstorbene Mrs. Effie ausfindig gemacht.

»Geborene Effie Fescue, tatsächlich? Da überraschen Sie mich aber. Ich wußte nicht, daß die Fescues in dieser Gegend eine so alte Familie sind. Oh, sind sie doch nicht? Erst seit dem Bürgerkrieg? Nein, das genaue Datum ist nicht so wichtig. Nein, Sie brauchen es nicht nachzuschlagen. Eigentlich war ich mehr an dem Buggins-Besitz – tatsächlich? Das war – aha, ich verstehe. Ja, schlechte Angewohnheit, keine – ich kann es mir vorstellen, daß es – ja, natürlich, eine Versteigerung. Das einzige, was man in einem solchen Fall – Sie waren tatsächlich? Was für ein interessanter Zufall. Und was haben Sie? Tatsächlich? Ja, einen zweiten Schirmständer kann man immer gebrauchen. Und erinnern Sie sich zufällig, wer?«

Lächerliche Frage. Natürlich erinnerte sich Mrs. Lomax genau an die Versteigerung, die nach dem Tod der Nichte der verstorbenen Effie Fescue Lomax, der diese spezielle Buggins-Sammlung vererbt worden war und die ohne Testament und unverheiratet gestorben war, stattgefunden hatte. Und sie erinnerte sich ebenfalls genau, wer was gekauft hatte. Shandy nickte von Zeit zu Zeit, während sie alles aufzählte. Plötzlich unterbrach er sie.

»Wie bitte? Sind Sie da ganz sicher? Ja, natürlich sind Sie das, ich, eh, war mir nur nicht bewußt, daß er, eh, damals schon hier lebte. Sagen Sie einmal, Mrs. Lomax, hat der verstorbene Jim Fescue die verstorbene Mrs. Effie Lomax überhaupt gekannt? Sie muß eine ältere Dame gewesen sein, als er noch ein Kind war, nehme ich an. Oh, haben Sie? Und sie hat ihm bestimmt auch Geschichten erzählt über ihr Leben mit Belial Buggins? Nein, ich glaube nicht, daß sie das – aber es muß andere – ja, ich verstehe. Ja, ein richtiger Witzbold. Geschwätzige alte Dame, sagen Sie? Nein, Sie nicht, aber Ihre Tante Aggie – ah ja. Vielen Dank, Mrs. Lomax, Sie sind ein echtes Kompendium für Informationen. Nein, ich würde mir da keine Sorgen machen. Ich bin sicher, daß er bald – ja, ich werde Jane viele Grüße bestellen, und ich bin sicher, daß sie, eh, sie erwidert. Gute Nacht.«

Es war ein langes Gespräch gewesen, aber es war die Zeit wert gewesen. Jetzt wußte er alles. Er mußte es nur noch beweisen. Er steckte seinen Kopf in das Wohnzimmer, wo sich die ganze Gesellschaft inzwischen versammelt hatte, und sprach mit seiner Frau.

»Helen, ich muß eine Weile fort. Gehst du schon nach Hause, wenn ich –«

»Natürlich, Peter. Pst!«

Sieglinde sprach über Smörgåsbord. Shandy schlich auf Zehenspitzen wieder hinaus. Wer konnte es schon mit einem Hering aufnehmen?

Die Nacht war so schwarz und stickig wie das Innere eines Teerfasses. Kein Wunder, daß Mrs. Lomax' überfüttertes Katzentier durch die Fußsohlen schwitzte. Vielleicht waren Janes winzige rosa Pfötchen auch feucht. Er wünschte sich aus tiefstem Herzen, wieder in seinem kleinen Backsteinhaus auf dem Crescent zu sein, Helen in den Armen zu halten, während Jane über ihre Rücken turnte und sich wunderte, warum man Katzenkinder nicht bei diesem interessanten Spiel mitspielen ließ. Er wünschte von ganzem Herzen, er hätte schon früher das getan, was er hätte tun sollen, und klar gesehen, was sich genau vor seinen Augen abgespielt hatte, statt das Leben anderer zu riskieren und sie einem mordenden Teufel auszusetzen, dem es nichts ausmachte, jeden zu verstümmeln oder abzuschlachten, der ihm im Weg stand.

Was das betraf, sollte er sein eigenes Leben nicht aufs Spiel setzen, denn immerhin hatte er jetzt für eine Frau und eine Katze zu sorgen. Aber wie konnte man sich schützen vor jemandem, der mit so ungewöhnlichen Waffen derart unberechenbar umging? Machte es überhaupt einen Unterschied, ob man im Käfig des Löwen saß oder davor stand, wenn die Gitterstäbe erst einmal fehlten?

Er hatte es hier mit einem völlig rücksichtslosen Menschen zu tun, dem offenbar das Leben anderer mehr als gleichgültig war, mit jemandem, der nicht einmal zu wissen schien, was Menschlichkeit war. Jemand, der spontan einen perfekten Mord inszenieren konnte, indem er einen gestohlenen Helm, einen demolierten Scheinwerfer und eine Öllache auf einer dunklen Straße als Waffen einsetzte und sich dabei nicht damit aufhielt, die Möglichkeit in Betracht zu ziehen, daß eine vernünftige, aufmerksame junge Frau dem potentiellen Mordopfer ihre Reitkappe geben könnte. Jemand, der genau wußte, wie man einen Misthaufen explodieren ließ, in dessen Nähe sich ein alter Mann aufhielt, aber nicht damit rechnete, daß ein Junge seinen eigenen Körper als Schutzschild vor das Opfer werfen würde.

Shandy dachte an Spurge Lumpkin und sein von Löschkalk zerfressenes Gesicht, an den Tod eines Mannes, der nicht genug

Verstand gehabt hatte, die Finger von dem brodelnden Kalk zu lassen, an den alten Henny Horsefall, der um seinen Knecht trauerte, an Miss Hildas Gesicht, als sie zusehen mußte, wie Nute Lumpkin Spurges Sammlung von Tabaksdosen forttrug. Er dachte an Fergy in seinem Zirkusclownkostüm, sein feuerrotes Haar und den gelbkarierten Anzug, wie er sich einen Morgen frei nahm und seine hübsche kleine Lady aus Florida allein ließ, um an der Beerdigung des geistig behinderten alten Mannes teilzunehmen, der ihm immer beim Ausladen des Lasters geholfen hatte, der sein Bier getrunken und ihm die Ohren vollgeredet hatte, denn auch Spurge war, verflucht nochmal, ein Mensch gewesen.

Bei Fergys Scheune mußte er anfangen. Shandy hoffte nur bei Gott, daß es noch nicht zu spät war.

Kapitel 22

Shandy hatte fast das Ende der Horsefallschen Auffahrt erreicht, als er einer einsamen Steinsäule begegnete. Beim zweiten Blick entpuppte sich der riesige, zerklüftete Felsblock als Thorkjeld Svenson, der allein im Dunkeln stand.

»Das Herz vor Kummer schwer«, bemerkte Shandy, auch wenn er sich ganz und gar nicht zu respektlosen Sprüchen aufgelegt fühlte. »Was ist denn passiert, Präsident? Sie sehen aus wie ein Überbleibsel von Mount Rushmore.«

»Schnauze«, sagte der berühmte Mann. »Ich leide, verdammt nochmal. Wohin wollen Sie denn eigentlich?«

»Mich umbringen lassen, glaube ich.«

Shandy erklärte die Gründe für seine Befürchtungen. Svensons Gesicht hellte sich so weit auf, wie es möglich war für jemanden, der gerade erst einen Orm verloren hatte, sagte »Arrgh!« und trabte neben Shandy her. Sie waren noch nicht sehr weit gegangen, als sie auf acht riesige Hunde mit heraushängenden Zungen stießen.

»Haben die Tollwut?« fragte der Präsident höflich den Burschen, der sie an der Leine führte.

»Nein, die schwitzen bloß.« Shandy erkannte die Stimme des jungen Swope, Lewis' Freund. Das mußten seine Schlittenhunde sein.

»Ich dachte, Hunde schwitzen durch ihre Fußsohlen?« fragte Svenson und streichelte alle acht gleichzeitig.

»Das sind Katzen«, sagte Shandy. »Sie haben also Ihr Gespann mitgebracht, Swope?«

»Ja, und jetzt sagt die Polizei, sie kann sie nicht mehr brauchen.«

»Gut, denn wir brauchen sie. Könnten Sie die Hunde wenden und mit uns in die andere Richtung gehen?«

Der junge Swope machte ein schnalzendes Geräusch mit der Zunge, und alle acht Schlittenhunde warfen sich gleichzeitig herum.

»Irgendwie gefallen mir ihre Zungen«, sagte der junge Lewis, der so anzeigte, daß er ebenfalls anwesend war, »damit sehen sie wirklich wild aus.«

»Sehr richtig.« Shandy fühlte sich inzwischen weitaus weniger unwohl, wenn er an seine Expedition dachte, als noch vor ein paar Minuten. »Ich komme mir regelrecht vor wie Peter und die Wölfe. Hier lang, meine Herren. Und Damen natürlich, falls es weibliche Wesen in diesem Gespann geben sollte.«

»Wohin gehen wir eigentlich?« fragte Lewis.

»Wir jagen die Person, die Ihre Gänse in die Luft gesprengt hat und versucht hat, den Vetter Ihres Freundes zu töten.«

»Hey, dann nichts wie los!«

»Ich muß Ihnen allerdings sagen, Lewis, daß die Sache sehr ernst, ja sogar gefährlich ist. Spurge Lumpkin wurde absichtlich und nach einem perfekten Plan umgebracht. Cronkite Swope wäre tot, wenn eine junge Dame ihm nicht ihre Reitkappe gegeben hätte, nachdem man seinen Motorradhelm gestohlen und an seinem Scheinwerfer hantiert hatte.«

»Das wußte ich nicht!« rief der Vetter.

»Dann wissen Sie es jetzt, also bleiben Sie ruhig, und tun Sie nichts Unüberlegtes. Was wir eigentlich versuchen wollen, ist, genug Beweise zu finden, um den Fall vor Gericht zu bringen. Dabei ist das, was Sie möglicherweise sehen und hören werden, wichtiger als das, was Sie tun sollen. Swope, nehmen Sie vier von Ihren Hunden, und gehen Sie mit ihnen so leise wie möglich ans andere Ende der Schnäppchen-Scheune. Kommen Sie von hinten, so daß man Sie nicht bemerkt, und halten Sie die Hunde möglichst ruhig. Lewis, Sie nehmen die anderen vier, wenn Sie sicher sind, daß Sie sie bändigen können, und bleiben auf dieser Seite. Die Hunde sollen uns vor allem beschützen. Wenn Sie sehen, daß jemand zu fliehen versucht, und eingreifen können, ohne daß Ihnen Gefahr droht, tun Sie es bitte. Wenn ich nach Hilfe rufe, bringen Sie die Hunde, und kommen Sie zur Vorderseite des Gebäudes. Wenn man Sie mit irgendeiner Waffe bedrohen sollte, verschwinden Sie bitte. Wenn es gefährlich wird, soll die Polizei eingreifen.«

Thorkjelds einzige Antwort war ein amüsiertes Schnauben.

»Erhoffen Sie sich nicht zuviel, Präsident«, meinte Shandy, »unser Vogel ist vielleicht gar nicht in der Nähe.«

»Was ist, wenn der Vogel ausgeflogen ist?« wollte Lewis wissen.

»Dann jagen wir weiter. Haben Sie die Hunde schon verteilt? Dann nichts wie weg, ihr beiden. Kommen Sie, Präsident, wir gehen an der Vorderseite hinein. Hören Sie auf, mit den Zähnen zu knirschen, und versuchen Sie, ungezwungen und liebenswürdig auszusehen.«

»Und warum, zum Teufel?«

»Weil ich es verdammt nochmal sage.«

Erstaunlicherweise akzeptierte Svenson Shandys Erklärung, obwohl seine Interpretation von liebenswürdiger Ungezwungenheit für jeden anderen als ihn selbst erschreckend grimmig aussehen mußte. Die beiden Männer schlenderten zu der offenen Scheune, wobei sie an einer verbeulten Limousine vorbeikamen, die vor der Scheune parkte. Das Auto war mit Farbtöpfen, Holzplanken und den verschiedensten Werkzeugen vollgeladen. Auf den ersten Blick schien es braun zu sein, aber Shandy war sich nicht sicher. Er richtete den Strahl seiner Taschenlampe auf den Wagen und entschied, daß die Farbe auch sehr wohl lila sein konnte, die Farbe, die sich bei künstlichem Licht am schlechtesten ausmachen läßt. Sein Herz machte einen Sprung. »Es geht los«, flüsterte er Svenson zu, und sie betraten vorsichtig die Scheune.

Fergy hatte schon geschlossen, und bei dem Mann, der in Loretta Fescues ausrangiertem lila Wagen gekommen war, handelte es sich sicher nicht um einen Kunden, sondern um einen Besucher. Es war ein dünner junger Kerl mit schwarzem Haar, das ihm ungepflegt und speckig über das hagere Gesicht und die hohen Wangenknochen fiel. Eine Rasur hätte ihm sicherlich gutgetan. Ein paar seiner Zähne waren abgebrochen. Die Lippen, die die Zähne freigaben, waren etwas zu fleischig und schlaff, allerdings momentan zu einem leicht amüsierten Lächeln verzogen, vielleicht weil der junge Mann mit der Rechten eine besonders große Bierdose zärtlich umfaßt hielt. Das war also Fesky, aber wie würde es jetzt weitergehen?

Fergy war momentan nicht zu sehen. Sein Trinkkumpan wurde von Millicent Peavey unterhalten, die sofort zu reden aufhörte, um Shandy mit Begeisterungsrufen zu begrüßen, und sich angemessen beeindruckt zeigte, als sie Thorkjeld Svenson vorgestellt wurde. Dann nahm sie den Faden ihrer Erzählung wieder auf.

»Ist das nicht die verrückteste Geschichte, die man je gehört hat? Oh, ich habe gerade Fesky eine unglaubliche Sache erzählt. Können Sie sich vorstellen, Professor Shandy, daß hier jemand hereinkommt und dieses kleine Dings aus den Porzellantürgriffen mitgehen läßt? Fergy hätte ihm doch bestimmt das ganze Ding für nur einen Dollar verkauft, den Griff und alles, was dazugehört, aber dieser komische Kerl mußte unbedingt alles auseinanderschrauben und die Griffe hier auf dem Tisch liegenlassen und sich bloß mit dem Dings aus dem Staub machen, das die Griffe zusammenhält. Ehrlich, was halten Sie davon?«

»Sind Sie sicher, daß da überhaupt was war?« fragte Fesky langsam. »In dem Durcheinander hier kann man sich doch an nichts Genaues mehr erinnern.«

»Hören Sie mal, Mister, wenn Sie in Ihrem Leben so oft als Kellnerin gearbeitet hätten wie ich, würden Ihnen auch Einzelheiten auffallen. Lassen Sie mal einen Löffel auf dem Tisch herumliegen, oder geben Sie mal jemandem ein Wasserglas mit einem Sprung drin, dann gibt es Protestgeschrei vom Gast und einen eisigen Blick vom Chef und eine Extratour hin und zurück, wobei einen die Hühneraugen fast bei jedem Schritt umbringen. Wer hat schon so viel unnötige Aufregung gern? Also lernt man aufzupassen. Und ich habe verflixt genau gesehen, daß hier sechs von diesen Türgriffen lagen, weil ich sie neulich alle abgestaubt habe, müssen Sie wissen. Professor Shandy hat gesehen, wie ich hier Staub gewischt habe, nicht wahr, Professor?«

»Ich glaube, das habe ich tatsächlich, jetzt, wo Sie es erwähnen. Und Sie sagen, einer ist verschwunden?«

»Das habe ich nicht gesagt. Ich sage, daß alle Griffe da sind, aber bei einem fehlt das Mittelstück. Es gibt fünf vollständige Griffe und einen, bei dem ein Stück fehlt. Sehen Sie doch selbst nach, da liegen sie.«

Shandy erkannte, daß Millicent etwas beschwipst war, aber er hatte keine Veranlassung, daran zu zweifeln, daß sie genau wußte, wovon sie sprach. Er ging zu dem Tisch, auf den sie zeigte, nahm den Griff, der auf so geheimnisvolle Weise seines Mittelstücks beraubt worden war, in die Hand, betrachtete ihn sekundenlang, nahm dann das kleine Metallstück, das Roy nach der Explosion gefunden hatte, und schraubte den Knauf auf das

Gewinde. Wie er erwartet hatte, paßten die beiden Teile genau zusammen.

Millicent Peavey schrie auf. »Heiliger Petrus! Aber – ich habe gesehen, was Sie da getan haben, glauben Sie bloß nicht, daß ich so was nicht merke. Sie haben das Dings gerade aus Ihrer Tasche geholt. Sie sind ja ein richtiger kleiner Scherzbold! Versuchen einfach, die liebe kleine Millie auf den Arm zu nehmen!«

»Ich war es nicht, Mrs. Peavey. Ich habe diesen Gegenstand von einer anderen, eh, Quelle erhalten, und eins können Sie ruhig glauben, als Scherz war die ganze Angelegenheit bestimmt nicht gedacht. Da würden Sie doch sicherlich zustimmen, nicht wahr, Mr. Fescue?«

»Wer? Ich? Woher zum Teufel soll ich das denn wissen?«

Aber Fescues Hand verkrampfte sich so sehr um die dünnwandige Bierdose, daß der Schaum aus der Öffnung spritzte und sein dunkelblaues T-Shirt naß wurde. Thorkjeld Svenson stellte sich etwas dichter hinter ihn, und die Hand, die die Bierdose festhielt, begann zu zittern. Fesky versuchte zu zeigen, wie gelassen er war, trank aus, warf die Dose auf den Boden und schob seine verräterische Hand in die Tasche seiner Jeans. Dann zog er sie wieder heraus und sah verwirrt auf das, was er jetzt in der Hand hielt.

»Meine Güte, was für ein Zufall«, zirpte Millicent, die immer noch versuchte, alle bei Laune zu halten. »Sie nehmen ja dieselben Allergiepillen wie ich!«

»Den Teufel tu ich! Ich nehme nie Tabletten!«

Fesky schleuderte die Packung weit von sich, und sie landete zwischen den Türgriffen. Shandy ging und hob sie auf. Die Tabletten befanden sich in einer vorgestanzten Verpackung und konnten einzeln herausgedrückt werden. Vier Löcher waren bereits leer.

»Wie oft nehmen Sie diese Tabletten, Mrs. Peavey?« fragte er.

»Wie süß von Ihnen, daß Sie danach fragen. Die meisten Männer interessieren sich nicht für die Probleme einer Frau. Ich habe eine Pollenallergie. Jedes Jahr um diese Zeit werde ich fast verrückt deswegen, aber dieses Jahr geht es ganz gut, und ich habe noch nicht mal geschnieft. Bevor ich herkam, habe ich eine neue Packung gekauft, aber bis jetzt habe ich sie noch gar nicht aufgemacht, weil ich die Luft hier so gut vertrage. Nicht, Fergy?« rief sie dem schwergewichtigen Mann zu, der gerade mit drei Dosen Bier in den Händen vom Wohnanhänger zurückkam.

»Klar, is' alles genau, wie du gesagt hast, Millie. Oh, Professor Shandy. Hallo. Sagen Sie mal, sind Sie nich' Präsident Svenson, Mister? Würd' Ihnen ja gern die Hand schütteln, aber ich hab' 'n bißchen viel zu schleppen im Moment. Schnapp dir mal eine, Millie. Hier, direkt aus'm Eis. Und die hier is' für dich, Fesky. Entschuldigt mich mal 'n Moment, Leute, ich lauf' eben zurück un' hol noch 'n paar Dosen.«

»Für mich brauchen Sie sich keine Umstände zu machen«, sagte Shandy. »Ich nehme diese hier.«

Er streckte seinen Arm aus und nahm die Bierdose aus Feskys immer noch zitternder Hand. Eine äußerst unhöfliche Geste, auf die Fergy verständlicherweise heftig reagierte.

»Hey, nu warten Sie aber mal! Ich hol' Ihnen von hinten 'n ganz frisches Bier. Geben Sie man das billige Zeugs lieber wieder Fesky zurück. Dem is' sowieso egal, was er trinkt, solang er genug davon kriegt.«

»Ich bin allerdings sicher, daß er das hier nicht mögen wird«, sagte Shandy, der immer noch die Dose außerhalb von Fergys Reichweite hielt. »Übrigens, wir haben das Stück vom Türgriff gefunden, das Sie verlegt hatten.«

»Was? Sie woll'n sich wohl über mich lustig machen oder so was?« Fergy machte den Versuch, sich in Richtung der offenen Tür davonzumachen.

»Ganz im Gegenteil. Der Spaß ist jetzt endgültig vorbei. Swope! Lewis!«

Die Hunde hatten Fergy bereits umgeworfen, bevor Shandy mit Rufen fertig war. Thorkjeld Svenson fluchte ein wenig, weil ihm ein Rudel Schlittenhunde zuvorgekommen war, und ging dann hinaus, um nach einem Polizisten zu brüllen.

Kapitel 23

Cronkite Swope hatte Besuch. Der rasende Reporter vom *Allwoechentlichen Gemeinde- und Sprengel-Anzeyger für Balaclava* sah bereits wieder bedeutend besser aus als das bleiche Wrack, das vorgestern vor laufenden Kameras kollabiert war, möglicherweise, weil Jessica Tate zu den Anwesenden zählte. Shandy konnte zwar die angebliche Ähnlichkeit zwischen den Augen der jungen Frau und tiefen dunklen Seen nicht unbedingt nachvollziehen, doch auch er mußte zugeben, daß sie zweifellos zu den attraktivsten Studentinnen auf dem Campus gehörte, obwohl sich die Teilnahme an Mrs. Mouzoukas Pastetenkursen nach Shandys ganz persönlicher Ansicht äußerlich zu manifestieren begann.

Helen, die Svensons, die drei Ames' und Henny Horsefall hatten sich ebenfalls in das kleine Krankenzimmer gezwängt. Die diensthabende Schwester hätte sicherlich mißbilligende Blicke verteilt, wenn sie sich nicht selbst ganz in der Nähe aufgehalten und darauf gebrannt hätte, zu erfahren, was sich denn nun genau abgespielt hatte. Shandy räusperte sich und begann.

»Eh, wie Sie alle bereits wissen, befindet sich der Mann, der bei der Polizei als Ferguson Black bekannt ist, inzwischen wegen Mordes, versuchten Mordes und dem Töten von Gänsen außerhalb der Jagdsaison in Polizeigewahrsam. Ich weiß nicht, wann er zuerst den Plan faßte, die Horsefalls aus ihrem Haus zu vertreiben, um sich dann ihre Antiquitäten zu verschaffen. Zweifellos hat er ein Auge auf die Möbel geworfen, als er das erste Mal dort zu Besuch war. Offenbar witterte er seine Chance allerdings erst, als er im Frühjahr dieses Jahres aus Florida zurückkehrte. Die Nichte der Haushälterin des verstorbenen Belial Buggins war im Winter verstorben, und ihre Habe wurde versteigert, um den Nachlaß zu regeln. Bei der Versteigerung gelang es Fergy, ein Kästchen mit scheinbar wertlosem Plunder zu ergattern, in dem sich allerdings die Wikingerrelikte von Belial Buggins befanden. Er kannte die Geschichte bereits. Der Vater seines Trinkkumpans war nämlich zufällig der Neffe der Nichte gewesen, wenn Sie mir folgen können. Diese Miss Fescue hatte für den ebenfalls verstorbenen Jim Fescue eine ganz besondere Schwäche, als dieser noch klein war. Sie erzählte ihm viele Geschichten, die sie selbst von ihrer Tante Effie, der besagten Haushälterin, gehört hatte. Es waren Geschichten über den alten Belial, unter anderem aber auch über den Runensteinschwindel, den er so sorgfältig geplant hatte, aber niemals ausführen konnte. Dieser Neffe war natürlich Loretta Fescues Ehemann und der Vater des jungen Mannes, der Ihnen als Fesky bekannt sein dürfte. Er scheint ein gutmütiger Trottel gewesen zu sein, der aus Notwehr zur Flasche griff, als er sich bewußt wurde, in welches Hornissennest er eingeheiratet hatte, doch das ist für den Kern der Geschichte unwichtig.

Jedenfalls hat er diese Geschichten wiederum seinem Sohn erzählt, der eher nach dem Vater schlug und wohl der einzige war, der ihm zuhörte. Fesky gab die Wikingergeschichte an Fergy weiter, während sie zusammen in der Kneipe saßen. Fergy hörte ihm zu, genauso wie er sich auch Spurge Lumpkins Gerede anhörte, um die Informationen dann anschließend in seinem Komplott gegen die Horsefalls geschickt auszuspielen. Als ihm die Wikingerstücke in die Hände fielen, wußte er genau, um was es sich handelte, und beschloß, Belials Plan in die Tat umzusetzen.«

»Dabei wußte er ganz genau, was das für die Horsefalls bedeuten würde«, sagte Cronkite, »und ich war dämlich genug, ihm auch noch dabei zu helfen.«

»Wenn Sie nicht zufällig selbst über die Geschichte gestolpert wären, hätte er todsicher einen anderen Weg gefunden, Ihnen die Sache unterzujubeln«, versicherte Shandy. »Auf seine gemeine Art ist Fergy nämlich ganz schön raffiniert, müssen Sie wissen. Er wollte ganz bewußt völliges Chaos bei den Horsefalls anrichten, indem er diese Geschichte mit dem Wikingerfluch wieder aufbrachte, und dadurch Henny und Miss Hilda so weit treiben, daß sie vor lauter Verzweiflung ihr Land verkaufen würden. Dann hätte er selbst den edlen Ritter gespielt und großmütig angeboten, ihnen den alten Plunder zu einem angeblich günstigen Preis abzukaufen.«

»Ich war völlig sicher, daß es Nute Lumpkin war, der so etwas Ähnliches vorhatte«, seufzte Helen. »Er ist so ekelhaft.«

»Das ist zwar richtig, und er war auch lange Zeit die Nummer Eins auf meiner Liste der potentiellen Täter, bis ich erfuhr, daß es Lumpkin niemals erlaubt worden war, das Horsefall-Haus zu betreten, und daß er daher nicht wissen konnte, daß die Horsefalls irgend etwas Wertvolles besaßen, das er ihnen abjagen konnte. Ich nehme an, Lumpkin hat lediglich die Gelegenheit beim Schopf gepackt und sozusagen auf die Horsefalls eingeschlagen, als sie bereits am Boden lagen, um sich an ihnen dafür zu rächen, daß sie ihn vor Gericht lächerlich gemacht hatten.«

»Arroganter Hurensohn«, knurrte Thorkjeld Svenson.

»In der Tat. Tatsächlich spielte dieses abstoßende Individuum namens Lumpkin eine gewisse Rolle in der Geschichte. Gestern abend, als er einsehen mußte, daß es keinen Ausweg mehr gab, hat Fergy ausgepackt. Er hat zugegeben, daß er es nicht ertragen konnte, alle wertvollen Sachen, die er je in die Finger bekam, an Lumpkin weiterzugeben. Nutie der Schleimer hat nie eine Gelegenheit ausgelassen, ihm deswegen eins auszuwischen und sich über den Unterschied zwischen einem Trödler wie Fergy und einem hochkarätigen Antiquitätenhändler auszulassen. Fergy verrannte sich also in die Idee, Lumpkin durch ein Konkurrenzunternehmen zu ruinieren. Er konnte sich daher die ideale Gelegenheit, die Bestände, die er für ein derartiges Unternehmen brauchte, für einen Appel und ein Ei zu erwerben, nicht entgehen lassen, da die Horsefalls keine Ahnung hatten, was ihre Möbel auf dem heutigen Markt wert sind.«

»Was sind sie denn wert?« fragte Cronkite interessiert. »Ist schon in Ordnung, es kommt bestimmt nicht in die Zeitung. Ich würde es nur gern selbst wissen.«

»Es kommt jemand aus Boston her, um sie zu schätzen«, teilte ihm Sieglinde mit. »Miss Horsefall und ihr Neffe werden dann besser entscheiden können, was sie behalten und was sie verkaufen wollen. Ich nehme allerdings nicht an, daß sie viel mit nach Schweden mitnehmen will, wenn sie die Frau von Onkel Sven wird. Er besitzt ein schönes Haus mit vielen wertvollen Möbeln. Über die Hochzeit dürfen Sie übrigens so viel schreiben, wie Sie wollen«, fügte sie freundlich hinzu, »wir haben beschlossen, die Verlobung ausfallen zu lassen und direkt die Trauungsfeierlichkeiten zu begehen. Sie müssen sich also beeilen und schnell wieder gesund werden. Vielleicht möchte Miss Tate auch gerne zur Hochzeit kommen?«

»Liebend gern!« rief die junge Studentin erfreut. In derart prominenter Gesellschaft hatte sie bisher nicht gewagt, auch nur ein Wort zu sagen. »Mein Traum ist es, später einmal eine Rezeptkolumne zu schreiben, und Cronkite hat gesagt, ich kann einen Artikel für den *All-woechentlichen Gemeinde- und Sprengel-Anzeyger* schreiben. Vielleicht könnte ich –« Sie errötete und verstummte wieder.

»Sie könnten doch über das Smörgåsbord schreiben«, rief Sieglinde. »Wir beide können uns später darüber ausführlich unterhalten. Für die Hochzeit habe ich bisher 16 verschiedene Heringsgerichte geplant.«

»Verflixt un' zugenäht, ich kann mich total nich' dran gewöhnen, daß Tante Hilda jetz' nach all der Zeit doch noch vor Anker geht«, murmelte Henny. »V'leicht gibt's für mich auch noch Hoffnung?«

»Wenn die Sache mit den Antiquitäten erst einmal richtig bekannt wird, steht bestimmt bald die Hälfte aller Witwen von Balaclava vor Ihrer Tür Schlange«, versprach Laurie.

»Verdammt richtig«, pflichtete Tim bei. »Die waren sogar hinter mir her, bevor die Kinder kamen und mich gerettet haben.«

»Jolene war gestern abend auf der Farm, während Peter und Präsident Svenson weg waren, um diesen schrecklichen Kerl zu fassen«, flüsterte Helen Laurie zu. »Als sie von Miss Hilda und Onkel Sven hörte, sagte sie, daß sie sehr hoffe, daß er nicht plane, jetzt auch zu heiraten und Kinder großzuziehen, wo doch die Großneffen und deren Familien beschlossen hätten, bei ihm einzuziehen. Miss Hilda meinte daraufhin: ›Zum Teufel, die letzten 37 Jahre hat der doch sowieso nix andres als Gartengemüse hochgekriegt.‹ Also, ich liebe diese Frau einfach.«

Professor Shandy, der gerade ein Blatt aus Doktor Porbles Buch herausnahm, brachte seine Frau mit einem strafenden Blick zum Schweigen. »Wie ich gerade Swope zu erzählen versuche, haben Fergy und Fesky sich schließlich zusammengetan, um diese gemeinen Anschläge zu begehen. Fesky behauptet allerdings, daß er keine Ahnung hatte, wie hochfliegend Fergys Pläne waren. Er dachte, Fergy habe einen Kunden für ein paar Scheunenplanken gefunden und wollte sich daher welche von Henny beschaffen, weil sie sich sozusagen anboten. Sein eigenes ehrenhaftes Motiv, so will er uns jedenfalls glauben machen, war einzig und allein, seiner Mutter zu helfen. Er wußte, daß sie verzweifelt versuchte, den Horsefall-Besitz an Gunder Gaffson zu verkaufen, und beschloß, zur Abwechslung mal den braven Sohn zu spielen. Da es für Mrs. Fescue eine fette Provision gegeben hätte und zweifellos auch einen Bonus für Fesky selbst, könnte es möglicherweise sogar stimmen.«

»Verflixt«, sagte Helen. »Ich hätte mir wirklich gewünscht, daß Mrs. Fescue auch zu den Übeltätern gehörte.«

»Ich war eine Zeitlang sogar davon überzeugt, daß sie und Fesky diese Anschläge verübt hätten«, gab Peter zu, »aber offenbar geht es Mrs. Fescue einzig und allein um den Verkauf von Grundstücken, und sie weiß nicht mehr über Antiquitäten als die Horsefalls. Jedenfalls haben Fergy und Fescue ihren schmutzigen Plan in die Tat umgesetzt. Zuerst waren es nur kleinere Streiche, wie sie Halbwüchsige spielen würden, in der Hoffnung, daß es zwischen den Horsefalls und den Lewis', die bisher gute Nachbarn gewesen waren, zu einem Streit kommen würde. Als das nicht klappte, griffen sie zu stärkeren Mitteln.

Fergy war das Gehirn, Fesky meist das ausführende Organ, weil er unauffälliger aussieht. Von weitem hätte man ihn leicht für einen von Ralphs oder Eddies Söhnen halten können. Ich nehme an, so hat er auch gestern morgen den Sprengzünder in den Misthaufen schieben können, während Fergy an der Beerdigung teilnahm und sich so ein Alibi sicherte. Wenn Fesky von einem Polizisten angesprochen worden wäre, der ihn nicht kannte, hätte er sich als einer der Horsefall-Verwandten ausgeben können, der gerade eine kleine Arbeit verrichtete. Und natürlich hätten die Polizisten, die ihn kannten, gleich gewußt, daß er der Neffe vom Polizeichef ist.«

»Ich wette, er bekommt nur Bewährung«, bemerkte Cronkite zynisch. »Aber die Horsefalls selbst hätte er nicht reinlegen können. Wie ist er denn jedesmal rein- und rausgekommen?«

»Spurge Lumpkin hatte einen Geheimweg, den er sich durch die Wälder angelegt hatte. Er fing hinter der Scheune an und führte bis zum alten Holzfällerweg. Ziemlich langwierig und beschwerlich, so was anzulegen, und auch hervorragend getarnt, was wohl auf Fergys Konto geht. Ich nehme an, ursprünglich sollte der Weg dazu dienen, Spurge einen Fluchtweg zu Fergy zu verschaffen für die Abende, an denen Miss Hilda hinter ihm her war, um ihn zu zwingen, ein Bad zu nehmen oder die Socken zu wechseln. Natürlich hat er bei seinem guten alten Freund Fergy darüber geprahlt, und die beiden Mantel- und Degenhelden haben ihn ebenfalls benutzt.«

»So ist er wohl auch gestern abend an Bashan vorbeigekommen«, grollte Svenson.

»Zweifellos. Er wollte sich lediglich vergewissern, daß Sie Belials Köder geschluckt hatten, und möglicherweise auch feststellen, ob seine Birkenfalle schon zugeschnappt war. Das war wohl ein anderes Versatzstück, nehme ich an, um das Leitmotiv vom unheimlichen Runenstein zu steigern. Fergy hatte nichts dagegen, davongejagt zu werden, nachdem er gesehen hatte, daß alles nach Plan lief.«

»Ich hätt' bloß mal gern gewußt, wer von den beiden 'n Löschkalk in'n Streuer getan hat«, zischte Henny, »dann würd' ich dem verdammt was andres antun als 'n bloß wegjagen, für das, was er mit Spurge gemacht hat.«

»Fesky besteht darauf, daß es Fergy war, er behauptet, er habe protestiert, als er erfuhr, was für ein gemeines Spiel Fergy spielte, und versucht auszusteigen. Deshalb hat Fergy wahrscheinlich auch gestern abend Mrs. Peaveys Allergiepillen in Feskys Bier getan. Diese Tabletten vertragen sich äußerst schlecht mit Alkohol. Wenn Fesky versucht hätte, mit dieser Dosis im Magen nach Hause zu fahren, hätte er sicher sein Auto zuschanden gefahren und vielleicht sogar auch noch ein anderes Auto, und es wäre wieder auf den Wikingerfluch geschoben worden. Ich weiß nicht, ob Fergy Fesky lediglich Angst einjagen wollte, damit er weiter mitmacht, oder ihn tatsächlich umbringen wollte; ich habe den schrecklichen Verdacht, daß er es einfach drauf ankommen ließ. Ich glaube nicht, daß er auch nur einen Pfifferling darum gegeben hätte, wenn Sie ohne Ihren Helm bei dem Unfall gestorben wären, Swope, oder ob Spurge durch den Löschkalk völlig entstellt oder getötet wurde.«

»Schande«, sagte Henny Horsefall, »un' da hab' ich Idiot die ganze Zeit gedacht, daß Nute Lumpkin der größte Bastard aller Zeiten is'.«

»Oh!« Helen sprang vom Fußende des Bettes auf, wo sie neben Laurie gesessen hatte. »Hier ist noch eine Exklusivmeldung für Sie, Mr. Swope. Ich habe ganz vergessen, es meinem Mann zu erzählen, weil er den ganzen Morgen damit beschäftigt war, Fergy festzunageln oder ihn zum Reden zu bringen oder was immer er da im Polizeipräsidium gemacht hat. Mrs. Lomax hat mir erzählt, warum Nutie es so verdammt eilig hatte, Spurges Sachen in die Finger zu bekommen. Offenbar hat er überall unter der Sonne nach der Heiratsurkunde seiner Eltern geforscht und sie nicht gefunden. Seine letzte Hoffnung war nun, daß Spurge sie vielleicht vor ihm versteckt hatte.«

»Wohl weil er es selbst so gemacht hätte«, meinte Shandy. »Hat er sie denn gefunden?«

»Anscheinend nicht. Und jetzt gibt es rein gar nichts, womit man beweisen könnte, daß Nutes Eltern sich je die Mühe gemacht haben, ihre Beziehung zu legalisieren, bevor sein Vater nach Europa ging, wo er im Krieg umkam, und seine schwangere Mutter in Amerika zurückblieb. Natürlich hat sie behauptet, die Hochzeit hätte schon vor der Abreise stattgefunden, und natürlich hat sich ihre Familie geschlossen hinter sie gestellt. Aber jetzt scheint es ganz so, als ob man nur so gesagt hat, Nute sei ein Lumpkin. In der Zwischenzeit ist eine lange verschollene Lumpkin aus Arizona aufgetaucht, die über die richtigen Papiere verfügt. Sie ist eine glühende Umweltschützerin und will den Besitz in ein Naturschutzgebiet verwandeln und das Geld für den Umweltschutz verwenden.«

»Hey!« schrie Roy. »Das ist ja toll! Hast du das gehört, Dad?«

»Hab' ich. Verdammt nochmal, du brauchst mir ja nicht gleich die Batterien zusammenzubrüllen.« Timothy Ames lehnte sich zu Henny hinüber und gab ihm einen kräftigen Schlag auf die Schulter. »Ende gut, alles gut. Nicht wahr, alter Freund?«

»Genau wie bei Tolkien«, rief Laurie, und ihre Augen glänzten wie tiefe dunkle Seen. »Fergy hockt hoffentlich für die nächsten tausend Jahre im Gefängnis, Nutie der Schleimer verliert das fette Erbe, auf das er gehofft hat. Loretta Fescue verliert das dicke Geschäft, auf das sie sowieso kein Recht hatte. Gunder Gaffson verliert die Gelegenheit, ein anderes schmutziges Projekt zu starten. Fesky verliert bestimmt seine Stelle, weil er so ein Fiesling ist. Miss Hilda heiratet, und Henny behält seine Farm, und alle Horsefalls leben glücklich bis an ihr Ende. Die Hobbits gewinnen, und die Orks werden besiegt!«

Thorkjeld Svenson zuckte zusammen. »Mußten Sie unbedingt die Orks erwähnen? Das erinnert mich an Orm. Ich kann es immer noch nicht glauben.« Und er ließ sein Haupt auf die Brust sinken.

Sieglinde erhob sich und faßte ihn am Arm. »Komm mit nach Hause, lieber Gatte. Es gibt viel zu tun. Wenn du dich für Onkel Svens Hochzeitsempfang fertig machst, wirst du so in Wut geraten, daß du die grausame Täuschung vergißt.«

»Der alte Wüstling.« Der Präsident sah bereits eine Nuance weniger bekümmert aus. »Vielleicht kuriert sie ihn wenigstens endlich davon, Witwen nachzusteigen.«

»Wird sie verdammt sicher«, stimmte Henny zu. »'s gibt keinen Mann, der's mit Tante Hilda aufnehmen kann, da könn' Sie Ihren letzten Dollar drauf wetten.«

»Dann hat unsere hübsche Laurie recht, und die Tugend hat wieder gesiegt«, sagte Sieglinde. »Vielleicht sollten wir auf unserem Heimweg an einem Fischgeschäft anhalten, Thorkjeld. Mr. Swope, ich möchte Ihnen gerne ein kleines nordländisches Geheimnis verraten, das nicht für die Zeitung gedacht ist, sondern ganz allein für Sie, und das Sie auf keinem Runenstein finden werden. Heiraten ist gut, aber um eine glückliche Ehe zu führen, sollte man immer genügend Hering im Haus haben.«

Nachwort

Mit »Über Stock und Runenstein« setzt Charlotte MacLeod die schriftstellerische Erkundung ihrer Wahlheimat Massachusetts fort, und ihr fiktives Balaclava County wird treuen Lesern allmählich so vertraut wie Thomas Hardys Wessex oder William Faulkners Yoknapatawpha County. Hatte ihr Erstling »Schlaf in himmlischer Ruh'« sich noch auf das renommierte landwirtschaftliche College beschränkt, das auch im zweiten Band der Serie, ». . . freu dich des Lebens« (DuMont's Kriminal-Bibliothek 1001 und 1007), vor allem in Gestalt des Forschungsprojekts Belinda eine im Wortsinne gewichtige Rolle spielt, so lernen wir jetzt das Umfeld des College näher kennen.

Es ist bestimmt vom Kampf des Alten mit dem Neuen, der auch diese entlegenere Ecke des Staates Massachusetts nicht verschont. Längst ist größter Arbeitgeber des Countys eine Seifenfabrik, und viele Farmer sind zu Nebenerwerbslandwirten geworden, da die herkömmlichen Betriebsgrößen im verschärften Wettbewerb nicht mehr ausreichen und Farmland kaum dazuzukaufen oder zu pachten ist. Zu groß ist die Konkurrenz der mitbietenden Makler und Baulöwen, und so wächst die Versuchung, zu verkaufen statt zu kaufen. Acker nach Acker, Farm nach Farm verschwinden unter dem Asphalt von Großprojekten. Ganze Siedlungen mit ihrer kompletten Infrastruktur von Einkaufsplazas und Tankstellen werden von skrupellosen Bauspekulanten wie Gunder Gaffson, die wir aus den Sozio-Krimis vor allem des Fernsehens nur zu gut kennen, aus dem Boden gestampft, um dann mit Riesengewinnen weiterverkauft zu werden. Sogar das für die eigenheimbewußten USA fremde Phänomen der Eigentumswohnung hat schon seinen Einzug gehalten ebenso wie Trödler und Antiquitätenhändler, die auf die Sehnsucht der in solch seelenlosen Silos Hausenden nach dem Alten, dem Echten, dem Bäuerlichen spekulieren.

Das von dieser Entwicklung bedrohte alte Neuengland der Familienfarmen wird eindrucksvoll repräsentiert von der fast 105jährigen Hilda Horsefall und ihrem 82jährigen Neffen Hengist, genannt Henny. Sie stehen für eine zeitlose bäuerliche Welt, die mit den Gemälden Millets ebenso verglichen wird wie mit den fast ein Jahrhundert später entstandenen des amerikanischen Realisten Grant Wood. Hilda hat nie geheiratet, da sie von den Männern generell wenig hält; ihr mehr als biblisches Alter führt sie außer auf die arterienputzenden Vitamine ihres selbstgebrannten Schnapses darauf zurück, daß sie kein Ehemann unter die Erde geärgert hat. Nur unterstützt vom leicht schwachsinnigen Knecht Spurge Lumpkin erwirtschaften Tante und Neffe auf der seit Menschengedenken im Familienbesitz befindlichen Farm gerade noch ihren Lebensunterhalt, und auch das nur, weil der entfernt mit ihnen verwandte Professor Timothy Ames gelegentlich mit College-Studenten bei Aussaat und Ernte hilft.

Der Tod des Knechts Spurge, der den Höhepunkt einer Serie boshafter und gemeiner Streiche und Anschläge darstellt, ist nicht nur menschlich ein großer Schock für die Horsefalls, sondern bedeutet wahrscheinlich auch das wirtschaftliche Ende für sie: Arbeiter sind für die Landwirtschaft noch schwerer zu bekommen als Land. So gibt es drei gewichtige Gründe für Professor Shandy, MacLeods Seriendetektiv in den Balaclava-Romanen, sich in das Geschehen einzuschalten. Zum einen ist er nach zwei erfolgreich gelösten Fällen als würdiger Nachfolger des legendären Sherlock Holmes anerkannt; wenn der Nichtraucher Shandy seine Frau um Abendpfeife und -pantoffeln bittet, bietet sie ihm gleich die berühmte Violine und die berüchtigte Injektionsnadel dazu an. In dieser Rolle kann er den Mord an Spurge, den die Polizei nicht als solchen gelten lassen will, natürlich nicht auf sich beruhen lassen. Zudem ist es ausgerechnet sein alter Freund und Kollege Timothy Ames, der ihn wieder zu Hilfe holt, nachdem er auch in die beiden früheren Fälle unschuldig verwickelt war. Als Shandy hört, daß der so grausig zu Tode gekommene Spurge Lumpkin zusammen mit einem Vetter Erbe der restlichen Ländereien seiner Familie war, der die Orte Lumpkinton und Lumpkin Corners ihre Namen verdanken, ahnt er rasch den Zusammenhang und damit das wahre Motiv: Spurges Tod stellt offensichtlich gleich zwei Landkomplexe zur Disposition der Baulöwen und Makler, und das Zubetonieren besten Ackerlands ist in den

Augen des Landwirtschaftsprofessors Shandy ein Verbrechen, das gleich hinter Mord rangiert.

So gibt er sich sogleich daran, das verwickelte Netz aus Serienanschlägen, Familienbeziehungen, Erbintrigen und geplantem Bauernlegen zu entwirren, wobei auch die weitverzweigten Sippen der Horsefallschen Großneffen und -nichten keineswegs unverdächtig sind. Shandy kennt die bäuerliche Welt zu gut, um nicht zu wissen, daß der tägliche Existenzkampf, die drohende Proletarisierung durchaus ein Motiv sein können, Hilda und Henny gewaltsam auf ein – objektiv wohlverdientes – Altenteil zu drängen. Die Tatsache, daß Spurge Lumpkins Tod die Horsefall-Farm zur Touristenattraktion gemacht hat, erleichtert die detektivischen Bemühungen nicht gerade, zumal dieses eher makabre Interesse durch einen sensationellen Fund legitimiert wird: Exakt im selben Moment, in dem Spurge Lumpkin zu Tode kommt, macht sich ein junger Reporter unter Hildas Führung an die Freilegung eines vergessenen Findlings mit angeblicher Runeninschrift. Das bringt den legendären College-Präsidenten Svenson auf den Plan, der nun endlich die Superiorität seiner skandinavischen Vorfahren, was die Entdeckung Amerikas angeht, auch in Balaclava County zu beweisen hofft. Ja, mehr als das: Vielleicht gehen die in der Gegend traditionellen Vornamen wie Hengist und Canute sogar auf eine normannisch-angelsächsische Besiedlung zurück? Zufällig ist Svensons 102jähriger Großonkel Sven anwesend, der als Experte für nordische Geschichte die Inschrift nicht nur entziffert, sondern sie anhand des Runentyps und neben dem Stein ausgegrabener Wikingerrelikte sogar in die Zeit von Sven Gabelbart und Knut dem Großen und damit in die Zeit Leif Eriksons persönlich datiert.

Allerdings enthält die Inschrift einen rätselhaften Fluch, der sich in weiteren Unglücksfällen, darunter die plötzliche Levitation Sven Svensons, zu manifestieren scheint. Nun ist das Publikum vollends nicht mehr zu halten, wobei hinzugefügt werden muß, daß die Farm an einer Landstraße liegt, die vom eher »trockenen« Massachusetts nach New Hampshire führt, wo der Schnaps nicht nur billiger ist, sondern auch an Wochenenden verkauft werden darf. So sind die Besucher in der Regel beim Eintreffen auf der Mordfarm oder am Fluchstein nicht mehr ganz nüchtern. Gegen diese direkte Wirkung des Fluchs hilft nur die Mobilmachung der Studentenkavallerie auf den berühmten gigantischen Arbeitspferden des College und der direkte Einsatz von Bashan, dem wilden, aber sonst pflichtbewußten College-Bullen. Charlotte MacLeod kann hier ihrer Begabung für die Schilderung tumultuarischer Massenszenen freien Lauf lassen, seien es nun Lichterwochen oder Landwirtschaftswettbewerbe.

Sven Svenson nimmt seit dem frühen Tod seiner Ehefrau im zarten Alter von 89 Jahren das sonst eher verschämt diskutierte Recht auf Sex jenseits der Lebensmitte recht offen in Anspruch und betätigt sich während seines Besuchs in Balaclava als Tröster aller Witwen der umliegenden Seniorinnenresidenzen. Als er auch spontan Wohlgefallen an der rüstigen Hilda Horsefall findet, zeigt sich, daß sie zwar die Männer generell nicht schätzt, ihre spezielle Ausstattung aber seit über 80 Jahren sehr wohl. Wie schnell die beiden deshalb zur Sache kommen, läßt die auf Schicklichkeit bedachten jungen Svensons unter Verzicht auf die zunächst geplante Verlobung auf eine sofortige Heirat drängen.

So realistisch die Welt einerseits geschildert ist, aus der das Verbrechen hervorwächst, so heiter ist sie andererseits in der von Charlotte MacLeod gepflegten späten Spielform der Gattung, und was fast als Sozio-Krimi begann, vollzieht bei der durchaus gattungsgemäßen Auflösung zugleich einen Salto vitale in die Märchenwelt: Die Guten werden belohnt und die Bösen bestraft. Wieder einmal gewinnen die Hobbits und beziehen die Orks Prügel, wie es wörtlich heißt, zwei Wunder, die hier natürlich nicht verraten werden dürfen, retten ein Stück heile alte Welt, und wenn Sven und Hilda nicht gestorben sind, dann leben sie heute noch.

Volker Neuhaus

DUMONT's Kriminal-Bibliothek

»Knarrende Geheimtüren, verwirrende Mordserien, schaurige Familienlegenden und, nicht zu vergessen, beherzte Helden (und bemerkenswert viele Heldinnen) sind die Zutaten, die die Lektüre der DUMONT's ›Kriminal-Bibliothek‹ zu einem Lese- und Schmökervergnügen machen.

Der besondere Reiz dieser Krimi-Serie liegt in der Präsentation von hierzulande meist noch unbekannten anglo-amerikanischen Autoren, die mit repräsentativen Werken (in ausgezeichneter Übersetzung) vorgelegt werden.

Die ansprechend ausgestatteten Paperbacks sind mit kurzen Nachbemerkungen von Herausgeber Volker Neuhaus versehen.«

Neue Presse/Hannover

Band 1001	Charlotte MacLeod	**»Schlaf in himmlischer Ruh'«**
Band 1002	John Dickson Carr	**Tod im Hexenwinkel**
Band 1003	Phoebe Atwood Taylor	**Kraft seines Wortes**
Band 1004	Mary Roberts Rinehart	**Die Wendeltreppe**
Band 1005	Hampton Stone	**Tod am Ententeich**
Band 1006	S. S. van Dine	**Der Mordfall Bischof**
Band 1007	Charlotte MacLeod	**». . . freu dich des Lebens«**
Band 1008	Ellery Queen	**Der mysteriöse Zylinder**
Band 1009	Henry Fitzgerald Heard	**Die Honigfalle**
Band 1010	Phoebe Atwood Taylor	**Ein Jegliches hat seine Zeit**
Band 1011	Mary Roberts Rinehart	**Der große Fehler**
Band 1012	Charlotte MacLeod	**Die Familiengruft**
Band 1013	Josephine Tey	**Der singende Sand**
Band 1014	John Dickson Carr	**Der Tote im Tower**
Band 1015	Gypsy Rose Lee	**Der Varieté-Mörder**
Band 1016	Anne Perry	**Der Würger von der Cater Street**
Band 1017	Ellery Queen	**Sherlock Holmes und Jack the Ripper**
Band 1018	John Dickson Carr	**Die schottische Selbstmord-Serie**

Band 1019	Charlotte MacLeod	**»Über Stock und Runenstein«**
Band 1020	Mary Roberts Rinehart	**Das Album**
Band 1021	Phoebe Atwood Taylor	**Wie ein Stich durchs Herz**
Band 1022	Charlotte MacLeod	**Der Rauchsalon**
Band 1023	Henry Fitzgerald Heard	**Anlage: Freiumschlag**
Band 1024	C. W. Grafton	**Das Wasser löscht das Feuer nicht**
Band 1025	Anne Perry	**Callander Square**
Band 1026	Josephine Tey	**Die verfolgte Unschuld**
Band 1027	John Dickson Carr	**Die Schädelburg**
Band 1028	Leslie Thomas	**Dangerous Davies, der letzte Detektiv**
Band 1029	S. S. van Dine	**Der Mordfall Greene**
Band 1030	Timothy Holme	**Tod in Verona**
Band 1031	Charlotte MacLeod	**»Der Kater läßt das Mausen nicht«**
Band 1032	Phoebe Atwood Taylor	**Wer gern in Freuden lebt . . .**
Band 1033	Anne Perry	**Nachts am Paragon Walk**
Band 1034	John Dickson Carr	**Fünf tödliche Schachteln**
Band 1035	Charlotte MacLeod	**Madam Wilkins' Palazzo**
Band 1036	Josephine Tey	**Wie ein Hauch im Wind**
Band 1037	Charlotte MacLeod	**Der Spiegel aus Bilbao**
Band 1038	Patricia Moyes	**». . . daß Mord nur noch ein Hirngespinst«**
Band 1039	Timothy Holme	**Satan und das Dolce Vita**
Band 1040	Ellery Queen	**Der Sarg des Griechen**
Band 1041	Charlotte MacLeod	**Kabeljau und Kaviar**
Band 1042	John Dickson Carr	**Der verschlossene Raum**
Band 1043	Robert Robinson	**Die toten Professoren**
Band 1044	Anne Perry	**Rutland Place**
Band 1045	Leslie Thomas	**Dangerous Davies . . . Bis über beide Ohren**
Band 1046	Charlotte MacLeod	**»Stille Teiche gründen tief«**
Band 1047	Stanley Ellin	**Der Mann aus dem Nichts**
Band 1048	Timothy Holme	**Morde in Assisi**
Band 1049	Michael Innes	**Zuviel Licht im Dunkel**
Band 1050	Anne Perry	**Tod in Devil's Acre**